CB134212

UMA HERANÇA DE AMOR

Armadilhas do destino

Lycia Barros

UMA HERANÇA DE AMOR

Armadilhas do destino

Ágape
AMOR INCONDICIONAL

São Paulo 2012

Copyright © 2012 by Lycia Barros

COORDENAÇÃO EDITORIAL	LETÍCIA TEÓFILO
DIAGRAMAÇÃO	Claudio Braghini Junior
CAPA	Hugo Breves
PREPARAÇÃO DE TEXTO	Fabrícia Romaniv
REVISÃO	Thiago Fraga

Texto de acordo com as normas do Novo Acordo Ortográfico da Língua Portuguesa (Decreto Legislativo nº 54, de 1995)

Dados Internacionais de Catalogação na Publicação (CIP)
(Câmara Brasileira do Livro, SP, Brasil)

Barros, Lycia
Uma herança de amor : armadilhas do destino / Lycia Barros. -- São Paulo, SP: Ágape, 2012. -- (Uma herança de amor)

1. Ficção brasileira I. Título. II. Série.

12-13108 CDD-869.93

Índices para catálogo sistemático:
1. Ficção : Literatura brasileira 869.93

2012
Publicado com autorização. Nenhuma parte desta publicação pode ser reproduzida sem a devida autorização da Editora.
EDITORA ÁGAPE
Alameda Araguaia 2190 - 11o Andar
Bloco A - Conjunto 1112
CEP 06455-000 - Alphaville Industrial - SP
Tel. (11) 2321-5080 - Fax (11) 2321-5099
www.editoraagape.com.br

O amor é o sentimento dos seres imperfeitos, visto que a função do amor é levar o ser humano à perfeição.

Para a minha querida irmã, Bárbara. Porque mesmo ela não sendo perfeita, eu a amo e tenho certeza de que Deus tem o melhor para ela.

Prólogo

Rafael morreu aos dez anos. Ou pelo menos foi assim que se sentiu quando chegou em casa do colégio naquela tarde. Sentado na cama dos pais, contemplava aquele armário vazio, sem acreditar. *Como ela podia ter feito aquilo com eles?* pensava tristemente em silêncio. *O que vamos fazer da nossa vida daqui para frente?*

Sentindo-se miseravelmente indefeso, Rafael perguntou-se dezenas de vezes o que havia feito de errado para que sua mãe tomasse aquela atitude. Internamente, porém, sabia que a culpa era sua. Fizera da vida de sua mãe um inferno. Se fosse mais comportado como Adam, como sua mãe diversas vezes lhe suplicara, ela não teria partido com outro homem. E pior: o melhor amigo de seu pai. Um desgraçado que frequentava a sua casa desde que eles eram pequenos.

Não, seu pai não lhe poupara daquele detalhe, embora Rafael já soubesse secretamente de tudo. Paulo sempre fora honesto com os filhos. Além do mais, moravam no município de São Lourenço, onde todo mundo sempre sabia das fofocas locais. Com certeza, os filhos saberiam de tudo na escola mais cedo ou mais tarde. *É melhor que saibam pelo pai*, pensou Paulo quando contou.

Agora, Rafael lembrava-se de quantas vezes sua mãe pedira para que ele fizesse os trabalhos de casa. Que lhe desse um dia inteiro de paz. Que parasse de arrumar confusão... Mas

Rafael sempre aparecia com um joelho ralado, uma mão cortada por uma linha de pipa, ou um brinquedo quebrado de Adam... Era um destruidor, ou um delinquente, como ela mesma costumava dizer. E tinha razão. Agora, ele, com sua desobediência incessante, levara a mãe ao limite e destruíra para sempre aquela família.

A dor indescritível que sentia dentro do peito ao lembrar-se do semblante do pai quando chegou do trabalho partia-lhe o coração. Era horrível vê-lo sentado naquela sala, calado, com aquele ar visivelmente arrasado. Era isso que Rafael tinha sempre tentado evitar. E tudo bem que ele ouvira muitas brigas em casa naqueles últimos dias – que, de tão constantes, já lhe eram naturais – e que também sabia o que estava rolando pelas costas do pai. Agora, no entanto, arrependia-se de ter ficado de bico calado. Talvez, meditou ele, com o coração expremido pelo remorso, se tivesse contado ao pai o que se passava para que ele tentasse reverter a situação, aquilo não tivesse acontecido.

Ainda estava sentado na cama com um ar apático quando sentiu uma pequena mão pousar em seu ombro. Não precisou virar-se para ver de quem era. Sabia que era de Adam, seu irmão gêmeo. Ao olhá-lo, viu que o rosto eternamente invocado do irmão, hoje, sustentava um ar muito sofrido, tão abatido quanto o dele. Os olhos estavam vermelhos, Adam havia chorado. Mas Rafael não conseguia chorar. Era como se tivesse sido sugado por um redemoinho e ainda estivesse caindo. Por vários segundos, ambos ficaram se olhando em silêncio. Adam podia notar a angústia que afligia os olhos do irmão. Afinal, um sempre sabia o que o outro sentia. Eram parceiros, cúmplices. Mas apesar de Adam ser apenas cinco minutos mais velho, sempre se comportou como protetor do mais novo. Naquele momento, entretanto, não sabia o que fazer. Ainda eram somente crianças. Quais palavras poderia encontrar para que amenizasse a tristeza do irmão? Adam mal pensava na própria dor, pois sentia aquilo tanto quanto ele. Ainda assim, se pudesse, procuraria a mãe e a convenceria a voltar para casa. Faria tudo que Olívia pedisse se ela voltasse, só para tudo voltar ao normal. Se havia uma coisa que incomodava Adam, profundamente, desde pequeno, era a instabilidade. Sem se importar com o jeans sujo de tanto brincar no colégio, Adam também sentou-se na cama, fixou os olhos no armário vazio, como se soubesse exatamente o que Rafael estava pensando, e disse:

– Não foi culpa nossa.

Não, Rafael corrigiu em sua mente em silêncio. *Foi culpa minha.* Mas somente encolheu os ombros, com jeito de pouco caso, como os meninos de dez anos costumam fazer. Então, ambos sentiram um terceiro corpo se sentando na cama. Olharam para trás e viram a única referência que agora tinham no mundo.

– O que vamos fazer agora? – Adam perguntou para o pai.

– Vamos seguir em frente – Paulo confortou os filhos. Seu coração se espremia de ver aquelas duas carinhas tão derrotadas. Nunca vira os filhos daquele jeito. Adam tão fragilizado e Rafael tão estático. Paulo tinha medo da hora em que o segundo explodisse, pois sabia que Adam era mais controlado, mas Rafael sempre tinha um rojão dentro de si, pronto a explodir a qualquer momento. Para dar-lhes segurança, segurou no ombro dos dois e falou olhando fixamente em seus olhos: Quero que escutem bem uma coisa: nunca vou abandoná-los. Eu amo vocês. Sei que não vai ser fácil nos próximos dias, mas vamos nos erguer dessa juntos.

Adam acenou positivamente com a cabeça, mas Rafael se manteve calado. Ainda preocupado, Paulo continuou:

– Se precisarem conversar, se quiserem me perguntar sobre qualquer coisa, saibam que estarei aqui e não vou esconder nada de vocês. Também não quero que odeiem Olívia. Ela cometeu um grande erro, mas ainda é a mãe de vocês, e pode resolver voltar a qualquer momento – aquela ainda era sua esperança. – Às vezes, as pessoas que mais amamos nos magoam profundamente, mas isso não quer dizer que elas não nos amem.

Num gesto de carinho, Adam colocou a mão juvenil no ombro do pai e deu um pequeno aperto, como se dizendo que o compreendeu, tentando dar-lhe apoio de volta, o que fez os olhos de Paulo se encherem de lágrimas ainda mais. *Como uma criança de apenas dez anos podia ser tão madura?*, pensava ele, ao engolir o caroço que se formava em sua garganta. Ficaram todos se olhando em silêncio por um momento.

– Posso ir para o meu quarto? – perguntou Rafael, sem piscar.

Com o coração apertado, Paulo passou a mão em seus cabelos e assentiu com a cabeça. Sem esboçar reação, Rafael levantou-se e saiu do quarto. Adam seguiu o irmão. Quando saíram, Paulo sabia que aquilo era só o começo. Ficaria atento. Prometeu a si mesmo que teria paciência com os rojões de Rafael que estavam por vir. Conhecia bem o filho. Seria inevitável. Mas sem disposição para pensar nisso naquele momento, permitiu-se atender ao único clamor que seu corpo pedia desde que soube de tudo; então, deitou na cama e chorou.

Naquele dia, um coração jovem e robusto se fechou para parte da vida, especialmente para as mulheres. Elas não eram confiáveis. Inconscientemente, decidiu que faria o que precisasse para vê-las sofrer, exatamente como ele e o pai estavam sofrendo. E nos anos que se seguiram, Rafael Cavalheiro cumpriu bem aquela promessa.

Capítulo 1

Vinte anos depois...

Quem poderia imaginar que seria recebido por aquela chuva fina? Era o que ele pensava ao tirar o capacete. O tempo não estava nada típico para o mês de janeiro. Chegara ao Rio de Janeiro pelo menos há uma hora e não parava de garoar. Sonhara tanto com aquele momento... E fora um longo caminho de São Lourenço até ali. Entretanto, enquanto estacionava em frente ao prédio de Adam, Rafael estava agradecido por ter despachado as malas antes e ter vindo de moto, pois o tráfego de sexta-feira à noite estava um caos absoluto nas redondezas de Botafogo. Para piorar, houve um acidente entre dois carros em uma pista próxima dali, e os motoristas não relutavam em diminuir a velocidade para dar uma espiadinha, olhando com fascinação em busca de alguma vítima.

Franzindo a testa, Rafael espanou os cabelos curtos e negros, que estavam despenteados, e olhou para o alto para analisar bem o edifício. Era uma construção bem antiga de tijolos vermelhos, somente de três andares, e cada apartamento tinha uma pequena varanda branca. Ao que soube, foi um dos apartamentos herdados por Amanda, agora esposa do seu irmão.

Esposa! Rafael balançou a cabeça, sorrindo e divertindo-se com aquilo. Ainda não acreditava que o irmão estava mesmo casado. Adam e a cunhada haviam se unido em São Lourenço, sob o sol de setembro, em uma cerimônia simples na pequena igreja que frequentavam. Houve uma festa no fim da tarde no jardim de Janine, exatamente como no segundo casamento do pai. Adam estava impecavelmente arrumado em um terno branco, os cabelos amarrados para trás, tão feliz que só faltava chorar. Indo contra a sua natureza, Rafael precisava admitir que ele próprio ficara incrivelmente emocionado com a felicidade estampada no rosto do irmão. E Amanda não podia estar mais gloriosa, com aquele vestido longo e branco grudado no corpo, um dos ombros de fora, e uma maravilhosa coroa de flores emoldurando os cabelos trançados de lado.

Rafael lembrava-se com nitidez do dia em que a conhecera. Como era uma linda forasteira na sua cidade, ele havia lhe cantado algumas vezes. Mas como poderia imaginar que Amanda era filha de Janine, a atual esposa de seu pai? Afinal, as duas não se falaram durante anos! E como poderia imaginar que ainda por cima ela se casaria com seu irmão, o sujeito mais carrancudo do mundo? Precisava admitir, entretanto, que ela era feita sob medida para ele.

Apesar de nunca ter se apaixonado, havia três mulheres a quem Rafael realmente amava no mundo: Janine, Ivy e Amanda. A primeira, por ter trazido de volta a vida ao seu pai. A irmãzinha caçula, por ser simplesmente impossível não se encantar por ela. E Amanda, por ter dado um fim ao luto do irmão, que perdera uma namorada grávida em um acidente de trânsito e passou anos culpando-se por isso.

Ao descer da moto, Rafael ainda não acreditava que estava na Cidade Maravilhosa. Uma dívida que arrumara, meses antes, havia adiado um pouco esse sonho. Na época, sua vida estava virada de cabeça para baixo, mas o apoio da família o colocara de volta nos trilhos. Por pura inconsequência, ele havia se metido com jogos de azar e perdera feio. Viu toda a sua poupança, que juntara para estudar gastronomia no Rio de Janeiro, ir para o ralo e ainda ficou devendo uma grana preta na praça. Mas Janine, que, para ele, já havia se transformado na mãe que ele jamais imaginou existir, saldara seu débito com um dinheiro que tinha herdado da mãe falecida. Seus laços de mãe e filho se fortaleceram ainda mais depois desse episódio. Enquanto todos o criticavam, o que Rafael sempre via estampado no rosto dela era amor e esperança no seu futuro. Porém, fizera Rafael trabalhar para lhe pagar cada centavo que lhe emprestou. Rafael não achava aquilo justo com ela – pegar seu dinheiro reserva –, mas Janine lhe ofereceu uma oportunidade, e ele era esperto o bastante para saber que não tinha escolha naquela época.

Para sua sorte, pouco tempo depois, Rafael venceu o torneio de motocross da cidade e fez questão de acertar suas contas com a mãe do coração. Não que Janine quisesse realmente o dinheiro de volta, e Rafael sabia bem disso. Entretanto, fez questão de recebê-lo, para que o filho compreendesse a burrada que cometeu. Afinal, Rafael já havia se metido em muitas encrencas na sua cidade, mas o pai sempre o livrara de todas.

Sozinho, no entanto, a coisa era diferente.

Precisaria ser mais responsável daqui para frente, refletia ele ao colocar o capacete no braço. Apesar de saber que Adam morava no Rio, não tinha a menor intenção de ficar entocado na casa do irmão, que se casara havia menos de um ano. Ficaria por pouco tempo até arrumar um emprego e, em seguida, moraria sozinho.

Adorava a vida de solteiro. Não que nos últimos meses tivesse tido muito tempo para usufruir desse benefício, pois todas as responsabilidades que assumiu acabavam consumindo o todo seu tempo. Antes, porém, costumava passar bons momentos em companhia das mulheres mais interessantes da sua cidade. Aos trinta, era um cara atraente e sabia muito bem disso. Malhar com frequência e alimentar-se corretamente eram algumas de suas prioridades. Com isso, mantinha o corpo moreno e esguio simetricamente delineado. Não que rejeitasse uma caneca de chope no final de semana. Apesar de que, nos últimos meses, descobriu-se fascinado pelo mundo do vinho, abandonando um pouco esse hábito.

Também adorava impressionar uma mulher atraente com os seus conhecimentos sobre uvas exóticas e cozinhar, para, em seguida, desfrutarem de um maravilhoso jantar na casa dela e – caso sua vítima não fosse casada – um aconchegante café da manhã no dia seguinte. De outro modo, precisaria sair de fininho antes que o dono da casa voltasse.

Não, Rafael não tinha pudores. *Traçava* o que viesse pela frente. Afinal, nunca precisou forçar nenhuma delas a nada. Era realmente convicto de ser um cara do bem. Ao contrário, as mulheres é que se atiravam para ele enquanto estava inocentemente na academia ou batendo papo em um barzinho com os amigos. E ele era homem. Se a química entre eles fosse boa, o que mais ele poderia fazer?

Capacete pendurado no braço, Rafael caminhou para portaria do prédio. Uma senhora idosa que ia saindo cumprimentou-o com um sorriso no rosto e elogiou seu novo corte de cabelo. Rafael agradeceu e sorriu, com certeza, ela o confundira com seu irmão. Melhor assim, decidiu. Faria uma surpresa para Adam, que imaginava que Rafael viria somente no sábado. Ansioso como de costume, subiu dois lances de escada e seguiu para a porta do apartamento. Um barulho ensurdecedor de aspirador de pó ecoava pelo corredor. Havia, também, dois pequenos sacos de lixo na beirada da porta. Talvez, refletiu ele, Amanda fosse jogá-los na lixeira do corredor daqui a pouco. Sorrateiro, arriscou para ver se a porta estava destrancada e sorriu de leve ao constatar que sim. Ao entrar, no entanto, toda a sua discrição foi para o espaço devido aos latidos estridentes de Thor. O labrador caramelo lançou-se sobre ele, latindo e abanando o rabo, extremamente feliz.

– Cala a boca, seu imbecil, vai estragar a surpresa! – ralhou Rafael, se defendendo das lambidas com o capacete.

Assim que conseguiu acalmar o animal com alguns afagos atrás da orelha, Rafael deu uma boa sacada no apartamento e teve de admitir que o irmão estava muito bem instalado. Conforme Janine falou, tirando as coberturas e apartamentos que valiam milhões de reais, a melhor maneira de conseguir espaço naquele ponto do Rio era com os edifícios antigos. A sala era imensa, com pisos de taco, e havia sancas desenhadas nos quatro cantos da parede. Os móveis eram alternados entre os rústicos e os modernos, o que bem caracterizava o contraste dos moradores.

Pelo cheiro, Rafael notou que algo estava cozinhando no fogão. Nesse momento, o aspirador de pó desligou.

– Adam?

Amanda perguntou, porém não ouviu nenhuma resposta. Rafael ficou parado sem se mover, pois queria pegá-la num susto. Percebendo a quietude, Amanda deu de ombros e concentrou a sua atenção na limpeza novamente, pois, em geral, o marido não chegava tão cedo.

Ao que Rafael podia perceber, o irmão ainda não chegara do trabalho, e a cunhada estava limpando algum cômodo sozinha. Colocou o capacete com delicadeza sobre a mesa e tirou a jaqueta molhada. Thor ainda grunhia baixinho, em busca de mais atenção. "Cachorro idiota" ele ouviu a cunhada resmungar lá de dentro, e sorriu, ao lembrar-se de como Amanda era encantadoramente mal-humorada.

Determinado a surpreendê-la, Rafael foi caminhando pé ante pé até vê-la de costas passando uma flanela em um móvel do quarto de hóspedes, esfregando o pano tão energicamente que parecia que a poeira era uma ameaça à vida terrestre. Seus enormes cabelos loiros estavas amarrados num coque malfeito, e ela vestia uma regata branca e um short curto de tactel. Seu corpo bem definido ainda estava impecável, e a julgar pela genética da mãe, permaneceria ainda assim por muito tempo. Em um movimento rápido, Rafael enlaçou-a pela cintura por trás e aplicou-lhe um beijo estalado no rosto.

– Adam! Não está vendo que eu estou toda suja? – ralhou com ele.

– Se estivesse usando avental, eu juro que bateria uma foto.

– Rafael! – ela se virou, maravilhada, os olhos castanhos e repuxados subitamente brilhantes. – Ai, meu Deus! Eu nem acredito... – lançou-se no seu pescoço, provocando uma nuvem de pó. – Você não disse que só viria amanhã de manhã?

– Eu estava ansioso – bagunçou mais os cabelos dela –, além do que, ouvi dizer que vou ter muita mordomia por aqui. Afinal, agora eu sou visita. – Ignorando a calça molhada, Rafael jogou-se de costas na cama, apoiando-se nos cotovelos. Amanda colocou as mãos na cintura.

– Pois boato errado, meu camarada. Aqui todo mundo rala muito. Por falar nisso, suas malas já chegaram, e eu botei ali no canto, depois você mesmo coloca no armário. E você dá o fora daqui! – berrou para Thor, que já se aboletava no chão ao lado da cama. – Não aguento mais aspirar pelo de cachorro. Não sei onde eu estava com a cabeça quando resolvi trazer esse monstrinho pra cá.

– Ele estava deprimido – sorriu Rafael, percebendo o quanto sentira falta dos dois.

– Mas e você – ela sentou-se à beira da cama –, está animado para fazer faculdade?

– Não vejo a hora de começar. Gastronomia sempre foi o meu sonho.

Amanda tirou um fio de cabelo do rosto.

– É um ramo bastante concorrido – ressaltou –, precisará se esforçar se quiser obter resultados.

– Querida, eu nasci careca, pelado e sem dentes. Acredite, o que vir é lucro. – A cunhada sorriu. Era o que mais gostava em Rafael: ser de bem com a vida. – Mas não sonho baixo, não – colocou as mãos atrás da cabeça, mirando Amanda com os olhos aguçados –, quero ter o meu próprio restaurante na Cidade Maravilhosa. E, quem sabe, se eu cozinhar ainda melhor, não arrumo uma esposa refinada como você. A propósito, seus cabelos estão uma graça.

– Vai te catar. – Sorrindo, Amanda levantou-se e deixou o pano sujo na cama. Agora que Rafael já se jogara todo molhado, teria que trocar os lençóis. – O seu problema não é arrumar uma esposa, e sim *querer* se casar.

Rafael apertou os lábios, reprimindo o sorriso.

– Não é questão de querer, simplesmente não posso. Consultei uma cartomante para saber o dia do meu casamento e caiu no mesmo dia da minha morte.

Amanda balançou a cabeça.

– Só fala isso porque não sabe o que está perdendo. É maravilhoso acordar todo dia com alguém que você ama, ter companhia para jantar, dividir os problemas... Não é como uma prisão, assim como você pensa.

– Eu sei que há diferença entre casamento e prisão, pois na prisão a gente pode jogar futebol aos domingos.

Amanda revirou os olhos para ele, mas não conseguiu evitar sorrir. Estava realmente feliz em revê-lo. Porém, não podia concordar com seu pensamento. Ela e Adam ainda estavam naquela fase em que o casal mal conseguia se desgrudar, se deleitando no primeiro sublime ano de casamento. Passavam os dias a pedir um monte de fast-food, ir à praia todos os domingos, acordar tarde sempre que lhes fosse possível e a fazer amor quando o primeiro raio de luz infiltrava-se através da janela do quarto, às vezes antes – e muitas vezes, também depois – do café da manhã. Não podia imaginar nada melhor do que isso.

– Desisto – ela disse. – Seu estado civil oficial é *à espera de um milagre*. Vou terminar o nosso jantar, pois daqui a pouco meu maridinho vai chegar, e ele sempre chega com fome. E eu quero *agradá-lo*, sabe, Rafael. Todos os dias da minha vida. Mimá-lo para sempre...

– ...Até que a morte os separe, amém – finalizou Rafael com sarcasmo. – Já entendi – ele jogou o pano sujo nela, mas Amanda desviou, rindo. Nesse momento, ambos ouviram um barulho de porta batendo. Adam havia chegado. Rafael fez sinal de silêncio.

– Amanda, tem alguma coisa queimando no fogão? – perguntou Adam da sala.

– Meu Deus, o arroz! – desistindo do plano, Amanda saiu correndo para lá.

A cozinha já estava cheia de fumaça. Arrasada, ela desligou o fogão e jogou-se de costas contra a parede de azulejos. Queimara a comida por três dias seguidos e se sentia uma nulidade como dona de casa. Mas Adam não pareceu se importar, puxou-a pelo braço e lhe deu um beijo cinematográfico que deixou-a zonza, além de aliviada.

– Por que chegou tão cedo? – recuperando-se, ela o soltou.

– Vim levá-la para debaixo do chuveiro – avisou ele, determinado, abrindo a porta da geladeira.

– Mas... e o jantar?

– Depois pedimos uma pizza.

– Agora a sobremesa vem primeiro? – perguntou Rafael, escorado na porta da cozinha.

Os lábios de Adam se curvaram em um dos seus lentos sorrisos, quase sérios, ao se deparar com o irmão. Olhou para Amanda e falou:

– Menos de um ano de casamento e já anda trazendo esse safado pra cá? – disse isso, mas fechou a geladeira e puxou Rafael para um abraço apertado. Ele abraçou de volta o irmão, estranhando sua nova aparência. Desde a adolescência, Adam sempre usara seus cabelos lisos e negros compridos, só que agora estavam um pouco mais curtos. Sua franja estava na altura do nariz e a parte de trás dos cabelos apareciam por detrás das orelhas, lhe dando um ar casual, porém bem mais arrumado. Além disso, não vestia mais os trapos de sempre, característicos de quem trabalhava em uma oficina. Usava uma camisa clara de botão, com a manga dobrada nos cotovelos, por dentro da calça jeans. Também não cheirava mais a óleo, gasolina e suor. Rafael soubera, por intermédio de Janine, que a oficina que Adam abrira no Rio em pouco tempo já estava lotada de clientes. Inclusive, o irmão já contratara seis funcionários para os trabalhos pesados, que ele simplesmente supervisionava, ensinando como fazer melhor o serviço. Rafael não pôde deixar de ficar orgulhoso por ele.

– Chifre é igual a consórcio, meu chapa: quando menos se espera, se é contemplado – zombou Rafael.

– Sei... pelo visto estava mesmo afoito para vir – Adam abriu a geladeira de novo e pegou uma lata de Sprite.

– Afoito não seria bem a palavra, desesperado soaria melhor.

– Pois chegou bem na hora – Adam fechou a geladeira e segurou no cós do short de Amanda, puxando-a para ele. – Vamos *namorar* um pouquinho e, enquanto isso, você providencia o jantar. Não foi para isso que você veio correndo para o Rio, cozinhar? Pois aí está sua chance.

– Nada disso, espertinho. Acabei de chegar. Não vou ficar na beira do fogão.

– Vai, sim! – de supetão, Adam pegou Amanda no colo e olhou para o irmão. – E se você não fosse um ser humano tão antiaderente, também aconselharia que arrumasse uma mulher. Mas não a minha, que fique bem claro. Aliás, ela ainda guarda aquele spray de pimenta, caso você tenha se esquecido.

Rafael sorriu ao se lembrar. Quando se conheceram, Amanda era uma mulher muito arredia, por isso andava constantemente com um spray de pimenta na bolsa. Por acidente, certa vez, chegou até a aplicá-lo nos olhos de Adam.

– Não se preocupe – falou Rafael –, conhece bem o meu lema: *Não cobiçais a mulher do próximo, quando o próximo estiver muito próximo.* E não estou procurando nenhuma mulher, pelo menos não para me casar. Não sei se você sabe, mas após décadas de estudo ficou comprovado que o casamento é a principal razão dos divórcios. Portanto, estou me prevenindo. Agora – sem pudor, Rafael tirou a camisa molhada e enfiou-a no bolso de trás da calça, exibindo o peito nu –, onde vocês guardam os suprimentos? Estou morrendo de fome – fez cara de nojo para o arroz queimado de Amanda – e pretendo ingerir alguma refeição decente. Não estou a fim de ficar sobrevivendo de frango de padaria, bifes esturricados e macarrão instantâneo, como Adam falou.

Furiosa, Amanda voltou os olhos para o marido, que soltou um sorriso amarelo, antes de olhar novamente para os do irmão.

– Obrigado por acabar de melar os meus planos – disse Adam com rispidez.

– Gosto de companhia para cozinhar – retrucou Rafael.

Capítulo 2

Janeiro virou fevereiro e a chuva continuava a castigar a capital, causando todo tipo de dano aos cariocas. Como já era previsto, o caos se instalara no trânsito e diversas famílias ficaram desalojadas. Rafael, que só estava no Rio de Janeiro há duas semanas, já havia se acostumado àquela rotina e notícias. Agora, porém, em seu primeiro dia de aula, sentia como se a porta de um novo mundo fosse se abrir para ele.

E era exatamente como ele imaginava, meditou Rafael ao cruzar o portão azul. Os corredores muito lotados e transbordando da energia da juventude. A recepção muito bem decorada, a estrutura organizada da instituição e, é claro, as garotas. Muito jovens e vistosas, por sinal. Entretanto, pela primeira vez em sua vida, Rafael não estava pensando somente nisso. Quando se matriculou naquela universidade, não queria pouca coisa. A instituição que escolhera para fazer o curso de gastronomia era uma das mais recomendadas do país e ainda possuía uma aliança pedagógica com Alain Ducasse Formation, renomada escola francesa que era referência em gastronomia e certificava internacionalmente todo o seu curso. Pretendia se tornar um famoso *chef de cuisine*. Orgulhoso, já carregava em sua mochila um jaleco com seu nome bordado por Janine e um *toque* alvo e novinho.

Ansioso, chegara meia hora mais cedo para vistoriar com atenção o local. A universidade ficava na zona oeste do Rio de Janeiro, mais precisamente em um bairro conhecido como Barra da Tijuca. Era um prédio branco e de dois andares, com detalhes da janela em azul, corredores largos e muito bem sinalizados. Quando saiu da secretaria com sua grade de estudo nas mãos, ele passou por uma biblioteca à sua esquerda, um laboratório de informática à direita e mais à frente deparou-se com um grande vão descoberto em formato quadrado. No centro, tinha um chafariz e alguns bancos desocupados pelos alunos, em razão da chuva. Uma cafeteria do outro lado do pátio estava lotada. A maioria dos estudantes, assim como ele, carregava um tablet na mão, que a própria universidade oferecia gratuitamente, ou, como era de conhecimento de todos, com valor embutido na exorbitante mensalidade. Todo o corredor que cercava esse vão era recheado de salas de aula, todas enumeradas na porta. Agradecido, Rafael observou que havia aparelhos de ar-condicionado em todas elas e sentiu um alívio secreto, pois sabia como podia ser quente o Rio em comparação ao clima fresco de São Lourenço.

Não avistando a sala de número treze, Rafael parou perto do assistente de limpeza – um senhor de pele morena e nariz adunco que cheirava fortemente a cigarro – para lhe perguntar onde era a sua sala. Chegou a pousar uma das mãos em suas costas para chamá-lo, mas desconcentrou-se momentaneamente ao ver uma loira deslumbrante que passava por ele e lhe lançou um sorriso amistoso.

– E não é que o Papai Noel atendeu à minha cartinha? – comentou ele em voz alta, sorrindo, ao vê-la passar.

– Como? – perguntou o faxineiro.

– Desculpe – rindo sozinho, Rafael concentrou-se novamente. – Estou procurando a sala de número treze. Pode-me dizer onde é?

Endireitando a postura sobre a vassoura, o funcionário tirou um palito da boca.

– É no segundo andar à direita, filho. Mas se continuar olhando desse jeito para cada bunda que passa, vai demorar um bocado pra chegar lá. – O faxineiro abriu um largo sorriso. Rafael sorriu de volta e lhe deu um tapinha nas costas.

– Foi exatamente por isso que cheguei um pouquinho mais cedo – piscou para ele.

– Pois, então, aprecie a vista. Meu nome é Damião. Qualquer coisa, estamos aí...

Deixando o novo amigo continuar a varrer, Rafael se despediu e foi andando e se direigiu à escada, caminhando cheio de pose. Podia ver os olhares femininos voltando-se curiosos em sua direção, principalmente das alunas mais novas. Seria batata.

Ao chegar à sala indicada, ficou um pouco decepcionado. Era como todas as outras: com carteiras, ar-condicionado e um quadro branco pendurado na parede. Em sua imaginação, Rafael pensava que já chegaria em uma cozinha industrial, desde o primeiro minuto, e colocaria a mão na massa. Olhando novamente para o papel em sua mão, Rafael deu um longo suspiro. Ficara tão entretido em ver o número da sala da primeira aula que não havia reparado qual seria a matéria: História da Gastronomia.

Desanimado, pois odiava ter de decorar qualquer coisa que fosse, largou a mochila na primeira carteira e sentou-se no assento ao lado. Apesar de desconfiar que aquela não seria sua matéria predileta, estava ali para aprender, e decidira levar o curso a sério. Não seria como na época de colégio, quando ele sempre aprontava na aula e ficava sentado com o grupinho do fundo. A seis meses de fazer trinta e um anos, não havia mais tempo para gracinhas. Além do que, agora ele mesmo estava bancando os estudos. E isso, pensou consigo, representava muita coisa.

Os alunos foram chegando e tomando seus lugares, todos se entreolhando com aquela curiosidade peculiar do primeiro dia. Depois de cerca de dez minutos, uma mulher alta e de cabelos cacheados e negros entrou na sala e colocou a bolsa sobre a mesa do professor. Em seguida, com as duas mãos ornamentadas por bem-feitas unhas vermelhas, ajeitou os cabelos para trás, a fim de prendê-los em um coque, aproveitando para passar os olhos pela turma. Rafael notou o rápido olhar de surpresa dela quando pousou os olhos sobre ele, dando uma paradinha, e ele não hesitou em lhe abrir um sorriso rápido, descontraído e malicioso.

– Bom dia a todos – disse ela, quando conseguiu encontrar as palavras.

Em geral, a turma de gastronomia sempre era dividia entre os sexos, mas jamais em sua carreira se deparara com um moreno tão fabuloso sentado na classe. O cara era lindo! Seu rosto, apesar de ter traços um pouco rudes, era atenuado por uma suave fendinha que cortava o nariz e o queixo. Seu corpo estava relaxadamente largado na carteira, as pernas cruzadas na altura dos tornozelos, os braços musculosos cruzados. Olhava para ela com os olhos cor de mel, perspicazes, e um sorriso de leve no rosto, como se soubesse exatamente o que ela estava pensando. Desviando os olhos, ela passou a língua sobre o lábio superior e decidiu que era hora de começar.

– Sejam bem-vindos. Meu nome é Victória e sou professora de História da Gastronomia. Nos veremos duas vezes por semana. Mas antes de falarmos sobre a matéria, gostaria de lhes falar um pouco sobre esse curso, – verdadeiramente interessado, Rafael se inclinou para frente e pousou o queixo largo em uma das mãos. A professora acompanhou seu movimento e abafou um suspiro. – O curso oferecerá a vocês as habilidades necessárias para poderem abrir o seu próprio negócio, ou então atuar na administração de buffets, hotéis e indústrias de alimentos. Ou seja, aqueles que se aplicarem, desenvolverão competências e habilidades não só na cozinha, mas também em empreendedorismo. Ao longo de cinco semestres, vocês receberão um treinamento culinário rigoroso, conduzido por um corpo docente com experiência nacional e internacional em cozinhas pedagógicas modernas. No final desse curso, serão submetidos a um exame prático e teórico, e poderão, se forem aprovados, obter o Certificado do ADF sem sair do Brasil. O que já é muita coisa...

A aula seguiu conforme o protocolo, mas Rafael não pôde deixar de notar por quantas vezes os olhos dela se fixaram nos seus. Ainda assim, Victoria teve um desempenho impecável ministrando aquela matéria. Era uma mulher linda, inteligente e sofisticada. Cursara gastronomia na França e se especializara na Itália; e ele deduziu que ela falava no mínimo os dois idiomas. Talvez fosse somente um ou dois anos mais velha que Rafael. E, para sua alegria, não usava aliança.

Quando a aula terminou, Victória, num ato de solicitude, se colocou à disposição da turma para sanar qualquer dúvida dos alunos. Essa observação deu a Rafael uma boa desculpa para ir até ela e perguntar onde era a próxima sala. Ao perceber que ele estava se aproximando, com rabo de olho, Victória se levantou da cadeira, olhou-o diretamente e abriu o sorriso.

– Posso ajudá-lo em alguma coisa? – perguntou ela ao tirar o jaleco, exibindo sua camiseta apertada. Como Rafael desconfiava, havia um vasto par de seios escondidos sob o jaleco, não exatamente naturais, mas que o deixaram com água na boca.

– Você fica muito mais interessante sem isso – ele não pôde evitar em dizer, apontando o jaleco.

– Imagino que sim, sempre prendo mais a atenção dos alunos sem ele – ela deu uma piscadela –, mas o que posso fazer por você? – perguntou novamente.

O que Rafael pensou, achou melhor não dizer.

– Preciso saber onde é a sala dezoito.

– Dezoito? – ela franziu o cenho, improvisando, enquanto pegava suas coisas da mesa. – Na verdade, é a sala da cozinha, estou indo para lá. Parece que vamos fazer uma torta para vocês, como um gesto de boas-vindas. Quer que eu te acompanhe?

– Acho melhor não – apoiando uma das mãos na mesa enquanto a outra segurava a mochila, Rafael passou a língua sobre os dentes –, senão vamos ter que conversar no caminho. E dizem que a lei do universitário é nunca deixar que seu professor note você.

Colocando a bolsa no ombro, Victória olhou-o de cima a baixo e ofereceu um pequeno sorriso. Em seguida, aproximando-se um pouco, pousou ousadamente o dedo indicador na covinha do queixo dele.

– Sinto muito, querido, mas acho que já é um pouco tarde pra isso. Só uma cega não notaria você. Mas pelo bem da minha reputação, vamos embora logo fazer essa torta.

– Morango ou cereja? – ele perguntou.

Ela riu.

– Ainda não decidimos a fruta.

– Não estou falando da torta.

– Como?

Rafael aproximou-se mais do seu rosto.

– Só quero saber o que você gosta de comer no café da manhã.

Sua pulsação disparou, mas Victória manteve um sorriso educado no rosto ao dizer:

– Dependendo das atividades da noite, eu fico com as duas.

E assim foi. Quando saíram juntos naquela noite, depois do jantar, não houve muito o que se discutir. Nos meses que se seguiram, Rafael e Victória acordavam juntos frequentemente no apartamento dela. Não que alguém da faculdade soubesse disso, pois não queriam prejudicar a reputação de Victória. Rafael não deixou, porém, que ela lhe comprasse nenhuma escova de dentes ou algo do tipo. Apesar de Victória ser uma excelente parceira na cama, companhia fascinante e exímia conhecedora de vinhos, Rafael não queria compromisso. Morava na casa de Adam e deixava isso bem claro para ela. Também não dedicava a Victória, aliás, a exclusividade que ela imaginava ter. Mas, na verdade, ela nem procurava saber muito sobre as suas puladas de cerca, poruqe o que era para ser só mais de seus casos, acabou se tornando algo mais profundo para ela. Estava apaixonada por Rafael e não desejava perdê-lo por nada.

Como era de se imaginar, em pouco tempo Rafael conhecia os alunos de todas as turmas. Estava sempre presente nas baladas e agitando alguma viagem entre os amigos. Passou a visitar assiduamente a região do lagos, especialmente o requintado município de Búzios, onde as pessoas pareciam nunca ter hora para nada nem destino certo enquanto andavam pelas ruas.

Em contrapartida, estava realmente estudando. Destacou-se na faculdade, chamando sempre a atenção dos professores com a elaboração de pratos inusitados. Para ele, aquilo era um imenso triunfo pessoal, já que nunca se destacara em coisa alguma na vida, a não ser na última corrida de motocross. Mas agora sabia que cozinhar era o seu verdadeiro talento.

Com exceção do professor de introdução à Cozinha, que desconfiava de seu envolvimento com a professora Victória, e reprovava,

Rafael conquistara a maioria dos funcionários e alunos da faculdade. Dedicavam-lhe sua simpatia imediata. Ele era um cara cativante e tinha o dom de fazer as pessoas rirem. Além disso, era bonito, o que o fazia irresistível para as garotas. E gays. Mas isso não foi impedimento para conquistar inúmeros amigos homens também, pois até esses se encantavam com seu jeito despojado. Viam-no como uma referência de aluno boa-praça, sem imaginar que muitas de suas namoradas acabariam na cama com ele.

Devido à convivência de Rafael com Victória, o universo dos vinhos tornara-se uma de suas paixões mais ardentes. Victória espantava-se com a rapidez com que Rafael adaptava-se ao novo mundo. Ela o considerava um diamante bruto, precisando somente de um pouco de polimento para se encaixar perfeitamente em seu meio social. E, como ela o apresentara aos melhores restaurantes da cidade, o paladar de Rafael para comidas ficou extremamente apurado. Como resultado, em curto tempo, ele não andava mais por aí se balançando feito um moleque. O sorriso de garoto continuava o de sempre, porém seus modos mudaram. Estava mais elegante. Revestiu o garanhão do interior com uma camada insuperável de classe.

Adam e Amanda estavam orgulhosos vendo o seu crescimento, mas ainda se preocupavam com a sua situação financeira. De fato, Rafael não pedia nada a eles, e até ajudava nas despesas da casa. Entretanto, estava gastando demais. E se continuasse nesse ritmo, o dinheiro que guardara para o tempo de faculdade acabaria muito antes do planejado. E eles tinham medo de que, em algum ponto do caminho, Rafael caísse de novo nas armadilhas da vida fácil e voltasse para o jogo, ou que se metesse com alguma coisa ainda pior. Surpreenderam-se, no entanto, quando ele apareceu certa noite na sala, com um ar preocupado, dizendo que era hora de trabalhar.

– E já pode trabalhar em um restaurante? – indagou Amanda, aliviada ao ver a sua preocupação.

– Poder eu posso, mas não como chefe de cozinha. O problema é que o salário de ajudante não paga muito.

– Pode trabalhar na minha oficina, se quiser – ofereceu Adam, solícito.

– E que diabos eu vou fazer em uma oficina? – retrucou Rafael, como se fosse a pior escolha a se fazer na face da Terra.

– Tirar esse traseiro inútil da minha sala, por exemplo – com a aspereza de sempre, Adam virou-se de costas e foi andando para a cozinha para pegar uma garrafa de mate gelado. Tinha acabado de ser casar e não podia desfrutar de privacidade com sua esposa, por isso andava muito irritado. Antes de Rafael chegar, Adam adorava ver Amanda caminhando seminua pela casa, puxá-la para fazer amor no sofá... Não que quisesse expulsar o irmão, mas Rafael prometera ficar por pouco tempo e já se enraizara em sua casa por quase seis meses.

– Se quiser, também pode vir trabalhar comigo – Amanda ofereceu. Na verdade, ela estava mesmo precisando de uma ajudinha. Montara uma pequena loja há pouco tempo para vender os quadros de Adam, que ele produzia por hobby, mas como ela tinha muitos contatos no Rio, logo a loja ficara conhecida e já vendia também as obras de outros artistas. – A galeria de arte é pequena, mas já consegui bons clientes por aqui. Inclusive, muitos deles são donos de restaurante. Podemos nos revezar nos horários. E eu te pago uma comissão pelo que vender.

– E o que eu entendo de arte? – Rafael se lançou no sofá. – Se é assim que podemos chamar aqueles rabiscos. Isso é coisa de charlatão. Para mim, esse negócio de arte é igual conversa de gago: todo mundo olha e finge que está entendendo.

Um tanto ofendida, Amanda apertou os lábios para ele. Pensava o mesmo que Adam sobre a falta de privacidade e já estava cansada de lavar a roupa daquele marmanjo. Fizera sua parte, lhe oferecendo um emprego. Mas se Rafael ia ficar botando empecilhos, ele que se danasse. Estava mais preocupada agora com a baba de cachorro que acabara de avistar no sofá. Thor estava ficando impossível!

Não longe dali, na Barra da Tijuca, Alexia saiu de uma reunião estressante. Não concordava com a política que a nova direção do canal estava assumindo. Para ela, o mais importante era sempre passar credibilidade para os telespectadores, e isso se conseguia com escolhas honestas. Mas, enfim, não cabia a ela decidir. Era somente uma das produtoras do *Shop and Cook*. E já vivia por trás dos bastidores por tempo suficiente para saber que transparência não tinha nada a ver com o universo televisivo, muito menos com o mundo inescrupuloso das vendas.

A cada dia ficava mais arrependida de não tentado a sorte em Hollywood, como sua melhor amiga, Liana. Quando cursara cinema há seis anos, não era exatamente isso que esperava de sua carreira: produzir um programa de compras pela tevê. Porém, na época, a oportunidade parecia sensacional. Estaria dentro de um grande canal e depois poderia migrar para outro programa. Entretanto, isso não aconteceu. Será que um dia aconteceria?

Decidindo não pensar mais sobre isso, Alexia arriscou-se na chuva fina sem guarda-chuva, pegou a chave do carro no bolso da calça e foi buscar o seu Kia Soul. Ao contrário da maioria dos cariocas, não estava infeliz com o tempo, apesar de ficar penalizada com os resultados da chuva para os moradores dos arredores. Contudo, odiava o calor. E, acima de tudo, não gostava de praia. Tinha certeza de que a cegonha cometera um erro terrível no seu nascimento a largando num lugar como aquele. Devia ter nascido na Rússia, Alasca, Turquia... ou qualquer outro lugar onde nevasse boa parte do ano.

Quando entrou no carro, sua linda blusa de botão branca e calça jeans estavam encharcadas, e ficou agradecida por ter recentemente colocado o banco de couro no carro. Para relaxar, passou os dedos nos cabelos lisos, curtos e negros, que caíam em uma linha reta da nuca até o queixo, e ligou o som em uma rádio local, na qual tocava somente MPB. Em seguida, olhou-se no espelho retrovisor. Suas olheiras continuavam terríveis. A pele muito branca em torno dos olhos escuros lhe dava um contraste gritante, parecendo acentuá-la ainda mais. Faria de tudo para dormir bem naquela noite, prometeu a si mesma. Na verdade, não estava comendo direito, e devia ter emagrecido alguns quilos, pois seu maxilar parecia muito saltado no rosto. Se não fosse pela boca e bochechas rosadas, podia jurar que estava anêmica.

Precisava parar de viver somente de frutas e lanches noturnos, decidiu ao ligar o motor. Um bom prato de feijão com arroz com certeza cairia-lhe muito bem. Mas do jeito que trabalhava ultimamente, a que horas ela iria cozinhar? Mal tropeçava para dentro do apartamento e ia direto para cama. Nem seus amigos ela conseguia mais ver!

Além disso, há dias andava ansiosa por alguma notícia de Caio, que desde que fora visitar seu agente em São Paulo não dera nenhuma notícia. Ele era escritor e estava prestes a vender um roteiro que lhe renderia bons frutos. Não para o Brasil, obviamente, mas para uma produtora bacana em Los Angeles, especializada em produzir filmes independentes. Um amigo seu, que morava nos Estados Unidos, colocara o seu texto na mão da pessoa certa e ele agora estava prestes a dar uma grande tacada. O produtor buscava algo inusitado e animou-se de produzir um suspense que tivesse cenas também no Brasil. No entanto, teria de fazer adaptações no roteiro, e era nisso que pensava enquanto enrolava para dar a resposta.

Ela e Caio já estavam juntos há quase três anos. E hoje, à beira dos 30, Alexia perguntava-se por quanto tempo arrastariam aquela relação. É fato que sentia falta dele, e muita... mas somente como amigo. Também, como seu pai se mudara para Goiânia, sua terra natal, e a mãe já morrera há quase dois anos, Alexia sentia-se um pouco sozinha no mundo. Caio funcionava como uma espécie de referência de família, de certa forma. Não que morassem juntos. Aliás, nos últimos tempos, devido às atividades profissionais de ambos, mal se viam. Mas ainda era uma pessoa para quem voltar. Alguém que lhe esperava, mesmo que fosse para monologar em torno de si praticamente o tempo todo. Caio era um sonhador, e Alexia o admirava por isso. Precisava admitir, porém, que ele também era um tanto egoísta. Inclusive no sexo. Mas amar alguém significava aceitar o outro do jeito que era, não é?

Convencida que sim, tentou ligar para ele, mas, assim como das últimas vezes, o telefone chamou até cair na secretária eletrônica. Sendo assim, deu ré no carro e decidiu que tentaria ligar de novo de casa. Antes, no entanto, precisaria passar nas faculdades que lhe indicaram e organizar as futuras seleções. Ainda que não concordasse com as decisões que foram tomadas pelo diretor do canal, decidiu que participaria de tudo e tentaria persuadi-lo naquela escolha maluca, alertando-o para a besteira que estava prestes a cometer. *Como se alguma vez Hélio tivesse me ouvido*, lembrou-se ela com frustração.

Capítulo 3

– Amanhã? – perguntou Rafael, ligeiramente apavorado. – Mas estamos na última semana de aula!

– Foi o que ouvi dizer... – Victória respondeu em seus braços. Estavam em seu apartamento, deitados na cama, e ela acabara de avisá-lo sobre uma seleção surpresa que aconteceria na faculdade no dia seguinte. Ainda não sabiam para qual restaurante era, mas o olheiro estaria por lá, e os burburinhos garantiam que o salário era muito alto, bem acima da média do mercado.

– Mas como vou inventar uma receita assim – Rafael estalou os dedos –, em cima da hora?

– Tenho certeza de que dará conta do recado – Victória virou-se e beijou-o no rosto. – Você é um de nossos melhores alunos. Mas olha – ela apoiou-se em um dos cotovelos –, estou te avisando tudo isso com antecedência, hein, Rafael. Pelo amor de Deus, vê se não abre esse bico.

– Pode deixar. – Sua cabeça já trabalhava em alguma receita, mas ele não sabia se o teste seria um prato de doce ou de salgado. Todavia, preferia, com toda certeza, que fosse salgado. Em um pulo, Rafael levantou-se da cama, disparou para a cozinha e abriu a geladeira, tentando lembrar-se dos condimentos que vira na cozinha da faculdade. *Mas será que para o teste eles trariam novos condimentos?*

Torcendo que não, Rafael começou a pegar tudo que via pela frente, já pensando no que poderia fazer. Tratou de pegar também todos os livros de culinária disponíveis à sua vista. Victória, com a cara cheia de sono, apareceu na porta do recinto enrolada no lençol. Apertando os olhos, conferiu no relógio de parede que já eram duas da manhã. Não estava disposta a passar a noite cozinhando, muito menos assistindo a alguém cozinhar. Seria como estar trabalhando na própria casa.

– Rafa, vem para cama. Você nem sabe o que eles vão levar amanhã.

– Nada disso, vou acabar com sua dispensa hoje à noite. Preciso treinar vários pratos – disse ele, folheando alguns livros e movendo-se com ligeireza pela cozinha, procurando panelas.

Victória suspirou.

– Bem, me desculpe, mas vou ter que deixá-lo sozinho nessa. Estou morrendo de sono e amanhã dou aula cedinho.

– Tudo bem – Rafael fez um gesto com a mão para que ela fosse logo. Não precisava de ninguém para tirar-lhe a concentração. Em seguida, começou a recolher os ingredientes para elaborar um prato de massas.

Rafael não se lembrava da última vez que ficara cansado daquela maneira. Deixara a cozinha um caos e não pregara os olhos nem por um segundo naquela noite. Pela manhã, quando Victória encontrou seu corpo musculoso arremessado contra as almofadas do sofá da sala, já estava impecavelmente arrumada. Já a aparência dele não estava das melhores, embora fosse impossível não admirá-lo só de cueca e relógio de pulso. Victória tinha orgulho de andar com ele ao seu lado.

– Bom dia, meu gato. Pelo visto sua noite foi longa. Pelo menos valeu a pena? – perguntou ela, calçando um dos sapatos.

– Estou ferrado – resmungou ele, com um dos antebraços sobre os olhos. – Não consegui ter uma única ideia que preste. Descobri que sofro de bloqueio culinário.

Sorrindo, Victória aproximou-se e sentou-se no braço do sofá ao seu lado. Sentindo sua aproximação, Rafael ergueu o braço e a fitou.

– Por que já está toda arrumada? – perguntou ele, com uma fisgada de pânico.

– São sete da manhã, queridinho, e minha primeira aula de hoje será às oito. Aliás, o seu teste também. Sua cara está horrível – anunciou ela, mantendo o tom irritantemente calmo.

Rafael passou a palma da mão no maxilar e concluiu que precisava fazer a barba antes de sair. Exatamente por esse motivo arregalou os olhos quando notou que Victória já segurava a chave do carro na mão.

– Que chave é essa? Você não pode ir para a faculdade sem mim – suplicou ele, levantando rápido o corpo ainda pesado. – Deixei a moto na faculdade quando vim ontem para cá com você. Se eu for de ônibus, vou chegar atrasado.

– Pois devia ter pensado nisso antes, gatinho. Ainda preciso passar na sala do diretor, pois ele quer revisar alguns horários comigo. Parece que um dos docentes vai estudar na Europa e ficaremos com um buraco na grade. E ao que parece, vai sobrar para *moi*... – disse ela e foi pegar sua bolsa na mesa, pois, embora estivesse apaixonada, sua carreira sempre viria em primeiro lugar.

– Mas não pode me esperar nem cinco minutos? – Rafael insistiu, com um olhar suplicante. – Eu me arrumo rapidinho.

Victória lançou-lhe um olhar divertido por cima do ombro, que foi completado com um sorriso sarcástico.

– Você não é de fazer nada rápido, querido. Aliás, essa é uma das suas qualidades. Pelo menos, em um sentido específico. Tem um número de táxi em um imã na geladeira. Demora menos de dez minutos se você chamar.

Com essa resposta, o maxilar de Rafael ficou rijo, mas ele não disse nada. Nunca pediram nada um para o outro. Isso era parte do acordo que ele estabelecera entre ambos de não se comportarem como um casal. Seria sexo e amizade na sua forma mais pura. Porém, naquele dia, ele reconhecia que precisava de algum tipo de apoio, pois estava mais nervoso do que nunca. Precisava desesperadamente daquele emprego. Em primeiro lugar, porque cozinhar era a coisa que mais desejava fazer na vida. Em segundo, porque já sabia que a grana era boa. E o dinheiro que trouxera de São Lourenço, e que era para durar por dois anos, parecia ter evaporado pela metade. Há tempos Rafael estava correndo atrás desse prejuízo, mas parecia que o maldito era queniano.

Ligeiramente emburrado, ele levantou-se e foi andando em direção ao banheiro, sem se dar ao trabalho de retribuir a longínqua despedida que ouvira de Victória ao sair. Ao ouvir a porta bater, foi surpreendido por uma pontada de solidão. Não custava nada ela ter esperado um pouquinho, meditou ele, zangado, ao pegar a gilete. Se tivesse dormido na casa do irmão, onde realmente fixara residência, Amanda o teria enxotado da cama e preparado o café para ele. Não o deixaria perder o horário do teste. Às vezes, precisava admitir que tinha uma pontada de inveja de Adam. Devia ser bom ter alguém que o amasse e cuidasse de tudo por perto, ainda mais se esse alguém viesse de brinde aquele par de coxas maravilhosas. Entretanto, Rafael sabia que, para a maioria dos mortais, o casamento representava uma conquista. Porém, para ele, uma ida sem volta para forca.

A verdade é que Rafael sabia ser rápido quando queria. Quinze minutos depois, ele entrava no táxi, de banho tomado, trajando uma calça jeans, óculos escuros e uma blusa polo azul-clara. Carregava sua mochila no ombro direito, onde levava seu jaleco e seu toque. De raiva, também trouxera junto consigo a garrafa de *Smirnoff Black* que comprara para ele e Victória tomarem juntos na noite de véspera. Caso tudo desse certo naquele dia, pelo menos ele poderia "bebemorar" por aí com os amigos, e não com aquela *traíra*.

Minutos depois, já se sentia um pouco mais calmo. Falara com o pai ao celular, que o animou de todas as maneiras possíveis, além de dizer que oraria por ele. Era sempre assim. Sempre que precisou, Rafael sabia que podia contar com seu velho. Mesmo a distância, Paulo era muito presente na vida dos filhos. E desde que viera morar no Rio de janeiro, Rafael o contatava frequentemente. Talvez falasse mais com o pai agora do que quando habitavam na mesma casa. É verdade que Paulo ligava demais, sempre preocupado com as peripécias do filho. "Filho criado, trabalho dobrado", ele sempre dizia. Porém, apesar de ter sonhado há muito tempo com essa viagem, Rafael jamais imaginou que sentiria tanto a falta da presença paterna. E também falta de Janine e de Ivy.

Pensava sobre isso quando sentiu o carro frear. Olhando para frente, tirou os óculos escuros, apoiou as duas mãos nos bancos da frente e apavorou-se com a cena que vislumbrou. Ainda não havia nem sequer saído de São Conrado e o trânsito estava péssimo em direção ao túnel que o levaria para a Barra da Tijuca. Em seguida, observou de longe, rangendo os dentes, uma carreta da Coca-Cola tombada de lado e um monte de guardas organizando um desvio. Entrando em pânico, soltou um palavrão, assustando o motorista que procurava, com toda a calma, por sua rádio local preferida.

Se tivesse vindo com a minha moto, Rafael não conseguiu deixar de pensar, *nada disso estaria acontecendo*. Apertando os lábios de raiva, ele olhou o relógio e lembrou-se mais uma vez da insensibilidade de Victória. E quando viu que já eram sete e meia, jurou para si mesmo que nunca mais dormiria fora de casa.

Também irritada, Alexia adentrava a faculdade ao lado de Hélio Pacheco, seu superior e diretor do programa. Estavam ali com uma missão específica, e Deus era testemunha de como ela já havia gastado saliva procurando dissuadí-lo daquela ideia. Mas se o diretor decidira ir em frente, o problema era dele. Afinal, era ele quem dirigiria o programa depois. Sua parte seria somente produzir o indivíduo escolhido.

Ambos foram apresentados à diretoria da faculdade, que orgulhosamente os fizera conhecer cada cômodo utilizado pelo curso de gastronomia. Um dos diretores, que secava a testa periodicamente com um lencinho xadrez que tirava do bolso, os conduzia pelos corredores salientando que os alunos daquela instituição recebiam um treinamento culinário rigoroso, conduzido por um corpo docente com experiência nacional e internacional. Para a faculdade, seria interessantíssimo ter um de seus alunos vinculado àquele projeto.

Alexia observava o movimento dos alunos à sua volta um pouco nostálgica, lembrando-se de sua época da faculdade. Quantos sonhos ainda havia em seu coração... Naquela época, achava que podia ganhar o mundo. E, agora, ela perguntava-se em que ponto do se caminho aquilo havia se perdido. O sentimento de invencibilidade. Distraída, não notava os olhares maliciosos que alguns daqueles pirralhos – como ela agora chamava os alunos – lhe lançavam enquanto passava. Não que ela fosse obviamente atraente, mas Alexia chamava a atenção pelo estilo e pelo jeito voluntarioso de andar. Algumas pessoas a achavam insuportavelmente convencida. Ela enganava bem. O corte curto e irregular dos cabelos já denunciavam que seu gosto era um tanto exótico. Era magra, alta e de seios pequenos. Vestia um blusão estampado que caía nos ombros e cobria os quadris estreitos, as pernas longas estavam emolduradas por uma legging preta, metade coberta por suas botas. A cintura bem fina estava demarcada por uma faixa de seda, do mesmo tecido da blusa.

Por fim, o diretor acomodou os visitantes na cozinha industrial improvisada onde aconteceria a seleção. A sala foi ornamentada com duas enormes mesas de tampo de madeira dispostas paralelas. Uma das mesas estava com os ingredientes cobertos por uma toalha rendada. Havia um *cooktop* de cinco bocas em um dos balcões, uma geladeira industrial e diversos utensílios de cozinha previamente enviados pelo canal. No que se referia à comida, estava tudo conforme o combinado. Os concorrentes certamente teriam uma grande surpresa.

Alguns alunos já estavam esperando, entre curiosos e ansiosos por agradar. Porém, a expressão de Hélio e de Alexia nada transpareciam. Naquele momento, era importante para eles manter o sigilo para que pudessem analisar exatamente o que vieram buscar. Sentaram-se em duas cadeiras no fundo, de onde teriam uma visão privilegiada da sala de aula. Com certo desinteresse, passaram os olhos pelas fichas de alguns candidatos que já haviam se inscrito, descartando alguns pelas fotos. Boa aparência era fundamental para aquele projeto. Entretanto, obviamente, não era tudo.

Muitos funcionários apareciam a toda hora na porta da sala onde seria a seleção, também infectados pelo vírus da curiosidade. E Alexia percebeu que, devido à falta de organização da excelentíssima universidade, demoraria alguns minutos para a apresentação começar. Decidiu, portanto, buscar um café na cantina para ela e para o seu chefe. Assim que os comprou, pegou-os do balcão e já ia se virando lentamente para voltar, mas o ato foi interrompido por alguém que lhe deu uma trombada, passando por ela, aumentando ainda mais sua irritação e fazendo-a derramar metade de um café em sua camisa na altura do peito.

– Mas que droga! – gritou ela irritada. – Olha por onde anda, fedelho... – Sem erguer os olhos, Alexia colocou os copos semicheios no balcão novamente e pegou alguns guardanapos. Em seguida, começou a passá-los na blusa, tentando, sem sucesso, remover o café.

– Foi mal – uma voz grave e masculina se desculpou. – É que estou superatrasado para essa bosta de seleção. Você se queimou?

Alexia ergueu os olhos e sentiu-se repentinamente acanhada, o que não era do seu feitio. Havia um par de olhos cor de âmbar olhando para ela, torneados por cílios longos, que fazia parecer ser impossível desviar os olhos para outro lugar. Na direção de seus olhos, também podia encarar uma boca carnuda e perfeita e uma irretocável covinha em seu queixo. Sem pensar, pois estava agitado demais para isso, Rafael pegou um maço de guardanapos do balcão e, sem cerimônia, começou a esfregá-lo na blusa de Alexia. Foi só então que a produtora acordou.

– Que isso? Pare de me tocar desse jeito! – ordenou ela, dando tapas nas suas mãos.

– Desculpe, eu só queria...

– Só queria uma ova – ela continuou a limpar o café. – Acha que não conheço esse truque? Derramar algo em uma garota só para poder puxar papo? Esse truque é mais velho que meu avô – ela olhou-o de cima abaixo e colocou as duas mãos na cintura. – Não acha que já está muito velho para esse tipo de coisa?

Rafael ficou olhando para ela, perplexo com o que ouvira.

– Acha mesmo que eu te empurrei de propósito?

– Até agora você não negou nada – Alexia cruzou os braços. – E, pelo visto, ainda tirou uma casquinha de mim – apontou para os próprios seios de novo.

Agoniado, Rafael baixou os olhos para o relógio. Não tinha tempo para ficar discutindo com aquela maluca. Sendo assim, resolveu desculpar-se e seguir em frente para o teste.

– Olha, me desculpe, pois não resisti. Você é realmente tão linda que acredito que sua mãe tem um Photoshop no útero. Por isso, te empurrei mesmo, para te dar uma bolinada. Mas não se preocupe com a casquinha que tentei tirar de você, pois não encontrei nada aí embaixo da sua blusa. Aliás, duzentos ml de silicone de cada lado lhe cairiam muito bem. – O xingamento que Alexia iria despejar em cima dele ficou preso na garganta quando Rafael virou-se e caminhou a passos largos para a sala do teste, deixando-a apatetada e sozinha.

Quando chegou ao recinto, Rafael sentiu-se quase divinamente agradecido pelo teste não ter começado. *Quase*, já que, apesar de ter sido criado por uma família cristã, Rafael se considerava um ateu. Não acreditava em interferência divina. Entretanto, não foi sempre assim. Antes de sua mãe ir embora, Rafael às vezes orava com ela. Não que ela fosse muito religiosa, mas em algumas datas do ano, por incentivo de Paulo, ambos tentavam passar os seus preceitos aos filhos. O que acontecera com Rafael foi que, desde que Olívia se fora, tudo que ela falara para ele não era mais considerado verdade. Sentiu-se abandonado e perdido. Além disso, ele chegou a pedir algumas vezes para que Deus a trouxesse de volta, e como não ocorreu, Rafael deixou que as mágoas se acumulassem em seu coração, não restando espaço para mais nada. Passou a crer que se Deus não podia fazer nada por ele, é porque simplesmente não existia, ou então porque simplesmente não se importava. Deus dera-lhe as costas. Por que, então, ele não faria o mesmo com Ele?

No entanto, admirava e respeitava a fé fervorosa do pai e de Adam. Seu pai tinha uma confiança absoluta e inabalável no poder do Criador. Rafael lamentava que não pudesse haver uma muleta desse tipo para ele também, ainda mais naquele dia importante.

Apressado, preencheu sua ficha de inscrição e foi aguardar com os outros alunos, os quais estavam todos sentados na primeira fileira de carteiras da sala. Murmúrios de incentivo ecoaram entre os candidatos. A turma toda era muito unida. Ainda assim, Rafael torcia para que a sorte deles não fosse melhor que a dele naquele dia específico. Célia, sua animada colega de classe, uma gordinha de um metro e sessenta que a cada semana adotava uma nova cor de cabelo, agora ruiva, estava sentada ao seu lado direito.

– Tem alguma ideia para que restaurante estamos fazendo esse teste? – perguntou ele a ela, sussurrando em um tom conspirador.

Célia se inclinou para o seu lado.

– Ainda não, mas estamos todos em cólicas para descobrir. Uma amiga minha da secretaria já sabe de tudo, mas teve o emprego ameaçado caso contasse alguma coisa para alguém. Parece até que alguém vai ser selecionado para a SWAT.

– Então, pelo visto, a parada é punk... – comentou Rafael, excitado e conjecturando em sua mente as possibilidades. Nunca antes tivera um emprego em que pudesse fazer aquilo que realmente gostasse. *Vou adorar*, pensou animado. Conhecera os melhores restaurantes da cidade em companhia de Victória e havia vários em que gostaria de trabalhar.

– O pior é que hoje eu estou um bagaço – Célia comentou, recostando-se na cadeira. – Acordei às cinco da manhã, pois estou fazendo aulas na autoescola. Por sorte, meu professor é um fofo e me pegou nesse horário. Vim dirigindo até aqui – informou ela, orgulhosa. – Mas também, com a grana que a autoescola está me cobrando, ele deveria me levar até o Japão. Nunca imaginei que tirar a carteira de motorista pudesse ser tão caro.

Rafael sorriu e deu um leve aperto em sua mão.

– Espere então até decidir comprar seu possante.

Nesse momento, houve um repentino silêncio na sala. Alexia apareceu pela porta acompanhada de seu diretor, que também havia saído para fumar. Hélio deu uma analisada na sala e decidiu que os candidatos já eram mais do que suficientes. Segurando o cigarro entre o polegar e o indicador, deu sua última tragada, soltou a fumaça pelo nariz e arremessou a bituca certeiramente na lixeira ao lado da sala. Quando ambos entraram, Rafael percebeu que a blusa de Alexia ainda estava levemente manchada. E quando os olhos dele se depararam com os dela, a produtora se perdeu neles mais uma vez. Mas, agora, somente por alguns segundos de choque. Não acreditava que aquele sujeito grosseiro também estava metido no teste. E, para Rafael, o retorno não foi menos verdadeiro. Ficou apavorado com a possibilidade daquela mulher arrogante ser a sua avaliadora após tê-la, literalmente, despeitado. E afundou-se na cadeira, com crescente terror, quando ela lhe fulminou com os olhos e subiu andando para o fundo da sala de aula. Os lábios dela expressavam um discreto sorriso cínico. Cobrindo os olhos com uma mão, Rafael xingou-a baixinho.

O diretor da faculdade pediu para que os alunos inscritos se levantassem e se apresentassem um a um, dizendo o nome e o período que estavam cursando. Por sorte, só puderam participar os alunos que estavam desempregados, o que limou boa parte da concorrência. Além do que, como a seleção fora divulgada muito em cima da hora, muitos candidatos não puderam comparecer. Todos se levantaram e ficaram de frente para os avaliadores. Até aí tudo bem, porque Rafael nunca tivera problema em estar diante de uma plateia. Aliás, esse era o seu forte. Porém, ainda torcia internamente para que aquela mulher fosse somente a secretária do dono do restaurante, sem nenhum poder de influência na decisão. Mas algo dentro dele lhe dizia o contrário. Talvez fosse a postura relaxada com que Alexia se sentava na cadeira, com o quadril projetado para frente, as pernas cruzadas, examinando as fichas dos candidatos uma a uma. Quando ela levantou o olhar repentinamente, surpreendendo-o com aqueles brilhantes olhos negros a fixá-lo de uma maneira como Rafael nunca antes sentira, ele ficou intimidado.

Sem saber o que fazer, Rafael lançou-lhe seu sorriso contagiante, que quase sempre encantava quem o recebia e fez um leve aceno de cabeça. Percebendo sua presunção, Alexia se pegou dando uma risadinha. Em seguida, balançou a cabeça negativamente e tornou a olhar para as fichas.

Hélio puxou os óculos para ponta do nariz e decidiu que era a hora de começar. Duas assistentes da secretária descobriram a mesa, expondo os ingredientes a serem utilizados. Enquanto os alunos miravam a mesa, em estado de choque, o diretor da faculdade começou a falar.

– Bom, como podem ver, vocês poderão usar somente os ingredientes que estiverem nesta sala. Cada uma terá de bolar uma receita em no máximo cinco minutos. Não poderão perguntar nada para os outros alunos. Mas durante a preparação, precisarão narrar tudo que estarão fazendo. Etapa por etapa, como se estivessem dando uma aula. Vocês estão em um total de 12 concorrentes. Vou respeitar a ordem das fichas. Portanto, Célia, você é a primeira.

Rafael olhou para colega de classe, horrorizado. E Célia xingou-se mentalmente por ter chegado tão cedo. *O que vou preparar em cinco minutos com essa miséria que está na mesa?*, perguntou-se aturdida. Havia somente um saco de açúcar, meia dúzia de limões, cinco latas de leite condensado, pimenta, azeitona, um ramo de folhas de louro, alguns pacotes de gelatina sem sabor e um quilo de tofu.

Célia continuou olhando para a mesa por mais um instante, como se não acreditasse no que estava vendo. Quando o diretor a chamou novamente, os outros alunos se sentaram e Célia seguiu para trás do balcão. Rafael compartilhava do desespero da amiga, pois não havia absolutamente nenhuma ideia de receita em sua cabeça. Mas, para animá-la, sorriu e brincou com ela fazendo mímica labial:

– Não vá pisar no tomate – sussurrou ele, falando a gíria que eles usavam para quem fazia besteira na classe.

Alexia ajeitou-se na cadeira, começando a divertir-se com aquilo. Sabia que aquele teste era meio cruel com os alunos. Contudo, adorava analisar as pessoas em situações de limite. E eles precisariam de alguém dinâmico e criativo, que soubesse improvisar bem quando sob pressão. Não queria admitir para si mesma, mas estava contando os minutos para ver aquele caipira irritante – sim, ela já havia sondado sua ficha e sabia que ele era de São Lourenço – totalmente sem ação diante da mesa.

Tudo bem, o cara era mesmo um colírio. Mas ainda que não fosse tão mal-educado, ela sabia, pela postura de garanhão do pedaço, que Rafael não era o tipo de cara para se tomar o café da manhã. Era, no máximo, para depois do jantar.

O cronômetro foi apertado. Apalermada, Célia obrigou-se a mover o braço e pegou o tofu. Em seguida, começou a cortá-lo em cubos, perguntando-se a si mesma o que estava fazendo. O diretor chamou a sua atenção, pois ela não estava narrando o processo. Célia se desculpou com ele e, quase chorando, pegou um punhado de azeitonas com a outra mão. Buscando tempo, olhou para os colegas à procura de apoio, mas a mente de cada um já estava longe demais. Perguntavam-se o que poderiam fazer diante daquela cena patética. Os segundos se passaram. De repente, uma das concorrentes levantou-se, pois sabia que seria a segunda e detestaria sentir-se humilhada. Sendo assim, desistiu. Ao vê-la sair da sala, Rafael vibrou em secreto. Ainda que estivesse apavorado, desejava que aquela atitude desanimasse os outros alunos e os conduzissem à desistência também. Entretanto, ninguém mais saiu.

De repente, Célia endireitou a postura e pegou um espeto, como se dissesse a si mesma que não podia entregar os pontos. Começou a intercalar o tofu e as azeitonas no utensílio. Em seguida, avistou um vidro de azeite em uma prateleira no fundo da sala e o pegou. O diretor advertiu-a, alegando que ela devia virar-se com os produtos que estavam *em cima* da mesa. Mas Alexia interferiu em favor dela dizendo que ele mesmo dissera que os alunos podiam utilizar tudo que estivesse *dentro da sala*, e não em cima da mesa. O diretor secou a testa pela milésima vez e consentiu com um sorriso sem graça. Célia lançou um olhar agradecido para a produtora, que acenou com a cabeça, incentivando-a a continuar.

A aluna regou uma caçarola com azeite e fritou o espeto, jogando um pouco de pimenta e azeite por cima dele. Tinha consciência de que não estava preparando nenhuma receita dos deuses, mas não era mulher de desistir. Acabara de se separar do marido e estava começando uma nova vida. Uma nova faculdade. Realizando até o sonho de aprender a dirigir. Célia queria ser um exemplo para sua pequena Milena, sua filha de somente três anos. *Posso até fracassar em conseguir essa vaga*, Célia pensou para si, *mas jamais vou desistir sem tentar.*

Quando, enfim, acabou de preparar seu petisco, Célia foi saldada por uma salva de palmas dos outros alunos e sentiu-se um pouco melhor. Alexia comoveu-se com a atitude da turma. Mas os candidatos que se seguiram não tiveram a mesma sorte de Célia. A maioria das performances foi desastrosa. Congelavam diante da mesa sem saber o que fazer. Um ou dois chegaram a arriscar algumas misturas exóticas, que ninguém jamais se arriscaria a provar.

Quando chegou, por fim, a vez de Rafael, que fora o último a chegar, Helio já estava desanimado. Nas últimas semanas não fizera nada além de visitar faculdades e até agora não encontrara o que procurava. *Será possível que teria de recorrer a um ator?* Ainda pensava nisso quando observou um moreno esbelto, vestindo um jaleco branco, levantar-se e colocar sua mochila sobre a cadeira. Parecia-lhe extremamente confiante. Porém, não imaginava que, por dentro, Rafael estava à beira de um ataque de nervos. Sentindo seu coração socar as costelas, ele abriu a mochila para pegar o seu toque e deu de cara com a garrafa de vodka. Tudo em que pensou foi em como desejava um gole daquilo para lhe encher de coragem. Foi quando uma lâmpada acendeu em sua cabeça. Olhou para trás e avistou a geladeira ligada. Não pensou duas vezes. Pegou a bebida destilada e levou-a até o balcão.

– Já estava na sala – Rafael sorriu para o diretor, balançando a garrafa.

O silêncio da sala parecia zunir. Alexia lançou-lhe um olhar por cima da ficha em direção ao cenário, com o qual desejava transmitir um interesse casual, somente para vê-lo entrar em ação. Rafael espiou o rosto dela e teve de engolir em seco. Seus olhos frios e negros pareciam duas jabuticabas a lhe fitar. No fundo, ele desejava que Alexia já tivesse lhe perdoado ou fosse profissional suficiente para separar as coisas. De todo modo, só para garantir, Rafael decidiu que seria o mais charmoso e desinibido possível. Sabia que sua boa aparência e carisma sempre o ajudavam a conseguir tudo que desejava. Muito embora, dentre todas as coisas pelas quais gostaria de ser felicitado naquele dia, sua beleza não seria uma delas. Usaria um pouco do seu lado moleque também. Afinal, ser divertido era uma segunda natureza para ele. E se tivesse que se ferrar, faria isso, mas riria de si mesmo.

O diretor apertou o cronômetro e Rafael começou o seu show:

– Bem – bateu as mãos e abriu a geladeira para pegar uma forma com gelo. – Inverno rigoroso chegando e o melhor para nos aquecer nas próximas férias é a... – fez uma pausa de suspense – a bebida da balada… – soltou um sorriso e foi se mexendo pelo balcão. – Porém, a crise financeira daqueles que estão tirando a carteira de motorista – sorriu para a Célia –, ou tomando uma facada do curso de gastronomia, como nós – todos riram, menos o diretor do campus – ,ou nos obriga a arrumar uma namorada rica, que possa nos presentear com uma boa garrafa de vinho europeu – ele piscou para Alexia, e ela deveria ter ficado com raiva, mas só sentiu uma deliciosa ondulação atravessando o estômago –, ou nos torna um excelente improvisador. O negócio é se divertir. Não sabe como? – Rafael apontou para Hélio, com um ar de expectativa. – Moleza, meu amigo, a culinária masculina é para isso!

"Pegue dois limões como estes e uma xícara de leite condensado. Em seguida, jogue umas talagadas de qualquer vodka vagabunda. Por favor, não gaste uma *Smirnoff* como esta – ele beijou a garrafa, pedindo perdão. Outra rodada de risos. – Aliás, não sei como ainda posso comprar esta marca de vodka com dinheiro que estou gastando na mensalidade, mas já estou divagando... – balançou a cabeça, rindo. Ignorando o olhar de censura do diretor suarento – Lance na mistura a quantidade de medida de álcool que seu sangue suporta... No meu caso – sorriu de novo e piscou para plateia –, vamos caprichar um pouquinho! Em seguida, acrescente gelo à vontade. Depois, corte cinco limões pela metade e os esprema nessa linda coqueteleira. Aliás, caros avaliadores, eu adoraria ganhar uma dessas como prêmio de consolação, caso eu não passe no teste... – Com os olhos atentos, o diretor passou uma mão pela boca e sorriu satisfeito. – Depois, junte o resto dos ingredientes e faça como eu – Rafael começou a fazer piruetas com a coqueteleira –, sinta-se um barman e sacuda isso até se cansar. Aproveite e dê uma espiadinha na gatinha que está passando na porta... – referiu-se à faxineira, que parou sorrindo para vê-lo em ação. – Tudo bem, Marieta? Sacudir esse troço me dá um ar sensual, não é mesmo? – ele sacudiu a coqueteleira ainda mais, contraindo os bíceps. Marieta ergueu o dedo polegar, aprovando. – E para finalizar, bordas de açúcar dão um toque mais profissional à bebida – ele acrescentou. – Em seguida, sirva o primeiro copo para você e o deixe longe da sua curiosa irmãzinha caçula, pois ela pode acabar chapada e deitada na grama do quintal com o cachorro lambendo a sua cara. Acreditem – ele sorriu –, não é uma cena muito bonita. E por último... – encheu outro copo e seguiu na direção de Alexia, que arregalou os olhos e se ajeitou na cadeira enquanto ele se aproximava – sirva o outro para a mulher mais linda que você encontrar, como um pedido de desculpas por ter agido como um perfeito idiota por estar nervoso demais com este teste. Tenho certeza de que se ela for tão profissional quanto aparenta, se levantará e fará um brinde com você, para demonstrar a sua benevolência – dito isso, ficou com um copo estendido para ela.

Alexia, cujo o silêncio aparentava uma irritante indiferença, ficou sentada na cadeira e mirou-o de cima abaixo. Reconhecia que Rafael emanava um tipo de confiança incomum, e ela supunha que ele fosse desse jeito em qualquer área que estivesse envolvido. Estava impressionada, mas tentou não esboçar nenhuma reação evidente. *No mais*, disse a si mesma, *não havia necessidade de se sentir pouco à vontade com ele*. Afinal, era *ela* quem estava no comando.

Entretido na cena, o diretor virou o rosto para Alexia, ainda confuso com aquele discurso, mas gostando da intrepidez do rapaz. Apesar de trabalharem juntos há pouco tempo, Alexia já imaginava no que Hélio estava pensando e lamentou não poder exalar um suspiro. Lentamente, a produtora colocou-se em pé e encarou Rafael novamente. *Eu não sou nenhuma idiota*, seus olhos pareciam dizer. Porém, apesar do rancor que ainda sentia por ele, não pôde evitar sentir um formigamento na mão quando seus dedos encostaram nos dele ao pegar o copo. Ela olhou para o líquido e para o moreno fabuloso de novo, hesitando por um momento. Estava agora visivelmente fervendo de raiva. Dentre todos os sacrifícios de sua profissão, este seria, de longe, o mais torturante. Um calafrio percorreu o corpo musculoso de Rafael quando imaginou o que ela desejava fazer. Estava claro no seu olhar. Rafael estava prestes a fechar os olhos para sentir o rosto todo molhado de vodka quando ouviu o tilintar do copo dela no seu. Alexia deu uma breve risada, visivelmente contrariada, e por fim disse:

– Bem-vindo ao *Shop and Cook*, Rafael Cavalheiro. Daqui a poucas semanas você se tornará uma celebridade. Mas não pense que vou te bajular por causa disso. A partir de hoje, sou eu quem vai te infernizar.

Rafael ainda não sabia do que se tratava, mas gostou da palavra "celebridade" ecoando na frase, por isso não resistiu. Pegou a mão livre de Alexia e levou aos seus lábios, olhando-a fixamente por cima dos dedos entrelaçados.

– Tenho certeza de que vou adorar tê-la sempre por perto – e espiou rapidamente o ponto onde sua camisa manchara – e exatamente do jeitinho que é.

Capítulo 4

– NÃO ACREDITO QUE ARRUMOU ESSE EMPREGO PREPARANDO uma simples *nevada*... – Adam tirava sarro do irmão, enquanto a esposa ajeitava sua gravata. – Para que você veio estudar gastronomia no Rio se já aprendeu tudo que precisava no bar do pai?

– Não implique com ele – Amanda ralhou, piscando para o cunhado. – Agora que Rafael será famoso, poderá ser muito útil para nós. Só espero que ele encha a nossa loja de artistas.

– Pode contar com isso, cunhada. E olha – Rafael apertou sua cintura por trás, para sussurrar no seu ouvido –, ainda dá tempo de fugir comigo para bem longe desse caipira broncão. Adoraria aparecer nas colunas sociais com uma mulher maravilhosa como você ao meu lado.

Adam passou o braço por cima da cabeça de Amanda para dar um tapa na cabeça do irmão, desarrumando novamente a gravata, ao que ela se enfureceu.

– Adam, olha só o que você fez! Já estou há meia hora tentando ajeitar esse nó.

– E quem disse que eu quero ir com esta bosta? – Adam arrancou a gravata e jogou-a em cima da cama. – Nós só vamos sair para jantar fora. Não vamos a nenhuma entrega do Oscar.

Reunindo paciência, Amanda voltou os olhos para o teto.

– Mas é um momento importante – ela alegou. – Se não fosse, nossa família inteira não estaria se despencando de São

Lourenço só para vir para cá. Vamos comemorar essa vitória do seu irmão. E Rafael já prometeu que vai nos levar em um restaurante chiquérrimo. Portanto, me obedeça e coloque logo esta maldita gravata.

– Deixa isso comigo – Rafael pegou a gravata da mão dela e cruzou no pescoço de Adam, elaborando o nó rapidamente com exímia habilidade. Perplexa, Amanda ficou olhando para ele.

– Desde quando você sabe dar nó em gravata? – perguntou ressentida.

– Desde que passei a ser um homem refinado – retornou Rafael, que em seguida se colocou ao lado do irmão. – E aí, como estamos?

Amanda cruzou os braços e tombou a cabeça de lado, analisando atentamente os monumentos à sua frente. Estavam ambos com ternos escuros, porém com gravatas diferentes. A de Adam era tradicional, e a de Rafael com o logo do Superman. Só havia visto os dois tão lindos desse jeito no dia do seu casamento.

– Estão fabulosos! – ela elogiou. Em seguida, puxou o marido pela gravata. – Adam, querido, não quero que saia de perto de mim um segundo sequer, senão a mulherada vai voar em você.

– A profecia é conjunta? – indagou Rafael.

– Impossível não ser – Amanda sorriu e um segundo depois deu um gritinho de animação ao ouvir a campainha tocar.

Imediatamente, todos correram juntos para a sala, mas Adam foi mais rápido do que os outros, já que Amanda e Rafael entalaram juntos na porta do quarto. Quando Adam abriu a porta, uma gritaria familiar ecoou pelo corredor.

– Teremos outro casamento? – perguntou Paulo, sorrindo, ao deparar-se com Adam trajado de terno.

Saudosos e animados, a família foi entrando e espalhando a bagagem pela sala. Todos se abraçavam e falavam ao mesmo tempo, e ninguém se entendia direito. Rafael estava deliciado com tantos elogios do pai. A pequena Ivy, sabe-se lá por que, aparecera com um penteado esquisito no alto da cabeça e com as pontas dos cabelos pintadas de roxo, que contrastava com o vestido branco de decote quadrado que caía-lhe até os joelhos. Devia ter crescido uns dez centímetros. E, agora, aos onze anos de idade, fazia sempre cara de tédio para tudo, mas não conseguiu esconder a excitação de ter vindo para o Rio de Janeiro assim tão de repente.

– Ai, Amanda, como você está linda! Senti tanta saudade de você – disse abraçando a irmã. – Tenho um monte de coisa para te contar sobre eu e... ahn... você sabe quem – esquivou-se ela, olhando de soslaio para o pai e referindo-se a Mateus, sua nova paixonite do colégio.

E Amanda realmente sabia. Falava com a irmã dia sim, dia também, por Skype, quando Ivy sempre lhe interava das novidades. Dessa forma, sentia-se um pouco mais próxima da pequena, que era um dos focos de devoção dela e de Adam.

– E você, hein... – Rafael passou os braços pelo ombro do pai. – Andou expandindo o aeroporto de mosquitos? – zombou dele, passando a mão nas entradas da testa de Paulo.

– Paulo não está ficando careca – Janine o defendeu –, só está ganhando rosto.

Todos riram.

– Amanda – Ivy interrompeu –, preciso ir ao banheiro retocar a maquiagem e trocar esta roupa. Você vem comigo? – pediu e ameaçou ir andando, mas Paulo a segurou pelo braço.

– Nada disso, mocinha. Nem adianta pedir para Amanda interceder por você. Não vou deixar você ir de minissaia.

– Mas pai...

– Muito menos eu – Adam virou-se para ela, com as mãos na cintura. – Posso saber desde quando você veste essas roupas e anda esfregando beterraba nos cabelos?

Ivy bateu um pé e revirou os olhos. Não bastasse o pai pegando no seu pé o tempo todo, agora teria de aturar a rabugice de Adam também. A vida era muito injusta.

– Amanda... – ronronou ela em uma voz fina, com o olhar suplicante.

Amanda apertou os lábios para ela, em sinal de impotência.

– Não posso ir contra uma ordem do seu pai, muito menos contrariar meu marido. Além do mais, você está linda com este vestido bordado.

– Até parece – Ivy jogou-se no sofá. – Foi minha mãe quem comprou na feirinha. Pareço uma freira.

Sorrindo, Amanda sentou-se ao lado dela, pois se lembrava de como era ter onze anos e achar que o mundo inteiro conspirava contra você.

– Mas sua roupa tem tudo a ver com o restaurante que vamos, querida, que exige uma vestimenta mais formal. Até Adam aceitou se enfiar nesse terno.

– Fui obrigado – ressaltou ele da porta, sem querer ajudar.

– De todo modo... – Amanda o olhou com censura para o marido e depois voltou-se para a irmã. – Você está linda, Ivy. Se bem que... – franziu os olhos ao olhar o All Star preto de cano alto que usava a pequena birrenta – acho que você precisa de outro sapato.

– Nem adianta... – Janine interferiu. – Tentei convencê-la disso durante toda a viagem. Mas ela cismou de combinar desse jeito.

Ivy levantou-se, revoltada.

– Gostaria que vocês respeitassem o meu direito de escolha. Afinal, vivemos hoje num país livre, não é? – disse isso e saiu andando para o corredor, murmurando alguma coisa sobre como era ruim ter onze anos e não poder viajar sozinha para a Angola, onde havia um alto índice de orfandade.

– Ela anda estudando muito a história da África – Janine esclareceu o rompante da filha, fazendo todos rirem.

Quando chegaram ao restaurante, como era de seu costume, Adam ainda estava reclamando do asfalto quando o manobrista veio abrir sua porta. Sentia orgulho e saudade de sua cidade, que era tão bela, limpa e organizada. E a presença dos pais por perto só despertava ainda mais essa nostalgia. Esperava que suas constantes reclamações enviassem uma mensagem subliminar para a esposa "Estou desesperado para voltar para lá", mas parecia que Amanda tinha um escudo de chumbo no cérebro.

Janine, Ivy e Amanda estavam deslumbradas com a fachada que contemplaram. O restaurante ficava no primeiro andar de um hotel luxuoso, de frente para a praia de Ipanema. Com certeza, a vista através da janela devia ser espetacular. Assim que entraram, Rafael dirigiu-se à recepcionista.

– Reservei uma mesa para seis – avisou educadamente e olhou o próprio relógio – para quinze minutos atrás – e liberou o sorriso de garoto.

A recepcionista ergueu a vista de sua prancheta e arregalou os olhos minimamente ao deparar-se com Rafael à sua frente ao lado de Adam. Em seguida, ruborizando um pouco, perguntou em nome de quem Rafael reservou. Ainda aguardavam por sua resposta quando ouviram a exclamação de Janine.

– Deus! Acho que nunca pisei num lugar como este... Olha só este lustre...

– E tudo isso foi promovido por Rafael – Amanda elogiou, cutucando-o na barriga sarada.

– Aqui está – a recepcionista falou –, Rafael Cavalheiro. Você disse que a ocasião seria uma comemoração, por isso reservamos uma mesa perto da janela, de onde temos uma visão privilegiada do mar.

Paulo soergueu uma sobrancelha para o filho.

– Obrigado – agradeceu, aprovando.

– Não sei por que todo esse alarde, só porque Rafael vai ser cozinheiro – alfinetou Adam, só para implicar com o irmão.

– Não me dão muito valor por aqui – Rafael sorriu para a linda recepcionista, que sorriu de volta e os acompanhou até sua mesa.

O restaurante era refinado. Paredes cor de salmão, luz indireta e flores naturais em todas as mesas. Havia uma grande janela de vidro que os presenteava com uma bela vista de fora. No meio do salão, Rafael observou um carrinho com uma variedade absurda de azeite extravirgem. Havia também uma adega gigante e fechada de madeira, onde os clientes podiam entrar para escolher o seu vinho. Mas Rafael já estivera lá muitas vezes com Victória e conhecia de cor a carta de vinhos.

– Espero que tenham uma noite agradável – disse a recepcionista, após todos se sentarem.

– Obrigada, Patrícia – disse Rafael, olhando o nome dela no crachá. E quando ela se virou, ele permaneceu alguns segundos avaliando seu quadril pela parte de trás.

– Algumas coisas nunca mudam – disse Adam, sorrindo para o pai.

– Caramba, parece que estou lendo em africânder... – Ivy comentou, enrugando a testa e analisando o cardápio. – Como vamos saber o que escolher? Até agora eu só entendi a água com gás.

– Está em francês – explicou Rafael.

– Então, vamos deixar que você sugira nossos pratos – Paulo opinou, num tom educado. – Afinal, é você o famoso gourmet por aqui.

Adam bufou.

– Só espero que não escolha um daqueles pratos decorados com uma folha e uma linha de molho em volta. Estou com fome pra cacete.

– Adam! – Amanda beliscou sua perna por debaixo da mesa e falou entre os dentes. – Vê se manera no linguajar. Não estamos na sua oficina.

– Então, capricha na gororoba... – avisou Adam para Rafael.

Nesse momento, um dos garçons aproximou-se da mesa. Rafael virou-se para Janine e sussurrou discretamente:

– Se importa se eu pedir uma garrafa de *Taittinger*?

Janine, que por causa de problemas passados com o uso do álcool se abstinha dele completamente, simplesmente sorriu e disse:

– Claro que não, querido, pode pedir o que quiser. Hoje é seu dia... – e virou-se para o garçom: – Traga dois chás gelados. Um para mim e outro para a menina – apontou para Ivy.

– Mas Rafael, essa garrafa custa uma baba! – espantou-se Adam ao olhar o preço do champanhe no cardápio.

– Mas a ocasião merece – ele retrucou. – Além do que, com o salário que vão me pagar no canal, vou tomar uma dessa por semana.

– Nada de ficar esbanjando, garoto. Você precisa pensar no futuro. – Paulo era sempre prático.

Rafael deu uma bufada e virou-se novamente para o garçom.

– Por favor, traga-nos também entradas de *terrine de foie gras e* uma boa cesta de pães franceses. Ah, e não esqueça os croissants.

Quando o garçom saiu, todos estavam rindo em conjunto.

– O que foi? – Rafael perguntou.

– Fala de novo fazendo biquinho – Adam pediu, debochando dele.

– Vai te catar.

– O que é isso que você pediu? – Ivy perguntou.

– Fígado de pato cozido em *terrine* no forno.

– CREDO! – disseram todos em uníssono.

Rafael revirou os olhos.

– Primeiro provem e depois me deem a opinião.

Minutos depois, o garçom apareceu e virou o rótulo do champanhe na direção de Rafael para sua confirmação. Em seguida, chegaram as entradas. A maioria, com exceção Amanda, não aprovou. Mas Janine foi educada o suficiente para fingir que estava gostando. Já Ivy, Paulo e Adam só atacaram a cesta de pães. Com absoluta certeza, eram a mesa mais barulhenta daquele local, embora agora o restaurante já estivesse bastante lotado.

Rafael pediu pratos diferentes para todos, levando em conta os gostos pessoais de cada um. Para si, escolheu um *jarret* de vitelo com molho *demi glace* e *couscous* marroquino de cogumelos. Dessa vez, todos ficaram satisfeitos com os pratos, apreciando a incomparável delicadeza de aromas e complexidade de sabores dos pratos franceses. Ao final da refeição, Rafael providenciou as sobremesas: maravilhosos *profiteroles* e *crepes suzettes*. Em seguida, pediu uma tábua com os queijos camembert, brie e roquefort servidos com frutas frescas e secas.

– Na culinária francesa, os queijos vêm no final – explicou ele à família.

– Quanta frescura – Adam murmurou –, mas até que a comida não é nada mau.

– Quem bom que gostou – Amanda pegou o gancho. – Meu aniversário é no mês que vem e pode ter certeza que jantaremos aqui. Vai guardando a grana, querido...

Suspirando, Adam olhou para o irmão.

– Olha só o que você me arrumou.

– Larga de ser pão-duro! – retrucou Rafael.

– Rafa? – Ivy apoiou um cotovelo na mesa – Conta aí pra gente: como vai ser o trabalho? Eu vou poder aparecer na televisão com você?

– A não ser que você esteja à venda: não, minha querida.

A pequena franziu o narizinho enquanto o entendimento chegava ao cérebro, mas Rafael se antecipou:

– Vou apresentar um programa culinário ao vivo, que tem como objetivo a venda dos utensílios para cozinha. Enquanto preparo as receitas, vou falando dos benefícios dos objetos que estou usando. O chato é que as receitas serão predeterminadas, não terei liberdade para criar. Pelo menos, não no começo.

– Mas daí é só um passo para o estrelato – Ivy se empolgou, abrindo as mãos espalmadas no ar. – Quero vir para cá todos os finais de semana para andar no calçadão com você. Quem sabe não aparecemos na revista *Caras*...

– Então, não vai nem improvisar? Só vai fazer o que eles mandarem? – comentou Adam, com um ar pensativo e comendo um pedaço de queijo brie. – Até eu podia fazer essa joça. Por que te escolheram?

– Porque sou espetacularmente bonito – respondeu Rafael.

– Eu também sou.

– Mas também sou espetacularmente simpático.

– Meio *veadinho*...

– Como eu estava sentindo saudades disso – Paulo comentou, sorrindo para Janine.

Nenhum deles estava com pressa para se retirar. Por isso, continuaram matando as saudades e atualizando as novidades de todos. Paulo estava montando um novo negócio para Janine, que estava entediada na vida de dona de casa. Sendo assim, ela abriria uma floricultura no próximo inverno. Em certo momento, sabe se lá por quê, Ivy enfiou Nelson Mandela na conversa e avisou que queria ser advogada para defender os direitos dos menos favorecidos. Para uma menina de onze anos, parecia muito politizada, apesar de ainda achar que assistir *Glee* na tevê era muito mais interessante do que *Jornal Nacional*. Em certo momento, Rafael ergueu a mão para pedir a conta. Foi nesse instante em que ele a avistou.

Ele sentiu o sangue gelar nas veias ao se deparar com aquele rosto. Era ela. Sem nenhuma sombra de dúvida, era ela. A cabeça e o coração de Rafael doeram enquanto analisava a cliente que entrava. Vestia um vestido azul-turquesa, que jazia nos joelhos, sandálias baixas, e a pele morena estava um pouco mais enrugada. Mas tinha o mesmo ajeitar dos cabelos negros, o mesmo jeito de andar e as mesmas olheiras profundas. Todavia, as mãos, antes ágeis, repousavam com toda calma sobre o antebraço do homem que Rafael mais odiava no mundo, enquanto entravam no restaurante. O pulso do braço livre dela estava enfaixado, como se ela estivesse se recuperando de alguma torção. Ambos estavam muito mais velhos, isso era verdade. A expressão do rosto, certamente, muito mais amadurecida. Mas fora aquela mesma mulher, disso Rafael tinha absoluta certeza, que abandonara seu pai e os filhos mais de quinze anos atrás.

E como poderia ter se esquecido? Meditou ele indignado, voltando os olhos para o prato. Quando sua mãe foi embora, parte do seu mundo desabou. Olívia foi a primeira grande perda da sua vida. Rafael chorou por ela durante semanas. Mas depois, quando percebeu que ela não iria voltar, odiou-a. E a intensidade do amor que sentia pela mãe não era nada comparada com a raiva que o substituiu. Rafael lidou com parte daquela dor insuportável atazanando as meninas da sua classe, e nos anos seguintes, partindo corações. Afogou-se num mar terrível de negligência. Olívia, por sua vez, sumira. Seguira com sua vida como se eles simplesmente não existissem. E, pelo visto, tinha se dado muito bem.

O maxilar de Rafael enrijeceu-se de ódio ao lembrar-se do desespero em estado bruto que vira estampado no rosto do pai quando foi atirado na sarjeta por ela. E uma parte dentro dele ainda desejava matá-la. Mas sempre que essas ideias penetravam sua cabeça, Rafael voltava seu pensamento para a família. Eram felizes. Nada mais importava. Haviam reconstruído suas vidas sem ela e agora nada disso poderia mudar.

Seu estômago pareceu se contorcer quando ele tomou um gole de água para se recompor. Seus sentidos entraram em alerta, e ele podia ouvir as batidas descompassadas do próprio coração. Rafael passou anos pensando em como seria aquele reencontro. Em como gostaria de dizer-lhe umas boas verdades e demonstrar todo o desprezo que sentia por ela. Entretanto, naquele momento, precisava proteger a sua família daquela mulher. Não queria estragar a noite de todos. Este, sim, agora era um assunto do seu mais alto interesse.

Quando o acompanhante dela se sentou, Olívia pendurou sua bolsa na cadeira e seguiu em direção ao toalete. Num momento de impulso, sem se alterar, Rafael pediu licença para a família a fim de fazer o mesmo. Não sabia exatamente por que estava fazendo aquilo. Mas a cada passo que dava e se aproximava daquela mulher, o coração de Rafael parecia bater mais rápido. As mãos começaram a suar, e os olhos esquentaram contra a sua vontade. Ele ainda não sabia o que iria fazer ou dizer, mas sabia que precisava desse pequeno confronto frente a frente com ela, nem que fosse somente com um olhar.

Havia um pequeno corredor com a porta do banheiro feminino de um lado e masculino do outro. No meio dele, um imenso espelho e um balcão com duas pias de mármore. Assim que Olívia entrou no toalete, Rafael abriu a bica e começou a lavar as mãos. Irritado consigo, percebeu que elas estavam involuntariamente tremendo. Tentando se acalmar, ele jogou um pouco de água no rosto e levantou a cabeça para se olhar no espelho outra vez. *Não há motivo para você se sentir tão nervoso*, disse a si mesmo. Não devia nada a ninguém. Não fizera nada de errado. Não era ele quem tinha uma dívida. Ao contrário de Olívia, que, ao sair do banheiro, com absoluta indiferença, se postou ao seu lado para retocar o batom. Um calafrio percorreu a espinha de Rafael.

– Linda vista, não é? – comentou ela, após alguns segundos, ao olhar as janelas através do espelho. – Meu marido sempre me falou muito bem deste lugar. Dizem que a comida é um atentado contra a balança. Mas acho que mereço isso hoje, ainda mais depois de ter vindo de uma reunião tão chata quanto um velório – ela sorriu e olhou para Rafael.

Isso não está acontecendo, pensou ele. Um vento frio atravessou-o por dentro, subindo do estômago até a garganta quando ele percebeu que Olívia não o reconheceu. A mulher *que lhe deu à luz* não o reconheceu. Sorria com uma simpatia ingenuamente cortês. A vontade de Rafael naquele momento era agarrá-la pelo pescoço e atirá-la pela janela. No entanto, um medo súbito, tal como um veneno paralisante, parecia lhe engasgar as palavras.

– Também não gosto de velórios – foi o que conseguiu dizer, voltando os olhos para a água corrente. – Só irei no meu porque não tenho opção. Apesar de que, o de uma pessoa específica, eu adoraria participar – completou ele com certa ironia.

Com uma breve risada, Olívia guardou o batom e deu um aperto conspirador no seu ombro.

– Todos nós, querido, todos nós...

Quando ela retornou para a mesa, Rafael estava estarrecido consigo mesmo e com aquela situação. Finalmente, sua mãe saíra das sombras e não tivera a dignidade de reconhecê-lo, nem ele a coragem de estrangulá-la. Rafael começou a se sentir enjoado por isso. Mas quando voltou para a mesa, só pensava em proteger a família da presença daquela mulher. Sendo assim, acertou a conta o mais rápido que pôde e arrastou seus parentes para longe dali. Entre mortos e feridos, salvaram-se todos.

Todos.

Menos ele.

Capítulo 5

Alexia não tivera uma boa semana. Um cano de água em seu apartamento estourou e alagou completamente a sua cozinha. Para piorar, soube que o pai estivera doente de novo. Há dois anos descobrira-se diabético e recusava-se veementemente a tomar os remédios. Achava que tudo se curava na base do chá, coisa de gente do interior. Mas por causa disso, virava e mexia, ele estava sofrendo de insuficiência renal, o que deixava a filha extremamente preocupada.

Para completar, Alexia passara o último mês tendo reuniões estressantes sobre as últimas definições para o novo formato do *Shop and Cook*. E por essa razão, ela e Rafael viviam às turras, pois a criatura aparecia a cada dia com mais novidades. E como ele dava pitaco...

O mais absurdo, é que todos da equipe sempre gostavam das mudanças e inclusões que Rafael sugeria. Será possível que eles não compreendiam como seu trabalho já era estressante? E que cada nova mudança ela precisava reorganizar tudo de novo? Alexia precisava gerenciar toda a parte técnica do programa, cenário, manutenção, camarim, elenco e apoios. Tirando a parte de divulgação e pagamentos, Alexia cuidava de praticamente tudo sozinha. Não era à toa que os diretores do canal se estapeavam entre si para tê-la por perto. Decidira ficar com Hélio, pois confiava no seu trabalho, apesar de achá-lo um pouco impulsivo na maioria das vezes.

Como sempre em sua carreira, Alexia também sempre procurava ajudar os artistas para que eles não tivessem de se preocupar com nada além da sua atuação, mas Rafael era enervante demais. Cheio de exigências. E depois que suas ideias mirabolantes eram aceitas pela equipe do programa, era *ela* quem resolvia os pepinos. E pelo certo, o empresário dele é quem deveria ajudá-lo a cuidar da sua nova carreira, mas uma vez que Rafael se recusava veementemente a ter um, era Alexia quem fazia quase tudo para ele. E foi um parto convencê-lo a fazer um clareamento nos dentes e fazê-lo acreditar que poderiam ficar ainda mais brancos.

Quando chegou ao prédio do canal naquela manhã, Alexia não estava para conversas. Chegara duas horas antes do combinado, pois seria a estreia do programa e ela queria revisar alguns pontos. Todos estavam excitados, e os patrocinadores esperavam muitas vendas. Já tinham sido espalhados outdoors por várias cidades com a foto de Rafael, contendo o anúncio da reestreia do *Shop and Cook*. As redes sociais também estavam a todo vapor, e assim que começasse o programa, seriam alimentadas diariamente com conteúdo de dicas de receitas e os vídeos de Rafael.

Assim que passou por seu camarim, Alexia conferiu que o apresentador já estava lá, com a maquiadora por cima dele lhe oferecendo uma vista privilegiada da fenda do seu decote. Estavam rindo e conversando tranquilamente. Como Alexia gostaria de estar nessa calma...

Os burburinhos nos corredores eram de que Rafael seria o novo Olivier brasileiro. Lindo, simpático e talentoso, a receita perfeita para as mulheres se apaixonarem pelo programa. O canal estava contando exatamente com isso.

Em pouco tempo, Rafael já falava com todo mundo dos bastidores e chamava as pessoas pelo nome. Alexia se irritou por vê-lo daquele jeito, tão à vontade num local que devia ser mais dela do que dele. Mas ele era desenvolto naquele ambiente. Não se limitava a atuar, participava com o diretor de quase todas as decisões, o que deixava Alexia um pouco enciumada. Não que ela fosse admitir isso para ninguém.

Mas não é bom ficar pensando sobre isso, ela disse a si mesma. Havia coisas mais imediatas com que deveria se preocupar. Porém, antes de ir andando para o estúdio, seus olhos escuros fulguraram para Rafael uma última vez. *Não deveria ser profissional e desejar-lhe boa sorte em sua estreia?* Meditou Alexia. *Não era assim que ela sempre agia com os outros apresentadores?* Decidindo sair desse impasse, caminhou para porta do camarim antes que ele a visse ali, parada, o espiando no corredor. Mas Rafael já havia lhe visto e estava lhe ignorando.

– Acho a sua cidade adorável – elogiava a maquiadora.

– Se quiser, posso levá-la para lá no próximo fim de semana – Rafael sugeriu, num tom um pouco mais alto que o de costume.

– Ora seu... – a maquiadora fechou a maleta e lançou-lhe um sorriso travesso. – Passe na sala das maquiadoras mais tarde, daí continuamos esse assunto.

– Pode ser que eu faça isso – Rafael sorriu, em seguida virou o rosto para Alexia. Quando a funcionária se foi, ele levantou as sobrancelhas para a produtora como que dizendo "fazer o que se elas me querem?".

– Vim lhe desejar boa sorte – ela falou –, mas parece que você não está precisando. O programa ainda nem entrou no ar e você já possui um monte de fãs.

– Você é uma delas? – ele perguntou e cruzou os braços.

Alexia aproximou-se e encostou o quadril no balcão, de frente para ele.

– Já arrumou um empresário? – indagou ela, esquivando-se da pergunta. – Daqui para frente precisará de alguém para lhe dar um suporte. Não poderá tratar tudo pessoalmente.

– Fico feliz que esteja tão preocupada comigo – ele disse, colocando as mãos atrás da cabeça. – Sinal de que já está se enrabichando por mim.

– Estou te aconselhando somente como produtora, esse é um dos meus papéis... – Alexia retrucou e corou um pouco. *Por que estou lhe explicando isso?* – Assim que o programa começar a bombar, a única coisa que você vai dar conta pessoalmente é da sala das maquiadoras.

– Eu preferia que fosse a sala das produtoras. Gosto mais de mulheres inteligentes.

Alexia enrubesceu novamente, mas uma risada escapou.

– Você parece que está sempre *na seca* – ela comentou.

– É que eu tenho muita energia.

– Pois então... – Alexia desencostou-se do balcão e foi andando até a porta.– Por que não usa essa energia para me ajudar a decidir os últimos detalhes do show? É melhor do que ficar aqui mordendo as unhas de ansiedade.

Rafael levantou uma sobrancelha.

– Mas não era você quem vivia reclamando que eu dou pitaco demais?

– Alguns deles não foram ruins. Mas se você acompanhar um pouco mais de perto o processo da coisa toda, talvez pense melhor antes de abrir esse bico de novo. Ainda faltam três etapas para o cenário ficar arrumado.

Com fluidez, Rafael levantou-se e caminhou até ela; em seguida, apoiou o cotovelo no batente da porta.

– Que tal se a gente substituir essas três etapas pelos oito números do seu telefone? Assim, a gente pode comemorar o sucesso do programa hoje à noite com um belo jantar.

Incrédula com a sua cara de pau, Alexia balançou a cabeça.

– Vai sonhando – disse ela e saiu andando na sua frente.

Rafael ficou observando-a ir embora e sorriu, pois já estava sonhando com isso há muito tempo. Não via a hora que se tornasse real. Fazer o que se ele tinha uma queda por mulher carrancuda?

Tudo foi checado e Rafael estava parado no centro do estúdio. Já sabia tudo que deveria fazer. Porém, sua calma anterior fora substituída por um pânico agudo. Tentou entrar em processo de negação durante toda a semana que antecedeu a estreia, dizendo a si mesmo que não era nada demais aparecer ao vivo para mais de um milhão de telespectadores.

Só que coisa não era bem assim. A cada minuto que chegava mais perto, o sobe e desce no estômago deixava Rafael mais enjoado. Sentia uma premonição quase paranormal de que faria uma grande burrada e seria linchado na rua pelo seu mau desempenho. Desejou que seu pai ou Janine estivessem ali, ou até mesmo Adam, Amanda... Qualquer rosto familiar, até Ivy servia. Mas sabia que estava sozinho e não podia falhar dessa vez. Afinal, essa era a grande chance da sua vida. Por algum motivo, ele lembrou-se de Olívia. E ficou se perguntando o que ela pensaria ao ver o seu nome em todos os lugares. Será que só assim ela iria reconhecê-lo?

Mas não houve mais tempo para pensar sobre isso. Todos começaram a lhe desejar boa sorte, o posicionaram no centro do cenário e retocaram sua maquiagem.

Rafael desligou.

Sentia-se no meio de um sonho observando o movimento à sua volta. Parecia estar observando-os através de uma espécie de neblina. Nada fazia sentido. Por que estavam todos ali? Os lábios das pessoas se moviam, mas ele não entendia nada do que elas falavam. Parecia ter entrado em uma espécie de transe. O diretor começou a fazer a contagem regressiva e Rafael pensou que iria desmaiar.

– Entraremos no ar em 3, 2, 1...

O programa entrou no ar e todos ficaram em silêncio no estúdio.

Todos.

Inclusive Rafael.

Desesperado, o diretor fez gestos frenéticos com as mãos para que o apresentador se movesse, mas Rafael permaneceu inerte. Hélio voltou os olhos para Alexia, num pânico mudo, sem saber o que fazer. Num ataque de maluquice, Alexia tirou a blusa pela cabeça para ver se Rafael acordava. Funcionou.

– Uau! Maravilha de manhã... – sorriu ele para a câmera. – Sejam bem-vindos ao nosso novo *Shop and Cook*, agora muito mais turbinado e com excelentes ofertas para vocês, graças à nossa produtora, que tem peito para começar um projeto novo...

Foi inevitável que todos no estúdio começassem a rir, inclusive Alexia, mas o show continuou, e Rafael realmente arrasou. Sua interação com a câmera foi cativante e parecia que ele estava conversando com um amigo. Ele era muito articulado. Em meio a piadas, preparou todas as receitas combinadas, e os utensílios usados por ele no preparo dos pratos venderam feito água naquele dia. Dizer que o programa foi um sucesso retumbante seria pouco.

O mais interessante foi que vários clientes homens também estavam ligando, talvez seduzidos pela identificação com o jeitão másculo de Rafael cozinhar. Quando o programa acabou, o diretor deu um soco no ar, e o estúdio inteiro explodiu em assovios e palmas. O canal confirmou que bateram recorde de audiência de um programa número um. Os minutos em que Rafael ficara parado com cara de tacho já estavam no YouTube, sendo compartilhado por milhões de pessoas. Ou seja, atraiu ainda mais popularidade para o canal. Todos queriam saber quem era aquele gostosão atrapalhado que preparava receitas fabulosas. Os *twiits* também não paravam de chegar, elogiando o novo cenário e os produtos escolhidos pela produção.

A equipe dos bastidores também estava comemorando quando alguém percebeu que Rafael não estava presente, pois assim que acabou o show, ele correu para o camarim para vomitar. Alexia também foi parabenizada pelo seu inusitado desempenho, ficando de sutiã e salvando com a própria pele a inauguração do programa. O diretor não podia caber em si de tanta felicidade, por isso pediu que ela fosse chamar Rafael, para que todos fizessem um brinde.

Rafael estava de cabeça baixa e com as duas mãos apoiadas na parede quando a porta do camarim se abriu. Ele virou-se de costas e olhou para Alexia com um ar derrotado.

– Já vou arrumar as minhas coisas, só me dê uns minutos – ele pediu.

– Do que está falando? – Alexia entrou e fechou a porta. – Você foi formidável!

Rafael olhou para ela com ceticismo.

– Formidável...Como formidável? Eu arruinei o programa!

– Arruinou o programa? – Alexia piscou duas vezes. – Nunca obtivemos tanta audiência!!!

Rafael desencostou-se da parede.

– Sério?

– É claro. – A produtora se jogou na cadeira e ergueu os braços, para ressaltar a obviedade do fato. – Os telefones não pararam de tocar. Nunca vendemos tanto nesse programa. O diretor está até te chamando para comemorar com você.

Ele ainda não podia acreditar.

– Mas e aqueles segundos que eu fiquei lá parado, com cara de planta?

– Essa foi a melhor parte – Alexia sorriu à lembrança. – Essa parte do seu vídeo está bombando na internet. Parabéns, Rafael Cavalheiro. Você se tornou uma celebridade instantânea.

A esperança aflorou. Rafael jurava que seria banido do estúdio assim que o programa acabasse. Sentiu-se tão mal de nervoso durante a apresentação que imaginou que todos perceberiam.

– Ainda não acredito que isso está acontecendo. Então, não estou demitido?

– Claro que não – Alexia se levantou. – E *ai* de você se nos trair e mudar para outro canal. Vamos atrás de você nem que seja no inferno.

Antes que ela saísse do camarim, Rafael aproximou-se e segurou sua mão.

– Obrigado – ele disse –, não sei o que faria se não fossem seus peitos.

Alexia sorriu.

– O que não fazemos pelo show business... – ela piscou. – Eles não são tão pequenos assim, não é mesmo?

– Claro que não – Rafael beijou sua mão e deu um sorriso matreiro. – Posso jurar que caberiam direitinho na palma da minha mão – comentou ele, em um tom sugestivo.

– Pois se depender de mim, vai morrer com essa dúvida, queridinho...

Nesse momento, ambos ouviram três toques leves na porta. E quando Rafael a abriu, sentiu as lágrimas aflorarem nos olhos. Só não chorou porque não era de seu feitio. Janine entrava com um buquê de tulipas na mão, porque lhe disseram que era a flor da prosperidade, seguida por toda sua família. Ela entregou-o a Rafael e seguiu-se a algazarra de sempre. Abraços, beijos, votos de sucessos e zoação pela sua paralisação foram alardeados com a mesma alegria. Alexia não sabia de onde havia saído aquela gente esquisita, mas adorou a balbúrdia que produziram. Quando enfim se deram conta de que Rafael não estava sozinho, pararam todos fitando a estranha em silêncio.

– Interrompemos alguma coisa? – Adam deu um meio sorriso malicioso, dirigindo-se ao irmão.

Rafael sentiu o rosto ficar vermelho.

– Deixa de ser idiota. Essa é minha produtora e salvadora na nação. Foi ela quem me ajudou a sair do transe. Alexia, esses são meus pais, meu irmão, minha irmã e minha cunhada – apresentou Rafael.

A semelhança física era espantosa, Alexia notou, olhando para Adam. Não sabia que Rafael tinha um irmão gêmeo. E ambos eram maravilhosamente agradáveis de se olhar. Embora Adam não tivesse o charme despojado de Rafael, seu olhar era mais profundo. E ele também era um pouco mais forte, tinha traços mais rudes e cabelos mais longos. Parecia mais sério e menos vaidoso, porém não menos impressionante.

Sua esposa, Amanda, também não ficava para trás. Era tão alta quanto Alexia, mas tinha cabelos loiros e compridos. Seus olhos castanhos eram levemente puxados, e ela possuía discretas sardinhas no rosto. Diferente de Alexia, fazia um estilo mais boazuda. E era muito parecida com a mãe e a irmã de Rafael, o que a deixou um pouco confusa.

Já o homem mais velho, apresentado como pai de Rafael, era notoriamente fonte dos traços dos filhos. E, apesar da idade, era um sujeito bonito. Tinha olhos verdes e pele morena. Também era alto e sustentava no rosto um sorriso simpático.

Alexia gostou deles instantaneamente.

– Muito prazer – Janine se adiantou –, sou a mãe de Rafael. E agradeço por ter salvado a carreira dele. Quando o vi sem se mexer na televisão, pensei que iria ser enxotado do estúdio.

Nesse momento, Ivy agarrou Rafael e bateu uma foto com o celular.

– Para colocar no Facebook – explicou ela e começou a teclar.

– Como entraram aqui? – Rafael quis saber.

– Amanda conhece um cara da produção – Adam olhou emburrado para ela. – Aliás, acho que ela conhece gente demais.

– Que foi? – com uma expressão de inocência, Amanda abriu as mãos e olhou para ele. – Eu sou uma empresária popular. O que posso fazer?

Com um ar convencido, Adam ergueu uma sobrancelha.

– Eu também sou muito popular com algumas clientes...

– Cala a boca! – Amanda deu nele com a bolsa.

– Bem – divertida com a cena, Alexia abriu mais a porta –, já que estão todos aqui, por que não vem tomar champanhe com a gente?

Amanda foi a primeira a topar.

– Champanhe? Adoro Champanhe! – ela bateu palminhas. – A última vez que tomei foi com Rafael no restaurante no mês passado. Aliás, meu aniversário acabou não sendo lá, sabe Rafael. Seu irmão acabou me levando em uma churrascaria superlotada...

– Gastamos o mesmo dinheiro e comemos muito mais – Adam justificou-se.

– Nos entupimos, você quer dizer. Só o perdoei porque ele me deu isso – ela ergueu uma mão e mostrou um lindo anel de brilhantes.

– Nossa! – Alexia se aproximou. – Paquerei este anel na vitrine da H.Stern na semana passada... É maravilhoso!

Amanda sorriu e corou de orgulho. Já gostou da garota.

– Você também é famosa? – Ivy perguntou, enquanto batia uma foto de Alexia, só para garantir.

– Não – o sorriso de Alexia foi mais genuíno quando se abaixou e pousou a mãos no seu ombro –, eu só fico nos bastidores. Mas posso levá-la nos outros estúdios e deixá-la tirar fotos de um monte de gente famosa, é só me dizer se esse seu irmãozinho aqui tem algum podre, caso eu precise chantageá-lo se ele ameaçar abandonar o canal.

– Podre? Rafael? – Ivy bufou e sorriu, enquanto Rafael arregalava os olhos e indicava com a cabeça que não. – Nem na Somália você veria tanto lixo. O passado de Rafael é como o fundo do esgoto. Eu nem saberia por onde começar.

– Nós temos tempo – Alexia a arrastou e sorriu para Rafael. – Para a minha sorte, o terreno do canal é bem grande.

Capítulo 6

PARA RAFAEL, TUDO ESTAVA ACONTECENDO MUITO RÁPIDO. O programa foi um sucesso, e em trinta dias ele já colhia os louros da fama. Na verdade, muitas vezes ainda se sentia perdido com tantas novas responsabilidades. Sentia-se equilibrando várias bandejas ao mesmo tempo, tentando conciliar trabalho, estudo e saúde. Muitas vezes, ia malhar de madrugada.

Não, não havia mais espaço para o lazer. Poucas foram as vezes em que conseguiu dar uma fugidinha com aquela maquiadora, e só porque ela já ficava por perto no estúdio. Entretanto, ele teve de parar com esses encontros secretos quando tomou uma baita bronca de Alexia, porque ela o pegou dando uns amassos em Duda atrás de um enorme ventilador do cenário. Alexia disse que Rafael não podia se expor daquela maneira, pois poderia ser fotografado a qualquer momento por um assistente de limpeza que passasse e quisesse ganhar uma graninha vendendo a foto para colunas de fofoca, ou simplesmente postar em redes sociais.

E assim que começou a ter homéricas crises de ciúme, Victória também teve de ser sumariamente limada da vida de Rafael. Sendo assim, ele achou melhor mudar o horário da faculdade para não ter mais que cruzar com ela e passou a estudar à noite. Contudo, inconformada, Victória chegou a ir ao canal para armar o maior barraco na frente do prédio. Por sorte, Alexia interferiu e levou-a para tomar um café e desabafar.

Aliás, Rafael não sabia mais o que faria da sua vida sem ela, que era uma profissional extraordinária e fazia tudo muito além do que lhe pediam. Alexia funcionava até como despertador, para que Rafael nunca chegasse atrasado no estúdio. E quando ele chegava, seu café da manhã já o esperava no camarim contendo tudo que ela havia providenciado. Era quase que um casamento, só que sem sexo, comparava Rafael com desânimo.

De todas as mulheres do estúdio, Alexia também era a única que não lhe dava nenhuma brecha e sabia direitinho colocá-lo em seu lugar. Rafael pensava nisso enquanto comia uma uva e a viu entrar pelo camarim. O sorriso de recepção dele foi caloroso e cheio de prazer. Alexia era sempre uma intromissão muito bem-vinda.

– Bom dia, flor do dia. Adorei a omelete de hoje.

– O que ainda está fazendo sentado? – ela perguntou preocupada. – A gravação começará em vinte minutos...

Rafael devolveu o cacho de uva no prato.

– Estava aqui no camarim com pena de mim, pois a única mulher que eu desejo neste estúdio não me dá a mínima bola. Tem alguma ideia de como faço para conquistá-la?

– A autopiedade sempre faz com que as coisas pareçam piores. Levanta o rabo daí e vai logo para o cenário. – Com uma expressão emburrada, Alexia ameaçou fechar a porta.

– Ei, ei... – Rafael levantou-se e fez com a mão para que ela esperasse, percebendo que havia algo errado. – Parece que alguém está meio estressada hoje. Senta aqui e toma um pouco de chá.

– Não tenho tempo para isso, Rafael, eu... – mas ele já estava a conduzindo pelo ombro.

– Nada disso. Sente aqui nesta cadeira e respire um pouquinho por cinco minutos. Você anda trabalhando demais. Olha só essas suas olheiras... Se quiser, peço a Duda para vir aqui colocar um *prime* em você.

– Que *prime* que nada... – Alexia o contrariou, mas estava rindo. – Desde quando você entende de maquiagem?

– Desde que virei uma celebridade – ele sorriu e se postou atrás dela, massageando seus ombros. *Era exatamente o que eu estava precisando*, pensou Alexia em silêncio, esboçando um sorriso discreto. Há semanas ansiava por marcar um horário com a sua massagista. – Mas agora me fala: o que está causando essa ruguinha na sua testa?

Alexia ponderou por um segundo antes de responder. Não achava profissional compartilhar assuntos pessoais no trabalho. Mas a verdade é que desejava conversar com alguém, embora nem de longe tivesse conjecturado que esse alguém pudesse ser Rafael. Entretanto, a massagem em suas costas estava tão boa...

– Vou rever meu namorado hoje à noite depois do trabalho. Não nos vemos há tempos. Ele andou viajando a trabalho – ela se calou. Mas ao olhar de indagação de Rafael, ergueu uma mão e continuou. – Acho que ele vai terminar comigo. Ele mal me ligou durante a última viagem, não me mandou nenhum e-mail nem me avisou que já havia chegado no Rio.

– Sei... – Rafael apertou os lábios e se abaixou ao lado dela. – E você gosta dele?

– Claro que gosto.

Ele pigarreou.

– Deixe eu corrigir a pergunta: você o ama?

Alexia ficou olhando para ele. Seus olhos cor de âmbar estavam infinitamente meigos. Ela nem imaginava que Rafael pudesse ter um lado tão manso, tão solícito e afável. Por isso, resolveu falar a verdade.

– Não. Não o amo mais. Pelo menos, não como homem. Como um amigo, talvez. Mas já me acostumei com a sua companhia, entende?

– Sei... – Rafael fez uma breve pausa. – Mas você mesma disse que vocês dois não se falavam há tempos. E você sobreviveu perfeitamente, não foi?

– É... mas... sinto falta de alguém para conversar à noite, dividir as notícias do dia... Enfim, vamos ver se é isso mesmo. Talvez eu só esteja imaginando coisas.

Alargando o sorriso, Rafael colocou-se em pé atrás dela.

– Pois tomara que não. Vou até vir mais arrumado amanhã, esperando pela boa notícia.

Balançando a cabeça, Alexia sorriu para ele pelo do espelho ao se levantar. Não podia negar que parte dela se sentia lisonjeada por um homem tão bonito como ele estar mostrando interesse por ela. Mas aquela atração entre os dois era inteiramente inapropriada.

– Você não tem jeito, não é Rafael? Não perde uma oportunidade. Já não entendeu que eu sou zona proibida. Sou sua produtora. Trabalhamos juntos...

Rafael aproximou-se de suas costas e deu um afetuoso aperto na sua cintura, fazendo-a perder o fôlego ao sentir o calor do seu corpo.

– Gata, você é igual à faixa de pedestre: respeito, mas sempre quero avançar.

Mais tarde na faculdade, Rafael decidiu que deveria se dar ao direito de sair com um amigo para espairecer a cabeça. Era final de agosto e não havia visto o último mês passar. Faria trinta e um anos no próximo final de semana. E desde que começara a trabalhar, não conseguira mais sair para se divertir. Além do que, esse seu colega de classe trabalhava como corretor de imóveis, e Rafael estava louco para alugar um apartamento como um presente de aniversário para si mesmo. Sabia que estava empatando a vida de Amanda e de Adam, e não via a hora de decorar seu próprio cantinho. Talvez, se morasse sozinho, pudesse também melhorar sua vida sexual, muito escassa nos últimos tempos.

Quando chegaram a um barzinho perto da faculdade, em um centro gastronômico conhecidos como “Rosas”, Rafael reparou em uma quantidade incomum de clientes olhando para ele e cochichando. Alguns apontavam discretamente, outros, mais expansivos, sorriam abertamente e apontavam na cara de pau. Para seu próprio espanto, Rafael se sentiu meio invadido. Sentia-se um espetáculo público. Seu sucesso ainda era muito recente e ter o rosto reconhecido publicamente continuava a surpreendê-lo. Antes de se sentarem, um grupo de garotas mais atiradas vieram até ele e pediram para tirarem fotos com seus celulares. Rafael gostou e até assentiu, mas tudo que queria era um pouco de descanso naquela noite. Depois que elas se foram, ele levantou a mão e pediu dois chopes ao garçom.

– Tenho um apartamento maravilhoso em Copacabana – disse André. – De frente para o mar. Três quartos, duas suítes e uma vaga da garagem.

Rafael balançou a cabeça que não.

– Acho que vai ficar muito acima do meu orçamento. Não quero esbanjar. Acho que um de dois quartos já me serve.

– Você é quem sabe – André ergueu a taça de chope. – Vou dar uma olhada no que ainda está disponível amanhã. Mas pode deixar que em uma semana poderá se mudar. Tinha muita coisa disponível na zona sul.

– Maravilha – disse Rafael, brindando com ele. Em seguida, levou o copo à boca e apertou os olhos ao ver um rosto conhecido entrando no restaurante. Para a sua surpresa, seu coração disparou. Fora pego de surpresa. Alexia entrava em companhia de Caio, que, ao olhar de Rafael, era bem mais maduro e muito feio para ela. Era meio ruivo, tinha cabelos longos, uma barriga saliente e usava óculos de intelectual. Ao observar que ele a conduzia para a mesa segurando sua cintura por trás, a mesma cintura que Rafael tão deliciosamente afagara mais cedo, ele foi atingido por uma flechada de ciúme. Buscava urgentemente organizar a confusão de sentimentos e sensações quando seu amigo deu um soco de leve na mesa.

– Ei, Rafa, estou falando com você. Vai ou não querer visitá-lo?

– Visitar quem? – Rafael perguntou, dando uma longa golada no seu chope.

– O apartamento do qual estou lhe falando. Fica na Barão da Torre. Podemos ir lá nesse sábado e... – André continuou falando com o vento, pois a mente de Rafael já não estava mais lá. Observava cada movimento de Alexia durante a conversa dos dois, tentando interpretar os sinais de decepção por meio dos seus gestos. E o balançar de cabeça dela concordando a cada cinco segundos, com uma expressão resignada, o fez suspeitar que estava mesmo acontecendo o que ela esperava desde mais cedo. Parecia estar se segurando para não chorar durante a conversa. E, pela primeira vez, Alexia não aparentava estar no comando como sempre. Em certo momento, ela tocou o canto dos olhos com um dedo e se levantou para ir ao banheiro, provavelmente para tentar se recompor do acontecido. Foi a brecha que Rafael precisava para ir até ela.

– Depois falamos sobre isso – disse ele a André; em seguida, apressou o passo em direção aos banheiros.

Assim que Alexia entrou no banheiro Rafael postou-se ao lado da porta, encostado na parede, a fim de esperar que a colega saísse. Não podia acreditar que ela estava sofrendo por causa daquele sujeito ridículo. Na opinião de Rafael, qualquer homem que tivesse a sorte de ter uma mulher como Alexia deveria ter consciência de que tirou a sorte grande. Ela vivia para o trabalho. Era leal, prestativa e estava sempre disposta a se sacrificar em benefício dos outros. Qualidades muito raras hoje em dia em uma mulher. Aliás, reforçou ele em sua mente, em qualquer cidadão. Era um absurdo que um cara não a valorizasse. Quando finalmente ela saiu do banheiro, Alexia mal teve tempo de enxugar as lágrimas antes que Rafael lhe puxasse pelo braço.

– Ai – protestou ela, num susto, quando ele a puxou.

– O que esse idiota fez com você? – quis saber Rafael, indignado, soltando o braço dela.

– Mas o que você... – Alexia se surpreendeu com a sua presença, mas fisgadas de alegria agitaram-lhe o estômago enquanto massageava o braço dolorido. Sabia que Rafael não desejou machucá-la, mas ficou se perguntado se ele tinha consciência da própria força. – O que você está fazendo aqui?

– Eu é que te pergunto – ele passou a mão pela nuca. – Minha faculdade é do outro lado da rua.

Ainda atônita, Alexia vislumbrou rapidamente o prédio branco na outra calçada.

– Caio mora aqui perto, estou aqui por causa dele – ela tornou a olhar Rafael, que olhou rapidamente para a mesa onde Caio estava sentado. Depois fez uma careta de descrença.

– Não acredito que está chorando por causa daquele babaca. O cara tem o dobro da sua idade. Aliás, só se ele for maluco vai terminar com você.

– Ele já terminou – Alexia avisou, com um olhar deprimido.

Rafael sentiu seu coração apertar. Ele podia imaginar como Alexia devia estar se sentindo sendo rejeitada por aquele imbecil. *E como ela podia se sentir rejeitada?* – ele perguntou a si. Alexia era, de longe, a mulher mais interessante e inteligente que Rafael conhecia. Como amigo, ele sentia que devia consolá-la, mas como nunca havia tido amigas mulheres, só sabia uma maneira de fazer isso.

– Sabe – disse ele, olhando para ela com os olhos determinados e dando um passo para frente –, tem uma coisa que desejo fazer há algumas semanas. E agora não vejo mais nada que me impeça de fazer isso. – E então, puxou-a pelo braço de supresa e lhe deu um beijo arrebatador, quente e molhado. Um beijo que deixou a produtora sem ar. E enquanto ele movia os lábios com avidez, para seu próprio embaraço, Alexia ficou indecisa se o empurrava ou se desfrutava daquele doce tormento com o qual sonhara durante semanas. O gosto dele distribuía correntes incandescentes por todo o seu corpo. E isso a deixou assustada, mole e indefesa em seus braços. O cheiro másculo que emanava do corpo dele também atordoava seus sentidos, parecendo anular todas as suas defesas. Em nível físico, Alexia sabia que queria aquilo há muito tempo. Queria muito. Emocionalmente, bem, isso era outra história. Ela sabia que aquilo não estava certo, mas estava gostando tanto que pensou que fosse se desintegrar nos braços de Rafael. Porém, não desintegrou. Seu coração estava batendo absurdamente forte quando ela o empurrou e deu um tapa na sua cara. Desorientado, pois ela havia o retribuído por vários segundos, Rafael ficou parado e olhando para ela com o rosto nas mãos. Só quisera ajudar, e a boca dela era doce demais para que ele se privasse daquele pedaço de céu. Arrependia-se de não tê-la beijado antes.

– O que foi isso? – ele perguntou, realmente chocado.

Mas Alexia não respondeu de imediato. Seu rosto estava tão quente e vermelho que poderia causar um incêndio. Não esperava por aquela atitude de Rafael, e muito menos esperava que ele despertasse aquelas sensações maravilhosas dentro dela, há tanto tempo adormecidas. Além do que, antes de terminar com ela, Caio tivera o desplante de convidá-la para ir à sua casa, como se nada estivesse acontecendo, e a induziu a fazerem amor pela última vez. A verdade é que ela nada sentiu. Em seguida, Caio convidou-a para jantar fora para dar um fim no relacionamento. Sentia-se usada naquele momento. E agora, que estava vulnerável, Rafael aparecia e, com um simples beijo roubado, despertava dentro dela um terremoto de calor. Por isso ela o agrediu. Que outra opção ela tinha?

– Nunca mais me toque dessa maneira! – Alexia murmurou entre os dentes. – Amanhã, quando chegarmos no trabalho, já o terei perdoado. Mas se você não for capaz de me respeitar num momento como esse, a nossa amizade acabou por aqui. – Dito isso, ela deu meia-volta e retornou para sua mesa, mas somente para dizer a Caio que estava indo embora e que desejava sinceramente que ele tivesse uma boa vida.

Quando Rafael retornou para a mesa, atordoado, sua bochecha esquerda ainda estava latejando. Mas não era isso que o intrigava. Ainda estava tentando compreender o que era aquele aperto bem embaixo do coração, aquele sentimento esquisito, como se tivesse acabado de perder algo essencialmente importante na sua vida. Pensava nisso quando reparou que na mesa da frente uma loira estonteante estava olhando para ele, com um sorriso oferecido. Ele sabia que poderia ir até lá para salvar a sua noite. Mas, pela primeira vez em sua vida, percebeu-se preocupado. Rafael não teve vontade.

Capítulo 7

A CAIXA DIZIA QUE AQUILO DEVERIA ESTAR COM *UMA* linha azul, mas estava com duas. Amanda estava sentada na privada, tremendo, ainda sem acreditar, olhando para o pequeno copo onde depositara sua urina. Fora uma única vez em que não usaram camisinha. Como aquilo podia ter acontecido? E assim tão rápido? Começara a sentir o peito inchar e doer somente há uma semana, mas como sua menstruação atrasou, resolveu fazer um desses testes caseiros de gravidez. E deu positivo.

Céus! – meditou ela, com as mãos na boca. *O que Adam acharia de ser papai?* Aquilo ainda não estava nos planos dele. Aliás, nem nos planos dela...

Uma mistura de sensações fez com que Amanda ficasse paralisada por algum tempo. Mas, de repente, como se tivesse tido uma revelação celestial, sua ficha caiu: havia um bebê crescendo dentro de sua barriga naquele exato momento. Um bebê de Adam. Um fruto dela e do amor de sua vida. Pensando na beleza do que isso representava, Amanda não conseguiu evitar que lágrimas viessem aos olhos. É claro que ainda estava apavorada. No entanto, também se sentia... feliz. Feliz não, vibrante! Ela levou uma mão ao ventre e fechou os olhos, deixando sua primeira lágrima emocionada cair, maravilhada com a visão de uma criança com o rosto do homem que amava correndo pela casa. Finalmente eles seriam uma família.

Por um momento, lembrou-se também de dona Sandra, a avó falecida que a criara com tanto amor. Como gostaria de compartilhar aquele momento com ela. Quando ainda era viva, Sandra costumava fazer planos sobre o enxoval do bisneto, mesmo quando Amanda insistia em dizer que não sabia se queria casar... Sua avó sempre lhe fora uma ótima companheira. Entretanto, Amanda também sabia que já não estava sozinha. Agora ela tinha uma mãe. E desde que ela e Janine fizeram as pazes, colecionavam momentos importantes... Momentos de intimidade...

Momentos como esse.

Sorrindo, ela enxugou uma lágrima e se levantou para se olhar no espelho. Ainda não sabia como iria contar ao marido, mas queria fazer algo especial. A ocasião parecia perfeita. Era sexta-feira, e o aniversário de Adam seria no dia seguinte, por isso toda família estava chegando para passar o fim de semana. Até Rafael chegaria mais cedo. *O que eu poderia fazer para dar a notícia ao Adam?* – Amanda ficou pensando. *Deveria ficar deitada com uma fita amarrada na cintura até Adam chegar? Será que ele iria entender? Ou deveria mostrar-lhe um par de sapatinhos assim que chegasse?*

Por Deus! Deu-se conta, um tanto ansiosa. *Seu pequeno rebento ainda não tinha um par de sapatos!* Planejando comprar um rapidamente, Amanda abriu a porta do banheiro no momento em que o cunhado entrou pela porta da sala. Ao vê-la aparecer no corredor, com a cara de quem tinha chorado, Rafael andou até ela e tocou o seu ombro, já com medo de ouvir alguma desgraça.

– Amanda, o que foi? Aconteceu alguma coisa com Adam?

– Aconteceu – Amanda tornou a chorar e rir ao mesmo tempo.

Rafael ficou confuso com aquela reação.

– Como assim? Por que você está rindo? Vocês dois andaram brigando ou coisa do tipo?

– Não – ela riu de novo, enxugando uma lágrima. – E espero que ele não brigue comigo tão cedo.

– Então, o que foi? – Rafael insistiu.

Amanda não sabia se deveria contar. Achava justo que o pai fosse o primeiro a saber. Mas passado o nervoso, estava explodindo de alegria e não via a hora de colocar aquilo para fora. Ficou olhando para Rafael e mordendo os lábios de indecisão, ao que ele ficou ainda mais aflito.

– Fala logo! – ele a sacudiu pelos ombros. – O que foi que aconteceu com você?

Amanda esperou mais um segundo antes de anunciar:

– Você vai ser titio.

– O QUÊ? – Rafael recuou, como se tivesse tomado uma bolada. – Você e Adam vão ter um filho?

Não cabendo em si, Amanda balançou a cabeça que sim.

– Caramba! Meu irmão vai pirar... – Rafael botou as mãos na cabeça.

A felicidade da cunhada esmaeceu um pouquinho.

– Por quê? – perguntou temerosa. – Acha que ele não vai gostar? Acha que ele vai dizer que ainda não era o momento?

– Gostar? Adam vai ficar louco de felicidade com isso! O maior sonho da vida dele é ser pai. Ainda não acredito que vou ser titio também – Rafael ajoelhou-se em frente a ela e deu um beijo estalado em sua barriga. – Esse moleque vai torcer pelo Cruzeiro, está me ouvindo. Pelo Cruzeiro! – berrou ele, usando as mãos em concha na sua barriga.

Amanda ainda estava rindo quando Paulo abriu a porta e entrou em companhia de Janine e de Ivy. Todos pararam e ficaram olhando Rafael, ajoelhado e com cara de espanto.

– Vamos ter um bebê – noticiou ele, eufórico.

– Ótimo – Paulo sorriu e pousou sua mala no chão. – E o que Adam acha disso?

– Deixe de ser bobo – Janine lhe deu um tapinha e passou na sua frente, a fim de pegar as mãos da filha. – Sai da frente, Rafael! Filha, isso é verdade? Você está grávida?

Emocionada, Amanda balançou a cabeça que sim.

– Acabei de saber – ela disse, em seguida as duas se abraçaram apertado.

– Ain... finalmente vou ganhar um sobrinho! – disse Ivy, entusiasmada. Afinal, estava cansada de ser a caçula perseguida da família. Rafael olhou para ela e franziu o cenho ao notar seu novo look de trancinhas rastafári. – Agora temos dois motivos para comemorar.

– Um é o meu aniversário – disse Adam, surpreendendo todos da porta –, posso saber qual é o segundo?

Houve um momento de silêncio e troca de olhares, mas foi Paulo quem partilhou a novidade.

– Vamos ter mais um membro na família.

Subitamente animado, Adam voltou os olhos para Janine.

– Você vai ter outro filho? – perguntou ele, todo contente.

– Não no momento – Janine sorriu.

– Pode ser que você esteja grávida e ainda não saiba – Ivy emendou, decidindo aumentar a confusão.

– Se você não vai ter nenhum filho, então... – ele olhou para Amanda e, com um olhar repentinamente maravilhado, deu um passo cauteloso para frente. – Não me diga...

– Isso mesmo... – Amanda confirmou com ternura. – Vamos ter um bebê.

– Ou dois! – completou Rafael. – Seria bom ter mais dois cruzeirenses no mundo.

Aquela emoção foi demais para ele. Adam sentia como se o céu tivesse descido e ele estivesse deitado na nuvem. Tudo que mais queria na vida estava prestes a acontecer: seria pai! Colocaria finalmente um menino nos braços. E de um filho de Amanda...

Mas, de repente, o medo. Adam não conseguiu evitá-lo com as lembranças que abateram a sua mente imediatamente. Mais de dez anos atrás, ele ouvira aquela mesma notícia e sua namorada morrera, perdendo também a criança. E, pior, em um acidente de moto no qual ele estava envolvido. Somente depois de ter conhecido Amanda, Adam havia conseguido expurgar o passado. Seguir em frente. Mas se algo desse errado dessa vez, Adam não sabia se sobreviveria a uma segunda perda... Ainda mais com Amanda...

Não! Ele expulsou pensamentos, ao olhar para o rosto iluminado de Amanda. *Agora tudo seria diferente*. Ele não deixaria que nada acontecesse com ela nem com o filho deles. Protegeria-os de tudo e de todos. *Um filho*! – pensou ele novamente, completamente estasiado com a notícia.

Adam baixou os olhos para a barriga de Amanda e, assim como Rafael, caiu de joelhos na frente dela. A cena foi tão emocionante que todas as mulheres choraram, e os homens sentiram um nó na garganta.

Com muita delicadeza, Adam encostou a testa na barriga da mulher e fechou os olhos por um instante. Em seguida, tocou-a com as duas mãos e ficou em silêncio. Somente quando Janine notou que seus lábios se moviam percebeu que ele estava orando pela vida daquele filho. Orando por Amanda. Agradecendo por aquela benção divina e pedindo proteção para aquela gravidez. Quando ele afastou o rosto, ergueu os olhos para a esposa e seu coração estava batendo forte quando capturou seu olhar. Tudo que Amanda via era gratidão e um sorriso celestial se abriu no rosto dele. Amanda sentiu como se derretesse por dentro. Ela ficou lembrando-se de tudo que ambos haviam passado para chegar até ali. Sabia que havia amado Adam desde o primeiro minuto em que pousou os olhos nele. E, agora, ele seria o pai do seu filho. Era felicidade demais para uma mulher. Por fim, sorrindo agora sarcasticamente, Adam virou a cabeça lentamente de lado e olhou para Rafael. E como há tempos desejava fazer, finalmente avisou:

– Sinto muito, meu chapa, mas agora realmente vamos precisar do seu quarto.

Capítulo 8

No dia seguinte, é claro, não se falava em outra coisa naquela casa. O aniversário de Adam e Rafael ficara em segundo plano. Estavam loucos para marcar a primeira consulta de Amanda e já faziam apostas sobre o sexo do bebê. Janine, que ficara de preparar o almoço, resolveu que todos almoçariam na rua, pois comeriam no shopping onde comprariam as primeiras roupinhas para o rebento.

Adam achou aquilo precipitado, pois nem sabiam ainda qual era o sexo da criança, mas não queria contrariar a esposa grávida. E Amanda, que não era nenhuma palerma, percebeu a partir daí que acabara de começar seus nove meses de reinado naquela família. Poderia pedir o que quisesse que Adam não lhe negaria. E já estava disposta a ter um desejo súbito de viajar para Miami para montar o enxoval do bebê.

Ivy, por sua vez, já pensava em bordar toalhinhas com os nomes Abdul ou Latifah, ambos nomes da cultura africana, o que começou a deixar seu pai ligeiramente ressabiado. Paulo não compreendia esse repentino intercâmbio de interesses da filha pela cultura da África. Talvez, se ele tivesse visto a foto de Mateus, que Ivy enviara à irmã, compreendesse toda aquela motivação.

Amanda achou muito fofa a foto daquele adolescente de olhos amendoados e pele negra beijando Ivy na bochecha, que estava apaixonada pela primeira vez. Quando era menor, Ivy já tinha tido interesse por outros garotos, mas agora passava horas e horas pensando naquele menino. Conheceram-se na escola e ficaram amigos desde o primeiro dia. Mas com o passar do tempo, Ivy ansiava por vê-lo de novo com tanta frequência que qualquer tempo sem ele pareciam minutos perdidos. Odiava o fim de semana, pois só podia vê-lo na escola. E quando suas amigas descobriram o seu interesse por aquele colega, fizeram menos dele por causa da sua cor. Ivy ficou revoltada com isso. E apesar de nunca ter sido violenta, chegou a agarrar uma delas pelos cabelos, Sheila, sua arqui-inimiga há pelo menos dois anos, e só a soltou quando retirou as palavras desdenhosas que havia aludido a Mateus. Desde então, Ivy aplicara-se a combater qualquer tipo de preconceito que via na escola. Chegou a sentir-se culpada por ser branca e abandonou boa parte de suas amigas, juntado-se com aqueles que eram menosprezados pelos outros colegas. Mal sabia ela que se seu pai soubesse de tudo, não somente a compreenderia, mas ficaria orgulhoso dela, assim como Amanda ficou.

Quando retornaram do cansativo passeio, ninguém queria cozinhar. Foram se largando pela casa, todos exaustos, e sobrou para Rafael a tarefa de ir à rua comprar alguma coisa semipronta para jantarem. Além da pipoca, é claro, já que todos pretendiam ver um filme no Telecine. Ainda estavam decidindo entre suspense, comédia e romance quando Rafael, praguejando, foi cumprir a chatice que haviam lhe designado no dia de seu próprio aniversário. Estava ligeiramente enciumado desse bebê. Nem havia nascido ainda e já tinha lhe roubado toda atenção. *Exatamente como quando Ivy nasceu*, comparou ele em silêncio. E ele também ganhara bem menos presentes no shopping. Não que não gostasse de crianças, mas, certamente, preferia as japonesas, que estavam a vinte mil quilômetros de distância e quando estavam acordadas, ele estava dormindo.

Foi atingido por um frio rasgante no rosto assim que colocou os pés para fora do prédio. Como o mercadinho era só há alguns metros dali, ele foi caminhando. Como sempre acontecia quando estava esse clima, o estabelecimento estava lotado. Havia um pequeno espaço dentro do mercado onde eram servidas massas recém-saídas do forno. Ali, várias famílias estavam sentadas à mesa, desfrutando do aconchego de comer e beber algo quente perto do departamento de flores.

Suspirando por causa da fila no caixa, Rafael aproximou-se para encomendar uma gigante torta integral de frango e ricota que o seduziu no balcão. Sempre dava preferência às comidas saudáveis, e se a família lhe designou para comprar a jantar, teriam de comer o que ele escolhesse. Solicitou a torta, pagou e, assim que se virou para ir embora com ela embrulhada nas mãos, deu um encontrão em alguém e sentiu um líquido quente escorrer pelo braço. Quando olhou para frente, disposto a despejar alguns palavrões, só teve forças para suspender a respiração.

– Só pode ser brincadeira! – rosnou Alexia com o copo nas mãos. Ela levantou os olhos inquisitivos para ver quem provocara aquela lambança e formou um "O" com a boca quando percebeu que era Rafael.

– Fico me perguntando se isso não é o destino... – sorriu ele sacudindo o braço molhado. – Será possível que vamos sempre continuar nos trombando?

Alexia largou o copo, furiosa. Não bastasse estar sem carro naquela noite por causa de uma bateria arriada idiota, e agora dava de cara logo *com quem*.

– Eu espero que não. E que diabos você está fazendo aqui? Por acaso está me seguindo? Olha só minha blusa – Alexia baixou os olhos e desgrudou o pano da barriga encharcada. – Será possível que você veio à Terra só para me infernizar? E agora, como é que vou ao meu compromisso?

– Compromisso? Compromisso com quem? – Rafael não conseguiu evitar a pergunta. *Como Alexia podia já ter um compromisso se acabou de terminar um namoro? Não devia estar na cama quietinha e curtindo uma fossa? Ou melhor, não devia estar na cama quietinha rememorando o beijo dos dois?* Entretanto, ele precisava esconder sua pontada de ciúme de Alexia. E de si mesmo, se a verdade fosse dita.

– Estou indo a uma festa. Quer dizer, estava indo até você aparecer... – ela esclareceu.

– Pelo visto, a senhorita se recupera rápido, não é? – falou ele com certo sarcasmo. Alexia o olhou com firmeza e colocou uma mão na cintura.

– Não sou mulher de ficar flanando pela casa sentindo pena de mim mesma. Mas pelo visto, é o que vou acabar tendo que fazer hoje.

– Você mora perto daqui? – Rafael ficou curioso.

– Não, mas minha amiga, sim. A festa é na casa dela e fiquei de levar uma garrafa de suco de uva, por isso passei no mercado. Só parei para tomar um cafezinho que estavam dando de graça e olha só o que aconteceu. Não posso chegar na casa dela desta maneira...

Pensativo, Rafael ficou olhando para Alexia. Estava discretamente maquiada e com uma presilha em formato de flor prendendo parte da franja. A blusa branca, agora manchada, lembrava um estilo camponesa. A manga era fofa e bordada e a parte da frente da blusa tinha vários botões coloridos. Usava uma calça jeans bastante transada e uma sandália baixa e cor de goiaba que deixava os dedos de fora. Estava linda, e ele não podia deixá-la escapar.

– Se quiser, pode ir comigo na minha casa – ofereceu Rafael. Escaldada, Alexia apertou os olhos para ele. – Não, não... não me entenda mal. É que moro com Amanda e meu irmão perto daqui, e minha cunhada pode te emprestar uma blusa...

– Deixa de ser ridículo! – Alexia o repeliu. – Não vou importunar sua família esta hora da noite.

– Não vai incomodar. Estão todos assistindo um filme e esperando que eu leve esta torta. O apartamento não fica nem a cinco minutos daqui. Vem comigo, por favor... – Quando ele viu que Alexia não iria ceder, achou melhor se justificar. – Sei que ainda está com raiva de mim por causa do incidente de ontem. Sei que ultrapassei os limites, mas eu queria ajudá-la e não sabia o que fazer.

– Eu não precisava de nenhum beijo de piedade – Alexia ficou ofendida. Preferia acreditar que havia sido beijada por Rafael por causa de uma atração irresistível que existia entre os dois, e não somente porque ele estava com pena dela.

– Não foi isso que eu quis dizer – Rafael se sentia cada vez mais enrolado. – Beijei você porque queria; na verdade, ainda quero, mas sei que não é isso que você quer – ele teve o cuidado de parecer devidamente respeitador quando se aproximou e pegou uma mecha da franja dela que se soltara e colocou atrás da orelha, e ela resistiu ao impulso de fechar os olhos ao reconhecer cheiro másculo do antebraço dele. *Por que sua aparência tinha que ser tão viril em cada centímetro, tendão e pelo?* Perguntou-se indignada. – Não vai acontecer novamente, Alexia, eu prometo... a não ser... – disse ele, num tom melancolicamente provocador – a não ser que você me implore – ele riu. – Vamos lá... desfaz essa cara emburrada. Não combina com você. Tenho certeza de que podemos ser amigos de novo. Além do mais, hoje é meu aniversário e tive um dia de cão. Não me negue esse pedido depois de tudo que passei.

– Tudo bem, tudo bem – ela tirou a mão dele dos seus cabelos, não acreditando que estava cedendo. Na verdade, nem queria ir tanto assim naquele compromisso. O qual, na realidade, nem era bem uma festa. Era uma reunião que sua amiga fazia com algumas mulheres da igreja para estudarem a *Bíblia* e orarem juntas. Alexia vinha escapando do convite dela durante semanas, pois não se considerava uma pessoa religiosa. Só aceitou ir naquela noite, pois não queria se dar o direito de ficar em casa e curtir uma boa crise de choro. – Vamos lá perturbar sua cunhada. Afinal, é você mesmo quem vai aturar o mau humor dela depois.

Rafael fez um estalo com a boca.

– Amanda não vai ficar chateada com isso. Aliás, ultimamente ela está no céu. Acabou de descobrir que está grávida.

Os olhos de Alexia subitamente brilharam.

– Aquela garota linda que eu conheci está grávida?

– Exatamente. E ela fez questão de anunciar isso ontem. E por causa disso, minha família inteira saiu desesperada para comprar diversas roupinhas de bebê, como se o estoque universal pudesse acabar a qualquer minuto. Passei o dia todo comprando presentes ao invés de ganhar.

Compadecida, Alexia se permitiu o primeiro sorriso.

– Você fala como se não gostasse de crianças... – disse ela e começou a andar. Animado, Rafael se colocou ao seu lado.

– É claro que eu gosto. Mas por mais lindos e fofos que os bebês sejam, eu prefiro ficar só no treinamento – ele divertiu-se ao ver o olhar de censura nos olhos dela. – Não que eu tenha treinado muito ultimamente, para sua informação.

– Cale a boca e vamos logo, Rafael, antes que eu me arrependa.

– Boa menina – foi tudo que ele disse antes de passar a torta para a outra mão e pegar a mão dela para levá-la para fora.

Novamente, ambos foram atingidos pelo ar frio na noite assim que passaram pela porta automática. Alexia estremeceu rapidamente e soltou a mão de Rafael, para abraçar o próprio corpo. Ambos começaram a caminhar lado a lado, sem nada dizer. Atordoados pela lembrança dos lábios um do outro na noite de véspera, os dois estavam embaraçados. Rafael pegou as chaves do bolso e já estava com ela nas mãos quando abriu o portão do edifício. Ele esticou um braço e segurou o portão de ferro para Alexia entrar e, como o espaço era estreito, os corpos de ambos formigaram com a proximidade quando ela passou. Para quebrar o clima, Rafael murmurou alguma coisa sobre como era ruim ali não ter elevador, mas afirmou que era bom subir alguns lances de escadas para fortalecer os músculos do glúteo. Não que Alexia estivesse precisando, ele fez questão de ressaltar com um sorrisinho travesso. Alexia não encontrou forças para ignorá-lo e soltou um sorriso tímido, que o fascinou.

Assim que chegaram em frente à porta de Adam, Rafael girou o corpo de frente para ela antes de entrarem.

– Não acredite nem em metade do que eles vão te dizer.

Erguendo uma sobrancelha, Alexia enfiou os polegares nos bolsos de trás da calça.

– Como aquela história de quando te encontraram deitado na calçada em frente de casa dormindo e mergulhado no próprio vômito? – ela o provocou.

– O vômito não era meu! – Rafael defendeu-se e se arrependeu logo em seguida, pois Alexia riu e fez cara de nojo. – Fique longe de Ivy – ele girou os olhos e virou-se para abrir a porta.

Mas seu conselho foi inútil, pois Ivy, que estava deitada em uma almofada no chão, foi a primeira a gritar quando viu Alexia e se levantou para correr para abraçá-la. Em seguida veio Thor, latindo, respirando ofegante e balançado o rabo ao mesmo tempo. Chegou a mijar um pouquinho tamanha felicidade com que recebeu a visita. Diante daquele cachorro gigante, Alexia ficou paralisada de medo. Demorou alguns segundos até que Rafael acalmasse Thor e o puxasse pela coleira a fim de trancá-lo na área de serviço.

Amanda, que estava deitada no sofá de três lugares com a cabeça no colo de Adam e as pernas sobre as coxas da mãe, ergueu os olhos para contemplá-la. E Paulo, que estava esparramado no sofá de dois lugares, com uma perna deitada e a outra erguida formando um triângulo, ajeitou-se no sofá para olhar para ela. Todos a cumprimentaram com um ar de curiosidade. Adam suspirou e falou:

– Isso que dá mandar Rafael buscar "comida", ele não entende o significado da palavra.

– Adam! – Amanda o beliscou. – Deixa de ser grosso!

Ivy segurou as mãos de Alexia.

– Recebeu as fotos que te mandei por e-mail?

– Recebi sim. Ficaram ótimas! – encantada com a pequena, Alexia segurou o seu rosto. Definitivamente, Ivy seria uma linda mulher, pensou para si. – Você leva jeito para a coisa, garota. Aposto que daria uma excelente repórter.

– Que história é essa de fotos? Vocês duas andaram trocando figurinhas? – Rafael colocou a torta na mesa e tirou a jaqueta.

– Ivy tirou foto de vários artistas em situações constrangedoras lá no estúdio. Em seguida, trocamos e-mails para que ela me enviasse. Posso precisar de munição algum dia... – Alexia e Ivy trocaram um soquinho cúmplice.

– Vocês dois estão namorando? – perguntou Ivy à queima roupa.

Com um sorriso amarelo, Janine levantou-se do sofá e balançou a cabeça para ela.

– Você não tem jeito, né, Ivy? Sempre me fazendo passar vergonha... – ela virou-se para Alexia e abriu o sorriso. – E você, querida, como está? Que bom que apareceu por aqui.

– Nos trombamos no supermercado – Alexia esticou sua blusa manchada. – Eu não queria vir aqui incomodar, mas Rafael insistiu.

– Posso te emprestar uma blusa – Amanda se levantou rápido e levou imediatamente uma reprimenda de Adam, que não queria que a esposa fizesse nenhum movimento brusco. Por ele, Amanda ficaria deitada pelos próximos nove meses. – Desculpe pela recepção do meu cachorro idiota. Já disse para Adam que não dá mais para ficar com aquele troglodita por aqui.

– Se Thor for embora, eu vou junto – resmungou Adam do sofá.

– Que isso, não foi nada... Eu adoro cachorros – disse Alexia polidamente. – Obrigada, Amanda, vou acabar aceitando a oferta. E parabéns, Rafael me contou a novidade. E parabéns para você também, Adam, soube que hoje é seu aniversário.

– Obrigado – resolvendo ser educado, pois realmente gostara da produtora, Adam também se levantou. – Espero que fique com a gente para jantar. Mas a culpa não é nossa do que Rafael escolheu.

– O aniversário também é meu – salientou Rafael. – Além do que, Alexia tem bom gosto como eu, com certeza deve gostar de torta de frango.

– Sou vegetariana – disse ela e segurou o sorriso.

Adam enfiou as mãos nos bolsos e olhou para o irmão, visivelmente satisfeito. Inflando as narinas, Rafael voltou os olhos para Amanda.

– Você não ia pegar uma blusa? Por que não leva Alexia com você?

Sorrindo, Amanda pegou o braço da convidada e a conduziu para o quarto, ao que toda família se juntou e cercou Rafael.

– O que é que está rolando? – Paulo foi o primeiro a perguntar, enquanto Janine limpava a urina de Thor pelo chão, mas atenta a tudo. – Será que já podemos comemorar? Rafael Cavalheiro finalmente está namorando?

– Claro que não! – Rafael virou-se de costas. – Nem quero que fiquem soltando gracinhas sobre isso. Alexia já está bolada comigo.

– Bolada por quê? – Ivy investigou. – Andou aprontando alguma com ela?

– Foi só um beijo inocente – sentindo-se acuado, Rafael já estava desembrulhando a maldita torta de frango, que pelo visto comeria sozinho.

– Um beijo! – Ivy deu um pulinho. Para ela, aquilo ainda era o máximo sinal de compromisso que havia no mundo.

– É, só um beijo. Alexia não é qualquer uma, preciso ir devagar. Uma mulher de verdade a gente ganha pouco a pouco.

– Ou seja, ela te rejeitou – concluiu Adam, com um sorriso de deboche.

Antes que Rafael respondesse, Amanda apareceu e também se meteu na conversa.

– O que já descobrimos?

– Nada ainda, cadê a garota? – Adam perguntou.

– Ela está trocando de blusa. Aliás, ela tem uma pele linda! Parece de porcelana. Mas qual é o babado? Vocês dois já estão saindo? – perguntou para Rafael.

Rafael revirou os olhos e resolveu ir ao banheiro lavar as mãos, para fugir das investidas da família. Não queria que alimentassem esperança de que ele e Alexia teriam algo sério. Embora devesse admitir para si que adoraria ter algo "não sério" com ela. Mas quando chegou à porta do banheiro, teve de se deter. Pela fresta da porta entreaberta do quarto de Amanda, ele conseguiu avistar as costas nuas de Alexia até a cintura, terminando na calça jeans, com uma linda tatuagem de uma rosa no dorso. O caule nascia na sua cintura e a flor desabrochava um palmo abaixo do ombro, demarcando bem o centro das suas costas. Sua compleição era esguia e combinava perfeitamente com aquele desenho. Decidindo se presentear com esse deleite, ele baixou o olhar lentamente pelas linhas do seu corpo e ficou encantado com o que viu. Alexia era delicada. Rafael ficou alguns segundos ali parado, mordendo os lábios, e fazendo cara de dor. Daria tudo para alisar aquela pele aparentemente sedosa. Mas num movimento rápido, Alexia enfiou uma blusa amarela pela cabeça e acabou com o seu espetáculo. Saindo do transe, Rafael achou melhor entrar logo no banheiro e lavar as mãos, pois já tinha problemas suficientes com a produtora. No entanto, sabia que aquela lembrança não permitiria que ele a olhasse tão profissionalmente de agora em diante.

Capítulo 9

Quando retornaram para sala, Adam realmente já havia pedido uma pizza que chegara minutos depois. Alexia, encabulada, já ia se despedindo quando levou uma intimação de toda a família para que comesse com eles. Amotinados, prometeram que Rafael, em seguida, a levaria até a sua festa. Todos da família ainda tinham esperança de algo pudesse rolar entre eles, pois percebiam o modo como ambos se olhavam. Amanda nunca tinha visto Rafael tão atravancado daquela maneira. E, é óbvio, estava adorando.

A verdade é que Alexia queria ficar, por isso não resistiu ao convite. Estar perto daquela família a fazia lembrar-se um pouco da sua própria. Como seu pai era pastor, desde que era pequena sua casa sempre vivia cheia de gente, mas desde que ele fora para outra cidade, ela teve de se acostumar com a solidão.

– Tudo bem – ela disse. – Ficarei feliz em conhecê-los um pouco melhor. Rafael me fala muito bem de vocês.

– Ele me fala muito bem sobre você também. – Adam disparou um sorriso ligeiramente perverso para irmão. Estava adorando vê-lo naquela situação embaraçosa.

– Basta de cerimônias – interrompeu Rafael, prometendo a si mesmo acertar as contas com Adam depois. – Vou pegar um vinho para a gente fazer um brinde. Afinal, precisamos comemorar a minha existência.

Alexia sorriu percebendo as provocações entre os gêmeos, que pelo pouco que viu, eram tão parecidos fisicamente e tão diferentes na personalidade. Mas havia algo mais do que a aparência que indicava que eram irmãos. Uma camaradagem intangível que só os dois compartilhavam pelo olhar.

Enquanto Adam alisava a barriga ainda lisa da mulher, todos sentados à mesa, Rafael apareceu segurando uma garrafa de vinho tinto, surrupiada sem remorso da adega do programa. Alexia obviamente a reconheceu. Porém, nada disse. Não queria estragar aquela noite tão agradável. Principalmente, para ela. Estava secretamente agradecida por não ido àquela reunião. Será que teria gostado? Entretida, ficou somente observando Rafael abrir a garrafa enquanto Janine colocava as taças na mesa.

Removendo a rolha com habilidade, Rafael a cheirou e depois derramou a bebida no decanter, colocando-o sobre a bancada para deixar respirar um pouquinho. Em seguida, voltou os olhos para Alexia, que parecia perdida em pensamentos.

– Você mora perto daqui? – Paulo lhe perguntou.

– Não muito – Alexia respondeu. – Moro no Leblon, em um apartamento antigo que foi herdado pelo meu pai.

– Ele mora com você?

– Não – Alexia observava Rafael encher sua taça de vinho –, ele mora em Goiânia. Meu pai é pastor e foi designado para cuidar de uma nova congregação da cidade.

– Seu pai é pastor! – Janine se interessou, gostando cada vez mais da garota. Tudo que desejava para o filho do coração era uma moça com boas referências, mesmo sabendo que as dele não eram das melhores. – Também somos cristãos. Qual é o nome dele? Talvez nosso pastor o conheça.

– O nome dele é Conrado. Conrado Fonseca. Ele já escreveu um livro sobre relacionamentos familiares, mas não chegou a vingar. Vendeu somente para as suas ovelhas, como ele costuma dizer.

Nesse momento, todos já estavam servidos e ergueram as taças de vinho para fazer um brinde aos aniversariantes do dia. Contudo, a taça de Ivy, de Janine e de Amanda continha suco de uva.

– Por que não posso beber um pouquinho de vinho? – Ivy perguntou em tom de revolta.

– Porque ainda é criança – disse Adam com rispidez. – E nem tão cedo quero vê-la com álcool na boca.

– Não sou criança, sou pré-adolescente! E por que não posso ter um pouquinho de emoção na minha vida?

Fechando o semblante, Adam bateu com a sua taça na mesa.

– Quer emoção? Então vá para a cozinha e experimente fazer pipoca com a panela aberta, pois esse é o máximo de adrenalina que você vai ter por enquanto.

Indignada com a falta de compreensão, Ivy deu um muxoxo e recostou-se na cadeira. *Ninguém compreende a minha maturidade*, disse ela a si mesma. Alexia baixou o rosto para esconder uma risadinha.

– Você também é cristã? – Paulo resolveu perguntar.

– Ahn? Eu? Bem... sou e não sou – Alexia deu um meio sorriso. – Acredito em Deus, mas já faz muito tempo que não frequento nenhuma igreja. Na verdade... – ela relutou um pouco –, eu estava indo para uma reunião de oração na casa de uma amiga antes de vir para cá. Mas aí eu encontrei Rafael e acabei desse jeito – ela apontou para a blusa.

Reunião de oração? Rafael sentiu um súbito alívio.

– Puxa, que pena... – Janine lamentou. – Lá em São Lourenço também temos um grupo de mulheres que se reúnem toda semana. Oramos juntas, estudamos a *Bíblia* e organizamos algumas ações de caridade.

– Eu também tenho frequentado uma reunião dessas aqui no Rio – interferiu Amanda –, na igreja onde minha avó costumava ir, e que agora nós somos membros também. Mas no caso, eu e Adam vamos numa reunião de casais, que é todas as segundas.

– Faz muito tempo que eu não frequento igreja nenhuma – Alexia continuou. – Como eu falei, meu pai é pastor, e como sempre acompanhei tudo muito de perto, tinha muita coisa que eu via na igreja e não concordava. O fardo sobre o meu pai era muito grande, e ele tinha que cuidar de tudo sozinho, sobrava pouco tempo para a sua família. Mas as ordens vinham de cima, e ele tinha que obedecer. Eu achava que os bispos dele deviam notar que ele estava sobrecarregado. De todo modo, ele sempre foi um bom pai, na medida do possível. Mas não foi tão presente quanto eu gostaria. E quando estava presente, só sabia dar ordens e reprimir todas as minhas vontades. Eu não podia sair com minhas amigas, ir às festas, usar calças e... ai, desculpe – ela se deteve, deu um meio sorriso e baixou os olhos –, já estou falando demais. Enfim, é por tudo isso que não me ânimo de frequentar mais nenhuma.

Janine se esticou e tocou sua mão de modo afetuoso.

– Frequentar uma igreja não faz de você uma cristã – ela ressaltou –, a sua fé, sim. Se você diz que acredita em Deus e reconhece Jesus como seu salvador, você já pode se considerar acolhida por Ele. Além do mais, a igreja não são os templos, a igreja é você. As reuniões só servem para estarmos em comunhão e ajudarmos uns aos outros, recebendo palavras de fé. Ninguém nasceu para caminhar sozinho, ainda mais em um mundo cruel como este. É bom estarmos juntos. Deus *quer* que tenhamos comunhão.

– Disso eu até sinto falta – Alexia sorriu com ternura – da comunhão. Agora mesmo, aqui com vocês nesta mesa, eu me sinto acolhida. Faz tempo que eu não fazia uma refeição assim, com tanta gente.

– Então, você mora sozinha... – Rafael comentou, subitamente interessado no assunto. – Muito em breve pretendo fazer parte desse clube também. Aliás, estou procurando um apartamento, caso você saiba de um.

– Morar sozinha é bom – sentindo-se à vontade para isso, Alexia segurou sua pizza nas mãos e deu uma mordida na ponta do triângulo. – A droga é que é sempre minha vez de lavar a louça – disse ela de boca cheia. Todos riram.

– Aqui em casa fazemos rodízio de tarefas – informou Adam, olhando acusadoramente para a esposa –, para evitar o caos e principalmente o derramamento de sangue, não é, meu amor?

Amanda virou o corpo para ele.

– Eu também trabalho! – ela argumentou. – Não sou obrigada a fazer tudo sozinha. Além do que, agora precisarei de uma empregada. Não posso mais fazer esforço.

Sorrindo largamente, Rafael, que estava sentado ao lado de Alexia, nem um pouco interessado na rixinha de Adam e Amanda, perguntou para ela:

– E por acaso se produz louça na sua casa? Você gosta de cozinhar?

– E por que não gostaria? – Alexia sorriu. – Posso não representar uma ameaça para você, mas com certeza eu dou conta do recado.

– Perfeito! – apoiou os cotovelos na mesa. – E quando é que vai preparar um jantar para mim? – ele uniu as mãos.

– Quer mesmo que eu cozinhe para você, depois de tudo que passamos nesta semana? – ela olhou para a blusa manchada em seu colo.

Erguendo uma sobrancelha, Rafael se virou para frente.

– Não mais. Numa coisa homens e mulheres concordam: ambos não confiam nas mulheres. Não estou disposto a morrer envenenado.

A disposição de ânimo prosseguiu assim durante todo o jantar, numa implicância agradável, e quando acabou, Alexia começou a ensaiar uma despedida. Não iria mais à festa nenhuma. Tudo que queria era ir para casa e desfrutar de uma boa noite de sono. Sentia-se relaxada e bem-humorada. Todos se despediram, e Rafael pegou a chave da moto. Assim como prometido, a levaria para onde quisesse. E se Alexia queria ir para casa, ele não tinha nada a perder, mas talvez tivesse a ganhar.

Alexia relutou no começo, dizendo que aquilo era desnecessário e que ela poderia chamar um táxi. Todavia, Paulo insistiu para que Rafael a levasse, pois achava perigoso que ela saísse sozinha àquela hora na rua.

– O Rio é perigoso – disse ele, com aquele ar de gente desconfiada do interior. Para agradá-lo, a convidada assentiu, e assim que saiu pela porta, Janine e Ivy esfregaram as mãos de alegria.

– Valeu, pai! Você acaba de salvar a noite de Rafael! – disse Ivy empolgada.

– Ou de arruinar a de Alexia – completou Adam, que tomou outro beliscão da mulher.

Desceram pelas escadas novamente em silêncio. Quando chegaram à garagem, Rafael subiu na moto e deu seu capacete para ela.

– Nós não vamos de carro? – Alexia perguntou, ligeiramente arrependida de aceitar a carona.

Rafael sorriu para ela de modo afetado.

– Se queria ir de carro, por que não veio no seu?

– Cheguei em casa ontem de cabeça virada, por isso deixei a porcaria do farol aceso e a bateria arriou. Vou levar para trocar amanhã. Seu irmão até me deu um cartão da oficina.

Com um sorriso nos olhos, Rafael passou a língua pelos lábios.

– Quer dizer que eu revirei a sua cabeça ontem à noite? – perguntou ele, cruzando as mãos na frente do corpo e sentado na moto. Foi o sorriso convencido que a irritou.

– Por que você tem que ser sempre tão insolente, hein, Rafael? Quer saber, melhor eu pegar um táxi mesmo. Pode mentir para o seu pai e dizer que me levou, por favor?

– Claro que não – ele puxou-a pelo braço. – Sou um cara que só fala a verdade. Não fique irritada comigo só porque gostou do meu beijo. O seu também não foi nada mal. Sobe aí na moto que eu te levo para casa – sem se dar por vencida, Alexia cruzou os braços e ficou olhando para ele, que puxou o punho da camisa para trás e olhou o relógio. – Já é meia-noite. Quanto antes subir nesta moto, mais rápido se livra de mim.

– Bom argumento – disse ela quando se rendeu.

Alexia nunca havia andando de moto. Por essa razão, agarrou Rafael com toda a força quando ele disparou pela rua. As luzes da cidade bruxeleavam ao seu redor enquanto passavam. E mesmo contra a sua vontade, ela gostou da sensação de enlaçar o seu corpo musculoso por trás. Sentiu-se abrigada e protegida. Ao mesmo tempo, Rafael estava profundamente afetado pela delicadeza com que ela o tocava. E quando pararam no sinal vermelho, ele não resistiu ao impulso de afagar as mãos dela entrelaçadas na sua cintura. Alexia ficou sem ação num primeiro momento, pois era óbvio que estava gostando. No entanto, sabia que não deveria ser assim com Rafael. Se ela começasse a dar a imerecida consideração a todo impulso que tinha quando estava perto dele, aquilo ia acabar não dando certo. O profissionalismo e a maturidade tinham que irradiar a partir dela. Por isso, recuou com as mãos e fingiu ajeitar o capacete, mas durou só um segundo antes de Rafael arrancar com a moto em disparada outra vez.

A badalação de sábado à noite personificava-se pelo congestionamento do tráfego, mas isso não impediu Rafael de passar por espaços tão estreitos entre os carros, fazendo Alexia enrijecer muitas vezes. Não muito tempo depois, quando finalmente ela apontou era o prédio onde morava, sentia-se meio zonza ao tirar o capacete.

Rafael começou a examinar o prédio. Era um edifício de esquina, antigo, somente de dois andares, muito parecido com o de Adam. Entretanto, a fachada era branca, e as sacadas verdes, em um estilo romântico. Ficava ao lado de um hospital bem iluminado, tão sofisticado que parecia um hotel. Alexia desceu da moto e começou a ajeitar os cabelos em silêncio, parecendo estar um pouco nervosa.

Rafael ficou parado a menos de um metro de distância, ainda sentado na moto, tentando absorver o olhar dela e com um leve sorriso nos lábios. Estava amando vê-la tão encabulada, pois aquilo era incomum em Alexia. Não estava nem um pouco disposto a ir embora antes de ser convidado para subir. Sua respiração formava uma ritmada nuvem diante do rosto dele por causa do frio, evaporando no ar seco, enquanto Alexia olhava em volta, sem saber o que fazer. Por fim, ela resolveu romper o silêncio.

– Muito obrigada pela carona e por colocar a minha vida em risco nos últimos vinte minutos.

Rafael riu num suspiro.

– Você parece uma velha – ele disse. – Alguém já lhe disse isso?

– Velha por quê?

– Porque se preocupa demais. E também anda muito ranzinza. Para mim, essa sua irritação só tem uma explicação.

Sabendo o que viria por aí, Alexia respirou fundo e cruzou os braços.

– Eu sei que vou me arrepender de perguntar, mas posso saber o que é?

Com toda a calma, Rafael desceu da moto e parou bem em frente a ela. Em seguida, tocou sua testa e desceu a mão pela lateral do seu rosto, até que seus dedos parassem no queixo. Havia uma docilidade em Alexia que ela fazia de tudo para esconder, mas Rafael conseguia captar.

– Eu mexo com você – disse ele olhando sua boca.

– Rá – Alexia forçou a cabeça para trás. – É essa a sua explicação para tudo...

– Vai me dizer que é mentira? – ele arqueou uma sobrancelha, numa contradição silenciosa.

Olhando em seus olhos de novo, Alexia não encontrou forças para falar. Nunca antes eles ousaram se entreolhar tão direta e demoradamente. Ela não sabia mais como lidar com aquilo. E, verdade seja dita, também sabia que havia retribuído o beijo dele naquela noite. E não, não foi só porque estava confusa. Foi porque desde que botou os olhos naquele canalha, ela o quis. O quis e continuava querendo. Tinha dedo podre para escolher seus romances. Alexia olhou para baixo, como se buscasse na ponta dos dedos dos pés algo que pudesse dizer. Como negar. Mas não conseguiu.

– Se é assim que se sente – Rafael prosseguiu, contente por vê-la finalmente cedendo –, se realmente está atraída por mim, por que simplesmente não diz?

– Você já sabe como me sinto – confessou, sem olhar para ele.

Inesperadamente, Rafael sentiu o peito aquecer com aquela confirmação.

– Mas diga mesmo assim – ele insistiu, e o sorriso diabólico aflorou em seus lábios. – Meu ego está acostumado a ficar inflado, e nos últimos dias, anda um pouco murchinho.

Alexia deu-lhe um tapa no peito e também sorriu. Rafael sempre conseguia arrancar o sorriso dela. E ela considerou a ideia de deixar que ele a beijasse ali mesmo. Certamente, isso iria colorir ainda mais a sua noite com um pouco de prazer. Porém, recuou um pouco. Rafael era galinha demais para que ela corresse o risco de se envolver. Além do que, não deveria envolver-se com ninguém naquele momento. Não estava preparada.

– Acho melhor você ir embora agora, Rafael. Um de nós têm que manter a sanidade por aqui.

– Não há nada de insano nisso – ele deu um passo para frente, e ela recuou de novo. – Por que está fugindo de mim? Somos adultos, livres e desimpedidos.

Foi a vez de Alexia tocar o rosto dele. Má ideia. Sua barba por fazer lhe causou um formigamento na mão.

– Porque isso não vai dar certo – ela afirmou. – Apesar de me sentir atraída por você, eu também gosto muito de você como pessoa. Você é divertido e é um bom amigo quando quer. Não quero que nada estrague a nossa amizade. Não se esqueça de que trabalhamos juntos.

Nesse momento, Rafael teve uma súbita inveja de Adam, que não precisava mais se esforçar tanto para conseguir uma noite de amor. A essa hora, seu irmão devia estar deitado no quarto, enroscadinho na mulher, enquanto ele estava ali, tentando convencer uma garota que era osso duro de roer, que estava realmente gostando dela... *Sujeito de sorte*, meditou com despeito.

– Alexia – Rafael segurou o rosto dela nas mãos, e Alexia sentiu o coração disparar –, coloque uma coisa nesta sua cabeça dura: eu não sou seu amigo nem quero ser. Quero você como mulher. Mas se quiser que tudo comece com uma simples amizade, por mim tudo bem. Vou provar que posso fazer juz ao sobrenome de Cavalheiro. Você quer ser cortejada, não é? Então, é isso que será – dito isso, Rafael recuou e deixou Alexia com as pernas bambas. Ela não imaginava que só a expectativa do beijo dele fosse a deixar tão abalada. – E não me olhe mais desse jeito – disse ele, por fim.

– Que jeito? – perguntou, ainda tonta.

– Desse – tocou o seu queixo. – Sou cavalheiro, mas também humano. Não venha agora me torturar – ele a soltou e foi subindo na moto. Aléxia não sabia se dava risada ou se defendia.

– E seu pedisse para você me beijar agora? – ela resolveu implicar.

– Eu não beijaria – garantiu, com firmeza.

– Sei... – ela estava achando aquilo engraçado. – Agora vai ficar fazendo docinho comigo?

Dando de ombros, Rafael ergueu as sobrancelhas.

– Eu queria partir logo para os finalmente, mas a ideia de fazer doce foi sua. Agora vamos fazer tudo à moda antiga. Devo ligar para o seu pai para iniciar o cortejo? – ele debochou.

Divertida com aquilo, Alexia tombou a cabeça de lado.

– E quem te disse que eu quero ser cortejada por você?

– Você não está se opondo – Rafael observou e colocou o capacete. – Da próxima vez em que quiser me beijar, vai ter que dar um duro danado, mocinha. Por enquanto – ele tomou sua mão e deu um beijo delicado no dorso –, durma com os anjos e acorde disposta, pois amanhã nós iremos sair.

Alexia piscou.

– Sair? Pra onde?

– Pra um lugar público – ele respondeu. – Exatamente como convém.

Sorrindo, Alexia recuou quando ele ligou a moto para partir. Desejava ter tido forças para negar, mas estava tão encantada com o jeito maluco dele que não conseguiu resistir. Além do que, curtir as tentativas de ser educado de Rafael seria bem mais divertido do que ficar em casa sozinha assistindo o Faustão. Ainda não sabia se estava tomando a decisão acertada, mas de uma coisa ela sabia: se ia ser cortejada por aquele deus grego, ela estava lascada. Isso era um fato.

Assim que Alexia entrou no prédio, Rafael deu meia-volta na rua para pegar o retorno. Não estava totalmente satisfeito com o término da noite, mas dentro dele algo estava animado. Alexia seria um desafio, e fazia muito tempo que não encarava um. Já começava a acelerar após ter feito o retorno quando surpreendeu o carro de trás dando uma freada brusca ao avistar uma mulher sair mancando do hospital.

Assim como na primeira vez, não houve dificuldade para reconhecê-la. Era sua mãe. A alegria sentida minutos antes pela presença de Alexia foi substituída por um abrupto mal-estar. Olívia caminhava acompanhada de uma enfermeira que a guiava pelo braço até o carro do táxi, que a aguardava no acostamento. Protegido pela camuflagem do capacete, Rafael ficou observando, sem medo de ser reconhecido. *Isso é uma grande besteira*, ele disse a si mesmo, *ela não me reconheceu mesmo estando cara a cara comigo.*

Quando Olívia entrou no veículo, antes de partir, o olhar de Rafael disparou às cegas pela calçada. Ele engoliu em seco, franziu o cenho e começou a respirar de forma descontrolada pela boca. Detestava que a mãe lhe provocasse aquele tipo de reação, mas sabia que o abandono dela ainda estava muito mal resolvido na sua cabeça. Por isso, num impulso incontido, resolveu segui-la. Precisava saber como ela vivia. Precisava torturar-se e saber exatamente *pelo que* ele e sua família foram trocados.

Será que ela era feliz? Será que já tinha outros filhos? O desejo de descobrir isso era como um veneno se espalhando por suas veias, consumindo de um ódio quase letal.

Não houve dificuldade para segui-los, visto que Rafael estava de moto. Quinze minutos depois, o táxi parou em frente a um luxuoso prédio em Ipanema, onde sua mãe foi acudida pelo porteiro, que veio ajudá-la a caminhar para dentro. Rafael ficou ali, observando a sofisticada fachada e imaginando em qual apartamento ela morava. Tirou o capacete e passou a mão pela testa. Percebeu que estava inexplicavelmente suado. Ainda respirava fundo quando passou a mão pela boca para enxugar o suor. Não sabia o que estava fazendo ali, entretanto não conseguia ir embora. Ainda estava analisando as janelas do prédio para ver se alguma luz acendia quando outra moto parou em a frente dele. Viu uma morena sorridente saltar da garupa de um rapaz, provavelmente voltando de alguma noitada. Ela sorria e passava a mão nos longos cabelos negros com gestos que indicava um indisfarçável flerte. Em poucos segundos, os dois estavam se beijando. Rafael ficou imaginando se ela era sua irmã. Odiou-a momentaneamente por isso.

Imune aos infundados raios de ira que Rafael emanava, a garota entrou no prédio e deu um sorriso para o motoqueiro, que partiu em seguida. Ainda sem saber por que estava ali, Rafael olhou para o outro lado da rua e, apertando os olhos para o prédio da frente, avistou uma pequena placa que lhe interessou. Reconheceu o logo da imobiliária na placa e, sem se importar com incômodo que causaria por causa do horário, ligou imediatamente para André. Não precisaria mais procurar. Acabara de encontrar um apartamento com uma vista extremamente interessante.

Capítulo 10

A CLARIDADE PENETRAVA EM SEU QUARTO PELA PEQUENA fresta entre as duas cortinas, assim como uma brisa suave. Antes de abrir os olhos, Alexia espreguiçou-se espalhando seu corpo esguio por toda a extensão da cama. Fazia tempos que não dormia tão bem. Sentia-se descansada e disposta, mas isso não evitou que ficasse enrolando por mais alguns minutinhos entre os lençóis. Era domingo. Que mal faria se ela quisesse levantar meio-dia?

No entanto, sabia que não iria voltar a dormir. Alexia cobriu a cabeça com o travesseiro e abriu um largo sorriso quando se lembrou da noite anterior. Adorara a família de Rafael, e mais ainda a maneira como terminaram aquela noite. Não que não quisesse tê-lo beijado, ela sabia bem disso. Entretanto, gostou de saber que Rafael estava realmente interessado nela como mulher. Ao lembrar-se da maneira decidida como ele segurou o seu rosto, Alexia estremeceu de prazer. Seus olhos cor de mel se fixaram nos dela com absoluta convicção do que ele queria. Por que fora bancar a donzela indecisa logo naquela noite? Perguntou-se arrependida.

Com um grunhido de lamentação, jogou o travesseiro para longe e sentou-se na cama, decidida a preparar para si mesma um café da manhã de rainha. Fazia tempos que não dormia tão bem. Antes, porém, foi até a janela e escancarou as cortinas, pois também fazia tempos que o dia não amanhecia tão lindo. Queria sentir o sol, sentir o vento, sentir a vida... Enquanto se espreguiçava, observou os transeuntes que caminhavam em direção à orla da praia, eufóricos após um longo período de dias cinzentos. Alguns estavam trajados para se banhar, outros para dedicarem-se a caminhadas. Talvez ela fizesse o mesmo.

Decidindo primeiramente se alimentar, Alexia foi caminhando para cozinha. Durante o percurso, conferiu no celular que ainda eram oito horas da manhã. O que, para quem acordava todo dia às cinco, pensou ela ao abrir a geladeira, era praticamente de tarde. Ainda bebia o primeiro copo de água gelada quando sua campainha tocou. Franziu os olhos, pois ninguém havia tocado o interfone. Concluiu que só poderia ser sua vizinha de frente. Uma simpática senhorinha, viúva há dez anos e amiga de sua falecida avó, que vivia solicitando Alexia para ajudar a carregar suas compras ou pegar algo que estava muito alto na casa. Mas Alexia não se sentia incomodada por ela. Gostava de lhe ajudar, embora reconhecesse que preferia fazer isso depois do meio-dia. *Especialmente no domingo*, meditou ela dando um suspiro.

Como ainda estava de regata e calcinha, Alexia colocou um short qualquer rapidamente e ajeitou os cabelos para trás. Em seguida, abotoou um sorriso no rosto e abriu a porta da sala, e o calor que inundou sua face o enrubesceu até a raiz dos cabelos.

– Meu Deus, eu criei um monstro! – disse ela, ao observar Rafael, sorrindo, lhe dar um beijo no rosto e entrar sem ser convidado. – O que está fazendo aqui essa hora da manhã? Aliás, o que está fazendo acordado?

– Quero aproveitar bem o domingo. Já tomou seu café? – ele espiou da janela.

– Não.

– Ótimo – sentou-se e esticou os braços fortes no encosto do sofá. Muito à vontade. A imagem do conforto – Então, se arrume que nós vamos sair.

Alexia esboçou um sorriso afetado. Olhava para Rafael sem acreditar. *O que ele está fazendo aqui em casa a esta hora da manhã? E de banho tomado? E como conseguiu subir sem ser anunciado?* – matutou consigo mesma.

Quando Rafael dissera que iriam sair, ela imaginou que fosse no mínimo um almoço. Ele estava com uma blusa branca, uma bermuda de tactel e chinelos de dedo. E sua entrada espalhou pela sala um delicioso cheirinho de sabonete. A luz que entrava pela janela da sala iluminava seu rosto e demarcava a discreta covinha no queixo, além de iluminar os seus olhos. Alexia abafou um suspiro.

Momentaneamente, ela arrependeu-se de não ser vaidosa o bastante para dormir com uma bela camisola de seda, mesmo sabendo que passaria a noite sozinha. Assim, não estaria agora olhando para ele totalmente desgrenhada e, provavelmente, ainda com bafo. Mas Rafael não achava nada daquilo. Estava adorando observá-la desprevenida, com aquele olhar assustado e totalmente descabelada. Também, nunca tinha tido oportunidade de apreciar suas pernas, sempre cobertas por calças jeans, e estava adorando. Alexia era magrinha, mas tinhas músculos fortes.

– Se seu plano é irmos à praia, vou logo avisando que não entro no mar. Vou à praia no máximo para correr – ela avisou.

Rafael ergueu uma sobrancelha e sorriu, com um sorriso preguiçoso.

– Eu te disse que você parecia uma velha, mas não é esse o plano. E não adianta que eu não vou te contar. E para sua informação, nós vamos de carro.

– Você comprou um carro? – perguntou ela, desconfiada.

– Não, peguei o de Adam, já que a senhorita não gosta de andar de moto. Eu te disse que iria te mimar.

Sabendo que não tinha alternativa, Alexia sorriu e foi andando para o corredor.

– Adam é maluco de te emprestar o carro, ainda mais do jeito que você dirige.

– Ele não emprestou. Estava dormindo quando eu saí.

Preocupada, Alexia freou na porta do quarto.

– Rafael, seu maluco, e se houver uma emergência com Amanda?

– Não se preocupe com isso – Rafael observava o apartamento decorado em um estilo colorido e romântico, o que só confirmava suas suspeitas sobre a personalidade dúbia de Alexia. – Adam está tirando uma grana preta naquela oficina. Qualquer coisa, ele pega um táxi. Além do que, uma das melhores coisas de se morar com o irmão é pegar coisas emprestadas sem pedir. Você não sabe disso porque é filha única. Aposto que quando eu for embora, ele vai sentir saudades de mim. Aliás, falando nisso, aluguei um apartamento.

– Sério? – Alexia estava indecisa entre um vestido ou uma camiseta com short. Resolveu pela segunda opção. – E é perto daqui?

– Pertinho. Na Farme de Amoedo, em Ipanema.

– Então, seremos vizinhos. Agora sim estou frita – ela resmungou, mas achou maravilhoso.

Minutos depois, Alexia apareceu na sala completamente arrumada. Usava uma camiseta verde-água que cruzava nas costas, um short jeans curto, sandálias rasteiras e um chapéu-panamá.

– Decidi acompanhar o seu visual – ela abriu as mãos ao lado do corpo –,que tal?

– Está linda – Rafael se levantou e foi até ela. – Embora eu preferisse que estivesse usando somente o chapéu... – disse ele e tomou um tapa dela no braço.

– Estou combinando com o lugar para onde vamos?

– Boa tentativa – ele tocou no seu nariz com o indicador –, mas deixa eu te surpreender dessa vez.

Ambos deixaram o apartamento, saíram do prédio e entraram na picape de Adam. Alexia se divertiu em secreto quando Rafael abriu a porta do carona para ela entrar. Sabia que ele estava se esforçando. Ele ligou o som do carro e ambos partiram. Enquanto dirigia com a mão esquerda, Rafael entrelaçou os dedos nos dela com a direita. Engolindo em seco, Alexia respirou fundo e afagou levemente a mão dele, que sorriu, ao perceber que ela estava ficando vermelha.

– Desculpe por tê-la feito enfrentar a inquisição espanhola ontem à noite na minha casa.

– Imagina – Alexia se virou para ele. – Seus pais são fabulosos. Aliás, adorei toda a sua família. Principalmente Ivy, minha comparsa.

Ele deu um sorriso de lado.

– Aquela pentelhinha não é mole.

– Você se parece muito com o seu pai – Alexia comentou.

– Eu sei – Rafael sorriu de novo ao volante. – Isso me diz um pouco sobre o futuro dos meus cabelos – ele passou a mão na cabeça.

– Mas sabe o que é mais estranho – Alexia continuou –, é que Amanda é a cara de sua mãe. E de Ivy também.

– Amanda é filha de Janine – ao notar a expressão boquiaberta de Alexia, suspirando, Rafael explicou –, mas Adam e eu não. Janine se casou com nosso pai quando tínhamos quinze anos. Desde então, nós a adotamos como mãe. Amanda e ela ficaram muitos anos sem se falar, e quando Amanda veio nos visitar pela primeira vez, ela e Adam se apaixonaram.

– Nossa, parece história de filme... – Sentindo que o semblante dele fechou, Alexia resolveu abafar a pergunta que faria em seguida, mas Rafael a respondeu mesmo assim.

– Minha mãe abandonou o meu pai quando eu tinha dez anos; desde então, nunca mais nós vimos aquela safada. – Não era totalmente verdade, ele pensou, mas era melhor não entrar nesse assunto agora. Não queria estragar o passeio.

– Sei – percebendo a ferida exposta, Alexia se virou para ele. – Nunca imaginaria isso tudo. Janine parece amar muito vocês.

– Acredite, nós a amamos muito mais. Olhe... – subitamente orgulhoso, Rafael apontou um outdoor onde continha uma imagem sua. Estava sorrindo, de braços cruzados e com uma espátula na mão – fiquei o máximo naquela foto, não foi?

– Indubtavelmente fotogênico – Alexia concordou, achando melhor mudarem de assunto. – Não vai mesmo me dizer para onde vamos?

Ele sorriu e apertou o joelho dela.

– Logo chegaremos, gatinha, seja paciente.

Poucos minutos depois, Rafael estacionou o carro na Lagoa. Atônita, Alexia o viu retirar uma cesta de piquenique do carro e logo depois pegar a mão dela.

– Vamos fazer um piquenique? – perguntou ela, divertida e maravilhada com aquilo.

– Por quê? Não gostou? Acha que o sol já está muito quente? Podemos procurar uma sombra...

– Não, não... – sem pensar duas vezes, Alexia se aproximou e beijou suavemente o seu rosto. – Eu adorei. Vai ser o passeio perfeito.

Sentindo-se satisfeito, Rafael apertou ainda mais a mão dela. Estava começando a gostar do ritmo lento como as coisas estavam fluindo entre eles. Algo raro para ele. No entanto, apesar da aparente receptividade de Alexia, ele sabia, conforme ficou comprovado, que conquistar aquela mulher não seria tarefa fácil, mas estava disposto a correr o risco. Quando começaram a andar para a margem, Rafael também percebeu como era bom andar de mãos dadas com ela. E enquanto caminhavam, inconscientemente, ele fazia círculos suaves nas costas da sua mão com o polegar. Mas Alexia estava percebendo. E adorando o carinho.

A água de tonalidade cinza-azulada lambia carinhosamente as laterais dos caiaques e pedalinhos parados na margem, de forma lenta e constante. Tudo era calmo e plácido. Dava para sentir o cheiro de milho cozido e pipoca vindo de algum lugar por ali. De vez em quando, bem ao longe, podia-se ver um peixe subindo à superfície, trazendo a forma de um arco prateado, despreocupado com as gaivotas que espreitavam, para, em seguida, tornar a mergulhar nas águas frias da lagoa.

Muitas pessoas faziam suas atividades físicas, passeavam com os cachorros ou brincavam com as crianças. Por quererem um pouco de privacidade, Rafael e Alexia preferiam sentar-se em um deck de madeira um pouco mais adiante, de onde poderiam admirar a lagoa melhor. Entretida e feliz, Alexia o observou distribuir tudo o que trouxe por cima da canga que afanara de Amanda. Havia vários tipos de frios, biscoitos, croissants, frutas, água mineral e suco de uva.

– Desse jeito eu vou engordar – Alexia comentou, ainda em pé. Em seguida, tirou o chapéu, fechou os olhos e levantou os cabelos curtos da nuca para sentir a brisa melhor. – O dia hoje parece um presente de Deus. Olha só esse sol...

Rafael, já deitado na canga e apoiado no cotovelo, contemplou Alexia de alto a baixo, perguntando-se o que ela tinha de tão especial para aguçar tanto interesse nele. O que fazia tanta diferença? Ele meditava. Seria sua beleza? Sua inteligência? Sua ingenuidade? Rafael reparou que

Alexia estava radiante com aquele passeio, como se há muito tempo ninguém tivesse feito algo semelhante por ela. E ele se perguntou, se alguma vez, já tinha feito algo parecido por alguém. Descobriu que não. Sentiu uma pontada de desassossego por isso.

– Sente-se aqui e aprecie essa vista comigo. Comprei *pitaya* para você.

– Jura? – sorrindo contente, Alexia se sentou sobre as pernas cruzadas. – Mas é tão difícil de achar! Adoro *pitaya*, é minha fruta favorita. Como você sabia?

– Convivemos há pouco tempo, mas acho que já sei tudo sobre seus gostos. Pensou que era só você que sabia como me agradar?

– Ah, é? – Alexia mordeu um biscoito, surpresa com toda aquela atenção. – Então, vamos lá, do que mais eu gosto, senhor sabichão?

– De organização.

Alexia girou a mão.

– Essa é fácil.

– De pontualidade.

– Essa também.

– De fadas – Alexia arregalou os olhos. – Todos os seus cadernos de trabalho têm capas de fadas – ele sorriu. – Também gosta de comer salada de rúcula antes da comida, de vinho chileno, roer a unha do dedão esquerdo e esfregar o rosto quando está nervosa. Gosta de cachorros, especialmente de *yorkshire*. Já olhou para pelo menos três desde que chegamos aqui. E também gosta de mim – ele ergueu seu copo de suco –, o que demonstra que tem excelente bom gosto. Se bem que... todas as mulheres gostam de mim – constatou ele, dando de ombros, como se fosse óbvio.

– Que babaca... – com uma risada, Alexia tacou um morango nele. Ouvir aquilo era irritante, porque era verdade. Divertido, Rafael continuou:

– Estou falando sério. Pense bem... – ele se apoiou em um cotovelo e se virou para ela. – Tenho todas as qualidades que agradam uma mulher: sou bonito, divertido, carinhoso, tenho dinheiro suficiente para levá-la em um bom restaurante. Não fumo, não sou viciado em bebida, não falo palavrões... bem – ele riu –, só de vez em quando. Além disso, sou extremamente generoso em outros setores, caso você queira experimentar... O que mais uma mulher poderia querer?

– O mais importante, você ainda não disse – Alexia zombou. – Você é modesto.

– Obrigado por me lembrar – ele fez outro brinde.

– Mas tem uma coisa importante sobre mim que você não sabe – Alexia o deixou curioso. Rafael pousou o copo no chão e fez um gesto com a mão para que ela continuasse. – Tenho um roteiro na cabeça.

– Um roteiro? – o interesse na voz dele foi genuíno.

Alexia deu um sorriso contrariado.

– Por que o espanto? Me formei em cinema, esqueceu?

– Claro que não. Só não sabia que estava trabalhando em algo nesse momento.

– Na verdade, não estou – Alexia abraçou os joelhos. – Pelo menos, não no papel. É só uma história que está formulada na minha cabeça, para uma série de televisão.

– Nossa, isso é fantástico! – animado para saber dos detalhes, Rafael também se sentou. – E por que ainda não escreveu?

Alexia deu de ombros. Essa era uma pergunta que ela se fazia quase todos os dias. De todo modo, ficou feliz por compartilhar finalmente aquele segredo com alguém. Nunca havia dito aquilo para ninguém, nem para Caio. Talvez pelo medo das críticas.

– Falta de tempo, de motivação, sei lá... – respondeu ela vagamente.

Rafael observou-a por um instante.

– Pois eu acho é que você não acredita em você, por isso que ainda não escreveu.

Alexia virou o rosto de lado e olhou para ele.

– Agora você virou psicólogo? Eu trabalho feito uma condenada, Rafael. É difícil buscar inspiração quando se tem tão pouco tempo livre.

– Principalmente, quando não se está comprometido com o seu sonho – disse ele e se virou para a lagoa, pegando seu copo de suco. Alexia sentiu a apunhalada sutil.

– Mas falando sobre meus gostos – Alexia continuou, tentando mudar de assunto –, ainda falta uma coisa importante que eu gosto e você talvez não saiba... – Bebendo seu suco, Rafael virou o rosto para ela. Alexia continuou: – O que falta é justamente o tipo de coisa que nenhuma mulher gosta de cobrar, tem que ser dado por iniciativa própria. É uma coisa que inventaram nos tempos antigos, mas que alguns seres mortais ainda dão valor até hoje, sabe? Chama-se monogamia, ou fidelidade, se você preferir.

Com um suspiro, Rafael colocou o copo de lado.

– Está insinuando que não posso ser fiel a uma mulher?

Alexia fez uma cara de incrédula. Rafael fechou o semblante.

– Pelo visto, estou apostando mais em você do que você em mim.

– Ei! – a voz de uma adolescente os interrompeu. Assustados, ambos olharam para trás e avistaram uma menina de no máximo quinze anos, sorrindo e com as mãos apoiadas nos joelhos. Seus cabelos eram loiros e lisos, e ela lembrava um pouco o jeito de Ivy. A menina olhou para trás uma vez, indicando onde estavam sentadas as suas amigas e uma mulher mais velha, todas olhando em sua direção e dando gargalhadinhas. – Você não é o Rafael Cavalheiro, daquele programa culinário?

Automaticamente, o sorriso de Rafael se abriu para elas. Já estava se acostumando a ser reconhecido pelos lugares por onde passava.

– Sim, sou eu, sim – respondeu ele com simpatia.

– Eu sabia! – ela virou-se e apontou para a mais velha. – Você me deve dez pratas, irmãzinha. Podemos tirar uma foto com você? – indagou para Rafael.

– Claro.

Todas se juntavam em torno dele e, assim que tiraram as fotos, partiram felizes da vida, já postando a foto em redes sociais. Apertando os olhos, Alexia mirou a lagoa e retomou o assunto.

– Não me culpe por estar receosa depois de você ter traçado todas as funcionárias do estúdio. Como posso acreditar que serei diferente?

Aborrecido com a sua desconfiança, embora não fosse infundada, Rafael ficou calado por alguns segundos. Pela primeira vez, queria realmente que uma mulher acreditasse nele.

– Lírios – disse ele de repente. Em seguida, largou o copo, abraçou os joelhos e olhou para ela. – Suas flores preferidas são lírios. Você sempre as desenha no caderno. Acha que eu sei as flores preferidas de todas elas?

Ainda olhando para a lagoa, Alexia tornou a sorrir, mas dessa vez com o coração. *O desgraçado é bom nisso!* – pensou ela em silêncio. Despreocupados, continuaram a conversar enquanto comiam. Falaram sem relutância sobre tudo de suas vidas, como fazem os bons amigos, se esquecendo momentaneamente que desejavam impressionar um ao outro. Rafael não conseguia lembrar-se da última vez em que conversara assim com uma mulher tão tranquilamente. Mas Alexia era uma boa ouvinte e se divertia com as suas piadas. Ela, por sua vez, agora deitada de costas, também estava encantada. Precisava somente virar a cabeça para vê-lo deitado ao seu lado e seu coração se sentir imediatamente mais leve. Rafael era uma ótima companhia.

Em certo momento, pararam de rir e falar e Alexia fechou os olhos, a fim de absorver os raios de sol. Sem poder resistir, pois desejava há muito tempo tocá-la, Rafael esticou o braço e segurou sua mão, beijando-a logo em seguida. Instintivamente, Alexia aceitou o afago. Porém, depois, ficou constrangida. Havia se esquecido de que estavam se paquerando. Entretanto, sentindo os lábios quentes de Rafael na sua mão, o coração acelerou novamente. Ficaram ali, num silêncio forçado, com os dedos finos dela entrelaçados nos dele, muito maiores, olhando para o céu como dois adolescentes desajeitados, namorando pela primeira vez. Como se o estoque de palavras tivesse sido apagado da mente deles. De súbito, Rafael perguntou:

– Quer um sorvete?

Alexia abriu os olhos e avistou um vendedor que passava.

– Alguma coisa geladinha cairia bem – ela sorriu para ele, que, virando-se de bruços, chegou um pouco mais perto dela. A dois palmos de distância, seus olhos abrasadores fitaram os de Alexia.

– Você sabia que sorvete deixa a gente mais quente? – quando ela protegeu o rosto do sol com a mão para olhá-lo melhor, Rafael afagou sua cintura e explicou: – Ele esquenta o organismo. Parece frio quando a gente come, mas como contém muitas calorias, aumenta a nossa temperatura.

Desconcertada com aquela proximidade, Alexia apoiou-se nos cotovelos e concentrou o olhar na lagoa, que reluzia em tonalidades azul e laranja, cujos mesmos raios dourados iluminavam os olhos cor de âmbar de Rafael. Continuou calada por alguns instantes. Ainda estava com medo de envolver-se com alguém como ele. Entretanto, caramba, estava sendo tão bom ser bajulada daquela maneira... Será que se ela cedesse logo, tudo aquilo iria acabar?

Contudo, não acreditava que Rafael fosse insistir por muito mais tempo com ela. Poderia se cansar e partir para outra. E Alexia queria aproveitar. Queria ficar com ele nem que fosse por um dia. E queria que *aquele* domingo fosse completamente perfeito. Terminariam agarradinhos na sua cama, que mal tinha isso? Afinal, ninguém precisaria saber.

– Então acho melhor não pedirmos sorvete – ela disse e voltou seus olhos negros para ele. – O clima entre nós já está quente o suficiente, você não acha?

Àquela resposta, Rafael sorriu e, com muita habilidade, deslizou a mão da cintura dela até sua nuca, encostou os seus lábios em sua orelha, causando-lhe um calafrio, antes de dizer:

– Não adianta me provocar, espertinha. Se quiser que eu te beije dessa vez, vai ter que me pedir isso *com todas as letras.*

Com um sorriso malicioso no olhar, Alexia virou o rosto de lado até que seu nariz esbarrasse no dele.

– Ora, ora... Será que desenvolvemos uma disputa de egos por aqui? Ou será que você não quer mais me beijar?

Foi uma pergunta retórica, Rafael deduziu, não precisava de resposta. Mas ele estava disposto a fazer uma jogada diferente. Sabia que parte do prazer do que existia entre os dois se devia a essa expectativa. E ele prometeu a si mesmo, depois do tapa na cara que levara dela naquela noite, que a faria implorar pelo próximo beijo. No entanto, foi pego desprevenido quando Alexia lhe roubou um estalinho.

– Não preciso te pedir porcaria nenhuma, sou uma mulher que sempre pego o que quero. Apesar de estar achando uma gracinha esse seu empenho todo comigo.

Feliz da vida, ela voltou a se apoiar nos cotovelos e mirar a lagoa. Ao ver a alegria absoluta em seu rosto, e a certeza de que a recíproca era verdadeira, Rafael não pôde deixar de sorrir. Não imaginava que Alexia fosse capaz de ser espontânea.

Ele adorou.

Também não imaginava que poderia tirar tanto prazer de um gesto tão simples como um estalinho. Mas foi o sorriso doce que ela lhe lançou quando olhou para ele de novo, e a subsequente dilatação do seu coração, que informou a Rafael, pela primeira vez, que ele estava apaixonado.

Esquecendo-se da vida à sua volta, eles almoçaram em um quiosque que ficava na lagoa e continuaram passeando por lá até tarde. Alugaram uma bicicleta dupla, andaram de pedalinho e, finalmente, tomaram sorvetes. No final do dia, quando o sol já começava a se esconder por trás das montanhas, resolveram partir. Estavam exaustos e Rafael levou Alexia para casa. Quando pararam em frente ao prédio, ela pulou da picape antes que Rafael abrisse sua porta. Ele deu a volta no carro e se encostou na lataria olhando para ela.

– Bom – ele odiava ter que deixá-la. – Preciso passar na casa do André para acertar as papeladas do apartamento.

– Tudo bem – ela colocou o chapéu na cabeça. – Obrigada pelo piquenique, Rafael, de verdade. Não imagina como eu estava precisando disso.

– Você precisa é de férias – afirmou. – Um dia só não será o suficiente. Você anda trabalhando demais.

– Eu sei, tenho me sentido cansada. Agora mesmo, estou cheia de sono. E não costumo sentir sono a esta hora da tarde. Além do que, Hélio sabe que minhas férias já estão vencidas.

– Por que não planeja uma viagem? – sugeriu Rafael.

– Tenho pensado nisso.

– E já sabe para onde quer ir?

– Sei lá – ela ajeitou o chapéu. – Não pensei em nenhum local específico.

– Parece legal. Posso ir também? – ele sorriu, e Alexia sorriu de volta. Rafael não perdia uma oportunidade.

Não querendo colocar uma pressão desnecessária sobre ela, Rafael permaneceu onde estava. É obvio que desejava agarrá-la ali mesmo e devorar aquele sorriso dela com um de seus beijos entorpecentes, mas decidiu que prosseguiria com o plano. Nunca esteve tão determinado sobre algo na vida. Esperou que Alexia lhe pedisse o beijo, mas ela não o fez. Estava igualmente determinada em vencer aquela batalha. Queria ver até onde Rafael conseguia ir.

– Então, eu já vou – disse ele novamente, quase como se gritasse "essa é sua última chance!". – Amanhã conversaremos sobre a *nossa* viagem – então, ele veio até ela e, fazendo-a estremecer até os ossos, espalhou as mãos grandes em torno da sua cintura. Alexia só teve tempo de suspender o fôlego quando ele se aproximou e lhe deu um beijo quente, demorado e delicado bem ao lado da sua boca, que a deixou com vertigem. Seu perfume másculo havia chegado alguns segundos antes, golpeando-a com força total. Rafael percebeu sua hesitação e deu um leve sorriso antes de sussurrar: – Você pode ser durona, gatinha, mais acredite, eu sou mais determinado.

Não permitindo que ele saísse de perto de si, Alexia segurou-o pela nuca e, sentindo-se como uma planta definhando pela ausência de água, finalmente pediu:

– Tudo bem, Rafael Cavalheiro, vamos acabar logo com isso. Por favor, agora, me beije. – E no instante seguinte, a boca dele já estava colada na dela, fresca e suave. Saboreando a princípio, apenas para suavizar a sede que existia entre ambos. Diferente da primeira vez, o beijo foi lento, profundo e saboroso. E também foi diferente, pois agora já sabiam que estavam apaixonados. Os braços de Alexia levantaram e abraçaram-lhe o pescoço, pressionando seu corpo contra o dele. Não queria racionalizar o que estava fazendo. Queria que Rafael a levasse para longe dali. Para longe do mundo. Para longe de tudo. Sabia que aquele envolvimento era antiprofissional, mas também estava sendo tão... maravilhoso! Como poderia se privar daquele néctar que fluía dos lábios dele? Como privar-se da sensação inebriante enquanto ele alisava suavemente os seus cabelos? Dessa vez, Rafael estava sendo sereno... Mas, de repente, as coisas mudaram. Os lábios dele, antes suaves, se tornaram mais vorazes quando ele virou-a de costas e pressionou-a contra a lataria do carro. Os lábios dela se entreabriram ainda mais, para receber o seu calor. Sua língua envolvia a dele em uma dança lenta e sedutora. E o sabor dele a preenchia por completo. Ela era como barro nas suas mãos. Sua mente simplesmente se recusava a funcionar corretamente perto de Rafael. Era como um cabo de guerra entre o prazer e o bom-senso. E o som que Alexia emitiu, foi quase um lamento quando ela teve a presença de espírito de afastá-lo para tentar retomar o fôlego.

Pelo amor de Deus, nós estamos no meio da rua! – ela lembrou a si mesma, com o corpo inteiramente enfraquecido. Rafael olhou para ela, ainda ofegante, e abriu um sorriso que era só uma promessa do que ainda estava por vir. Em seguida, ele olhou para o relógio e ergueu o rosto para ela, com uma expressão suplicante.

– Preciso ir – ele declarou.

– Tudo bem – ela disse, desnorteada, pensando que talvez seu ritmo cardíaco voltasse ao normal algum dia. Talvez em um ou dois anos.

– Posso voltar aqui mais tarde?

Ainda atordoada, Alexia balançou a cabeça que não. Não sabia se dava conta de outro beijo daqueles, insuportavelmente arrebatador. Se Rafael já era quente só no beijo, imagine no resto? Meditou estremecendo.

– Uma coisa de casa vez, Rafael. Você me proporcionou um dia perfeito, vamos deixar assim.

– Pode ficar ainda muito melhor – sugeriu com malícia.

– Não tenho dúvida sobre isso – ela riu, abanando-se com o chapéu –, mas por enquanto vamos deixar como está. Ainda preciso assimilar isso tudo – ela apontou para os dois.

Resolvendo ceder, Rafael enlaçou-a pela cintura e pousou um beijo quase casto na sua testa.

– Pois então tenha o tempo que quiser, mas não me torture por muito tempo. Você sabe que eu vou querer ir adiante com isso. Ou será que vou ter de forçá-la a implorar por isso também?

– Não vai ser necessário – Alexia roubou-lhe um estalinho de novo. – Só quero que seja tudo no tempo certo, tudo especial, como foi este dia. Além do que, preciso ter certeza de que está sendo sincero comigo.

Que não vai mesmo sair amanhã procurando uma ninfetinha de dezoito anos na faculdade. Não posso me machucar, Rafael. Acabei de sair de uma relação e...

– Shhh – ele tocou os lábios dela com os seus, para silenciar as palavras. A textura e o calor da sua boca eram como o fogo. – Eu vou provar que estou falando sério, sua cabeça-dura. Por que você é tão insegura? Não sabe como você é linda? Se eu quisesse uma ninfetinha de dezoito anos, acredite em mim, eu teria uma. Mas agora o que eu quero é você – Rafael ficou surpreso ao descobrir como seus sentimentos estavam firmes em relação a esse ponto em particular. E quando Alexia sorriu para ele, com os olhos genuinamente tão doces, seu estômago apertou, fazendo-o engolir em seco para digerir algo que não reconhecia como medo. – Ainda não sei o que você fez para me prender desse jeito... mas me sinto amarrado. E sei que sente o mesmo por mim. Então, não devemos mais lutar contra isso.

Mais uma vez, Alexia passou os braços pelo seu pescoço.

– Se é assim que se sente, vai saber esperar – ela insistiu. – Não vou fugir para lugar nenhum. Eu prometo.

– Até porque, se fugir, eu vou atrás de você – murmurou ele, para mais uma vez esmagar a sua boca contra a dela.

Capítulo 11

– Bem – comentou Adam duas semanas depois –, acho que agora ficou bom.

– Adam! – exclamou Rafael, chegando à sala do seu novo apartamento com duas garrafas de água na mão. – Esse sofá está torto. E nem vou comentar dessa estante...

Adam olhou para ele, contrariado. Seu queixo estava cheio de pontas de barba, os pés descalços e os cabelos em desalinho. A aparência habitual.

– Então pare de ficar só enrolando e vem me ajudar a empurrar essa bosta.

– Não estava enrolando – se defendeu Rafael. – Fui comprar água para nós dois.

Com uma gargalhada gostosa e as mãos enfiadas no bolso da calça, Adam saiu para a varanda. Rafael o seguiu para o estreito local que resolveu chamar orgulhosamente de terraço.

– Sei. A quem você quer enganar? Está é agoniado porque sua namoradinha não chega logo... – Adam pegou a garrafa da mão dele e deu um tapinha na sua bochecha. – Quem diria, hein, irmãzinho? Finalmente uma mulher te escravizou.

– Claro que não – os lábios de Rafael sorriram sem querer. – Nunca serei dominado como você. Amanda o transformou em um perfeito *poodle* de circo.

Bebendo a água, o semblante de Adam tornou-se aborrecido de novo, pois sabia que Rafael estava falando a verdade.

Desde que soubera que estava grávida, Amanda havia mudado radicalmente. Estava supercaprichosa e vomitava a cada intervalo da novela das oito, fora os seus desejos exóticos. Adam desconfiava que ela inventava a maioria deles, pois achava muito cedo para isso. Porém, naquela mesma tarde, sairia para atender a um deles. Mas se Amanda desejava tanto um cordãozinho de ouro com suas iniciais, a ponto de chorar, o que mais ele poderia fazer? Além disso, agora ela atingia picos de felicidade em questão de minutos para, em seguida, mergulhar em lágrimas ou em um mau estado de humor.

Mas a culpa era dos hormônios.

E como era seu dever, Adam cumpria todos os seus desejos sem reclamar, na esperança de ter uma única noite de paz. E quando essas noites aconteciam, sentia-se o rei do mundo por ter se casado com ela. Amanda era carinhosa, dedicada e uma amante espetacular. A companheira ideal. Sempre o apoiando e o incentivando a crescer em tudo. Por isso, independentemente dos últimos contratempos por causa da gravidez, todas as vezes que o nome dela era pronunciado, Adam ainda sorria furtivamente, como se fosse o único homem no universo a ter descoberto a felicidade conjugal. Por isso, resolveu defendê-la.

– Amanda está grávida, por isso anda tão irritada. Não é fácil para uma mulher ter um ser humano crescendo dentro de si.

Rafael tirou a garrafa de água da boca e a limpou com as costas da mão.

– Pois eu acho que dão muito mérito para a mulher. Quando sua esposa fica grávida, todos alisam a barriga dela e lhe dizem "parabéns". Mas ninguém apalpa seu saco e te diz "bom trabalho".

Com um leve curvar dos lábios que formava um sorriso, Adam balançou a cabeça para ele. Amava o irmão, mas se perguntava se um dia iria vê-lo amadurecido. Todavia, esperava que a influência de Alexia trouxesse isso à tona. Disfarçando, reparou que Rafael não parava de espiar a calçada lá embaixo.

– Este nível de envolvimento não estava nos seus planos, não é? – perguntou ele.

– Que nível de envolvimento? – resmungou Rafael. – Estou nadando na superfície, meu chapa. Estou saindo com Alexia há duas semanas e ainda estamos só nos beijinhos. Final de semana passado, quando eu finalmente a convidaria para jantar, ela viajou, pois o pai resolveu ficar doente e depois miraculosamente curado assim que colocou os olhos nela. E, agora, neste fim de semana, aconteceu essa mudança. Durante a semana trabalhamos como duas abelhas. Tá difícil...

Com sarcasmo, Adam apertou os olhos para ele.

– Não estou falando disso, seu idiota, estou falando do que você sente por ela. Aliás, talvez seja exatamente por causa dessa dificuldade que você ficou todo caidinho...

Caidinho? Pensou Rafael em silêncio. Sentia-se como um piano de cauda que foi arremessado do décimo andar.

– Não sei do que está falando – mesmo assim retrucou. – Não podemos saber o que sentimos por uma mulher até tirarmos a roupa dela a primeira vez. E, sinceramente, eu preferia que Alexia fosse uma mulher tipo dengue, dessas que quando a gente pega, leva direto pra cama. Estou sem transar há um mês, meu camarada. Estou subindo pelas paredes. O que foi? Também não é motivo para rir – irritou-se com Adam. – Vamos logo lá para dentro terminar essa droga.

Adam, sem abdicar do sorriso, o seguiu para dentro. Percebeu que Rafael tentava abafar a perturbação interna com um falatório incessante. Não havia mais dúvidas para o irmão: Rafael estava apaixonado, ou não teria ficado tão irritado somente por Adam ter verbalizado esse sentimento.

Mas Rafael não dizia isso para si, pois ainda lutava contra esse sentimento desconhecido. Afirmava a si mesmo que sua agonia naquele momento era porque estava estressado como nunca. Provavelmente, devido à falta de tempo e excesso de trabalho. Praticamente se arrastava todos os dias para dentro de casa, munido de uma pilha de trabalhos da faculdade para fazer, depois de onze ou doze horas de trabalho incessante. E, afinal, quando a vida sexual de uma cara praticamente se extingue, ele tem direito de ficar irritado, não é?

Sua última semana havia sido dedicada a acertar os papéis do aluguel, renovar o seguro da moto, ir ao dentista para reforçar o clareamento e ainda dar conta de algumas tarefas domésticas, pois a abençoada faxineira que contratara para limpar o apartamento antes dos móveis chegarem havia faltado. Somando tudo isso, não era de se espantar que um grande mau humor se instalasse dentro de si.

A não ser, quando ele estava com Alexia.

Ah... Nesses momentos, Rafael se esquecia de tudo e de todos. Os momentos roubados com ela no estúdio eram como um sopro de ar fresco na sua rotina. Adorava quando Alexia entrava no seu camarim, com aquele jeito profissional, para, em seguida, com um sorrisinho travesso, fechar a porta por trás de si, escorregar para dentro dos seus braços e cobri-lo de beijos no rosto. Ficavam ali abraçados no sofá, ela sentada no colo dele, namorando e rindo como um casal de pombinhos. Não podiam estar mais felizes com aquele segredo. Sabiam que o pessoal do estúdio já desconfiava de algo, pois pararam de brigar. Além disso, Rafael agora andava na linha e não dava mais atenção a nenhuma mulher. Cumprimentava a todas com uma distante polidez, numa postura quase sagrada.

E Alexia também andava mais leve. Havia expulsado aquela eterna ruga de preocupação de suas têmporas e fazia questão cada vez mais de trazer mimos para o camarim de Rafael. Mas ambos concordaram de não anunciar o namoro até que estivessem certos de que era algo definitivo. Estavam se curtindo e não queriam que ninguém estragasse nada. E como produtora, Alexia sabia que a audiência do programa poderia cair se descobrissem que o cobiçado chef apresentador não fazia mais parte do clube dos solteiros.

Congratulando-se mais uma vez por ter tido o bom-senso de não ligar para Alexia na frente de Adam, pois ainda eram nove horas da manhã, Rafael voltou aos trabalhos em companhia do irmão. Furaram paredes, penduraram quadros, montaram e moveram diversos móveis. Diferente de Adam, que era mais habilidoso e acostumado com serviços braçais, Rafael martelou um dedo sem querer, suou feito um condenado, arrancou muitas farpas dos dedos, arranhou as costas, massageou os músculos que gemiam de dor e... não sofrera nada disso em silêncio.

Xingamentos, incentivos e orientações eram igualmente alardeados pelos irmãos. Enquanto desciam a mesa de centro da sala, a mesma prendeu na ponta da linda camisa de marca de Rafael lhe causando um rasgão.

– Mas que merda! – rosnou ele e tirou a camisa, usando-a para enxugar o rosto. – Eu tinha acabado de comprar esta bosta – porém, em seguida, ondas de felicidade fluíram por sua feição ao ver a porta da sala se abrir. Como ele esperava, era sua namorada. Em segundos, Rafael andou até ela, plantou-lhe um beijo na boca e investiu contra o seu pescoço. – Por que demorou tanto? – perguntou afobado.

– Parei para comprar o café da manhã – ofegante, Alexia lhe mostrou as sacolas, adorando se deparar com aquele tórax imenso e suado se espremendo contra o seu corpo. – Oi – com algum esforço, ela desviou os olhos para o cunhado.

Adam fez um aceno de cabeça e pegou o celular que tocava em seu bolso da calça. Em seguida, deu um suspiro: era Amanda. Ela estava furiosa com mais uma peripécia de Thor, que acabara de mijar no sofá da sala. Segundo Adam, o cachorro só desejava marcar território, pois estava receoso com a iminente chegada do bebê. Sentia-se ameaçado, o pobrezinho. Mas Amanda não queria saber de nada disso, prometia chamar a carrocinha caso Adam não conseguisse adestrá-lo dentro de um mês. E enquanto ela desabafava seu descontentamento ao telefone, Rafael resolveu tomar a vitamina que Alexia trouxera para ele. Ela ficou ali, com sua camiseta rasgada nas mãos e os olhos grudados em seu peito desnudo. Avisou que não poderia ficar muito tempo, pois andara muito cansada nas últimas semanas e começava a desconfiar que estava mesmo doente, por isso marcara uma consulta para fazer um checkup naquele sábado. Além do mais, fazia tempos que não se dedicava à sua saúde. Em contrapartida, convidou Rafael para jantarem juntos na sua casa naquela noite, o que o deixaria tremendamente animado, caso ela não tivesse convidado Adam e Amanda para virem também.

Após comerem, Adam e Rafael voltaram à ativa para arrastar a última estante que, assim como a maioria dos móveis, era de madeira maciça de reflorestamento com acabamentos envernizados. Dava para ver a boca de Rafael se retorcer com o esforço ao empurrá-la, contraindo a mandíbula, enquanto Adam parecia estar tocando uma harpa. Aquilo não parecia exigir dele esforço nenhum. Quando acabaram, Rafael deu um passo para trás e enfiou as mãos nos bolsos, num reflexo automático a posição que Adam havia assumido.

– Valeu a pena o esforço – ele comentou.

– Da próxima vez, vê se não compra um tronco de árvore, já que não consegue arrastar. – Apesar de dizer isso, Adam também achara bonito.

– Bem – Alexia os interrompeu, observando uma linda mesinha de mosaico que Rafael havia posto na varanda. Ela adorava mosaico. Como ainda não havia reparado naquele móvel? *Ah*, lembrou a si mesma, olhando para Rafael, *o peito desnudo*. – Acho que já vou indo, meninos. Não posso me atrasar para minha consulta.

– Tudo certo para hoje à noite? – Rafael foi andando até ela.

– Claro. E espero vocês, hein, Adam.

Assentindo, Adam fez um meneio com a cabeça.

– Estaremos lá – ele sorriu para Rafael – e ficaremos até bem tarde.

Percebendo a provocação entre ambos, ao qual já estava ficando acostumada, Alexia sorriu e se despediu em seguida. Quando saiu, Rafael virou-se para o irmão com um olhar suplicante.

– Adam, eu faço o que você quiser, mas dê um jeito de dar um bolo esta noite. Pelo seu irmãzinho, seu *brother*, aquele que já te tirou de várias encrencas...

– Você quer dizer *me colocou* em várias encrencas – Adam sorriu mais ainda. – Não era eu quem vivia rodeado por um coro de garotos sedentos por uma luta sangrenta. Eu só me metia quando você estava apanhando. Mas vou pensar no seu caso. Amanda está sempre enjoada de noite, e eu estou precisando de alguém para me ajudar a pintar o quarto da minha princesa... – ele deixou a chantagem no ar.

– Pois eu topo – sorrindo satisfeito, Rafael passou o braço no ombro do irmão. – Inclusive, pinto o quarto dela todo sozinho, é só você e Amanda não aparecerem hoje à noite na casa de Alexia. A propósito – uniu as sobrancelhas –, como sabe que vai ser uma menina?

Adam deu de ombros, caminhando novamente para a varanda.

– Simplesmente sei. Sonhei com meu pai carregando uma menininha linda nos braços. Eu sei que é minha filha. E ele dizia que aquela criança havia dobrado a sua alegria. Às vezes... – ele calou-se por um segundo, com um ar pensativo – às vezes tenho medo de que o bebê se pareça com nossa mãe. Não queria nada que lembrasse ela entre nós.

Subitamente tenso, Rafael soltou o seu ombro. A simples menção daquela pessoa lhe fez o sangue ferver.

– Ainda tem ódio dela? – perguntou num sussurro.

Adam balançou a cabeça minimamente.

– Ódio, não. Desprezo, talvez.

Cruzando os braços, Rafael observou o apartamento da frente.

– Gostaria de saber como ela vive?

Refletindo, Adam apoiou as mãos no parapeito.

– Nunca penso sobre isso. Mas seria bom saber se ela se arrependeu. Afinal, todos podem errar. Ela pode estar sofrendo muito hoje em dia por tudo que fez. Pode estar na pior, mas nós nunca saberemos, não é?

Com os dentes cerrados, Rafael virou-se para ele. Sabia que as personalidades não mudavam. Os tempos e as circunstâncias poderiam mudar, mas as pessoas raramente.

– Aquela vaca não está na pior, Adam. Ela mora naquele apartamento da frente e vive uma vida de luxo.

Ao ouvir aquilo, um jato de dor espalhou-se no peito de Adam.

– O que está dizendo? – Confuso, ele mirou o prédio da frente. – Nossa mãe mora ali? Você... você veio atrás dela?

Rafael baixou os olhos para a rua.

– Não, mas a vi naquele dia em que fomos todos juntos ao restaurante comemorar meu emprego. Cheguei a falar com ela, e a maldita não me reconheceu. Depois, quando estava deixando Alexia em casa, a vi novamente saindo de um hospital e resolvi segui-la. Ela mora ali em frente, foi por isso que aluguei este apartamento. Na verdade, nem sei bem por que resolvi fazer isso...

Adam ainda olhava para ele, em estado de assombro.

– Rafael, tem noção de como papai vai ficar magoado? Sem falar de Janine? Como pode querer trazer essa mulher de novo para o nosso convívio?

– E quem disse que eu quero isso? – explodiu Rafael. – Só fiquei curioso para saber como ela vivia. Na verdade, quando não sabia onde ela estava, sempre torcia para encontrá-la na sarjeta, no fundo do poço, e de preferência precisando de nós. Só assim eu poderia lhe dar o troco. Mas quando eu a vi entrando naquele restaurante, tão bem aparentada, parecendo uma mulher muito digna... Não posso te descrever o tamanho da minha frustração. E quando ela não me reconheceu... Eu falei com ela, Adam... Eu falei com ela...

Adam não sabia o que dizer, estava chocado demais com aquela notícia. Sua mãe estava ali, depois de tantos anos, a poucos metros dele. Como poderia julgar Rafael por ter aquela curiosidade infeliz? Por querer mendigar algumas simples aparições dela pela janela? Respirando fundo, ele voltou os olhos para o irmão. Sabia que Rafael nunca havia administrado bem aquela perda. Entretanto, não imaginava que ele ainda alimentasse tanto ódio.

– Rafael, o que pretende com tudo isso? Procurar uma maneira de se vingar? A vingança não diminui a dor pelo que já aconteceu. Na verdade, o esquecimento e o desprezo é a mais sutil das vinganças. Deixe nossa mãe viver sua vida em paz.

– Ela não é nossa mãe! – Rafael respondeu com um ar sombrio. – Minha mãe é Janine. Mas você tem razão, não há dor maior do que ser esquecido. Aprendi isso na pele. Mas não se preocupe, não pretendo fazer nada contra ela. Somente observar.

Nesse momento, para surpresa de ambos, Olívia apareceu na varanda e debruçou metade do corpo para olhar para baixo. A imagem da mãe atingiu Adam como um vento gelado. Ele sentiu a garganta se fechar, e parecia que o ar lhe faltava. Ficou catatônico por tê-la reconhecido tão rápido. Ainda que Rafael não tivesse lhe dito nada, Adam saberia que era ela. Olívia olhava aflitamente para a portaria e, em poucos segundos, seu companheiro cruzou o portão.

– Júlio, não faça isso – gritou ela da sacada. – Suba aqui agora mesmo e me devolva essa porcaria de chave! – parecia implorar.

Algumas pessoas que passavam na calçada viraram a cabeça na direção da sua voz. Porém Júlio, que vestia uma roupa escura, retirou as mãos afundadas nos bolsos da jaqueta e, continuando a andar, acendeu um cigarro ao desaparecer na esquina, deixando um rastro de fumaça atrás de si. Adam e Rafael se entreolharam em silêncio.

– Talvez ela não seja tão feliz quanto você pensa – Adam comentou alguns segundos depois.

Impassível, Rafael voltou os olhos novamente para a mãe. Parecendo atordoada, Olívia tampou o rosto, balançou a cabeça e entrou para dentro de casa, causando em Rafael uma inegável e mórbida satisfação.

– Então talvez haja mesmo justiça neste mundo – ele não conseguiu evitar dizer, torcendo para que aquilo fosse verdade.

Capítulo 12

Ainda anoitecia quando o interfone tocou. *Graças a Deus*, pensou Alexia em desespero. Ela havia tido a clarividência, ou exacerbada ansiedade, de arrumar-se duas horas antes do combinado. Ainda faltava uma hora para o horário do jantar, mas Rafael já estava lá, passando pela portaria do prédio. Ela olhou em volta uma última vez. Tudo estava nos conformes. Como passou a tarde toda dormindo, como sempre desejara fazer em uma tarde chuvosa, acordou atrasada para preparar o que quer que fosse para o jantar. Por isso, encomendara pratos de peixe, que supunha serem os favoritos do seu principal convidado, em um sofisticado restaurante perto dali.

Nada que Rafael precisasse saber.

Também encomendou as sobremesas em uma sorveteria italiana. O jantar custara-lhe os olhos da cara, mas Alexia queria que estivesse tudo perfeito. Apenas se preocupou, pessoalmente, com as milhares de velas que espalhara pela casa e com sua própria produção. Queria ao máximo reproduzir um clima romântico para os quatro. A bem da verdade, uma parte dela torcia para que Rafael viesse sozinho. Nos últimos dias, porém, tinha evitado sistematicamente qualquer ocasião que implicasse estar a sós com ele, pois ambos estavam em um ponto em que o desejo que ardia entre eles se traduzia por uma dor quase física.

Alexia fez de tudo para não ter que ceder. Queria que sua primeira noite romântica fosse algo especial. E agora que Adam havia ligado se desculpando, pois não poderia comparecer, Alexia sabia que não teria para onde fugir.

Não que ela quisesse isso.

Quando soube que Rafael estava subindo, meteu um salto alto nos pés e correu freneticamente para pegar um pano de prato da cozinha para fingir que estava ocupada. Em seguida, ligou o som baixinho, onde já estava um CD com músicas cuidadosamente selecionadas para aquela ocasião. Por último, catou e guardou todos os ursinhos que trouxera da Disney e costumava deixar em cima da cama, pois seria um anticlímax inaceitável.

Pela janela, Alexia viu que a chuva lá fora continuava a cair, mas era pouca, encantava ao invés de ameaçar. Parecia perfeita para aquele momento. Ela apagou a luz, respirou fundo, abriu a porta da sala e sorriu.

Quando ergueu a cabeça, Rafael reparou logo que as luzes das velas brilhavam no interior do aposento, românticas e convidativas. Ele estava com uma camisa preta de manga longa, uma blusa xadrez sobreposta, black jeans e um capacete na mão. Seu charme era para Alexia como um soco no estômago. Toda vez que o via era a mesma coisa. Ela nunca estava preparada para encarar aquele rosto lindo sem estremecer da cabeça aos pés. Em suas lembranças, Rafael era sempre mais normal. Mas cara a cara, ele era um sonho em carne e osso.

Porque também estava nervoso, Rafael resolveu azucrinar a anfitriã um pouquinho.

– Está faltando luz? – perguntou ele, franzindo a testa, ao passar pela porta e colocar o capacete na mesa. Mas quando se virou e viu que o sorriso de Alexia diminuiu, puxou-a pela cintura e sorriu. – Estou brincando, bobinha. Eu adorei.

Talvez esse tivesse sido o motivo de ter se apaixonado tão depressa e de forma tão definitiva como se sentia, meditou Alexia, enquanto correspondia ao beijo apaixonado que ele lhe deu. Rafael nunca era sério demais. E Alexia estava farta de caras sérios demais. Beijaram-se com ardor, como se tivessem sido involuntariamente separados durante semanas.

Como percebeu que Rafael não iria parar, Alexia recuou um pouquinho, e os lábios de ambos se separaram. Sabia que o desejo entre os dois agora era intenso, impiedosamente pungente, e quase primitivo. Mas ela não queria que tivessem pressa naquela noite.

Para Rafael, no entanto, afastar-se dela era sempre uma tortura, pois o cheiro que emanava da sua pele era mais do que um convite provocativo. Além disso, o corpo esguio e delicado de Alexia insinuava-se pelas dobras do seu vestido de tecido fino, cor de ameixa, contrastando com a pele branca e aveludada. Contudo, assim como ela, Rafael estava disposto a comportar-se como um cavalheiro naquela noite. Fazer as coisas devagar. Desfrutar de casa momento. Sabia para onde aquilo tudo os conduziria. Ele pegou a mão dela, virou a palma para cima e pressionou os lábios contra ela, com carinho.

– O que estas lindas mãos preparam para mim nessa noite? – ele perguntou.

– Então... – Alexia fechou a porta e teve medo de gaguejar. – Por que não começamos com as entradas? Pelo que sei, você adora saladas – disse isso e foi andando para a cozinha, enquanto Rafael reparava que o tecido do seu vestido adaptava-se perfeitamente a cada movimento do seu corpo. – Não repare na bagunça – emendou ela, quando ele a seguiu –, não costumo receber ninguém para jantar e fiquei um pouco enrolada.

Sorrindo de leve, Rafael encostou o ombro na porta da cozinha e fingiu não perceber as caixas do restaurante Sapore di Mare arremessadas perto da lata de lixo. Muito menos as embalagens da sorveteria ainda intactas sobre a mesa. Alexia tirou um espumante da geladeira e uma travessa com a salada arrumada. Em seguida, levou-os para a mesa da sala que estava preparada para os dois.

Os dois trocavam umas palavras aqui e ali e se entreolhavam de minuto em minuto na expectativa do que estava por vir. Não que Rafael estivesse inseguro, pois sabia exatamente o que fazer com uma mulher. Mas Alexia era muito especial, e ele queria superar as suas expectativas. Enquanto comiam, Rafael fitava-lhe, analisando cada movimento que Alexia fazia. E ela se sentia como uma ave presa pelos olhos de uma serpente.

Meia hora depois, talvez por causa do vinho, eles já estavam mais relaxados. Comiam e conversavam como dois amigos de novo. Rafael se espantava ao notar o quanto era sempre sincero com ela. Em geral, quando conversava com uma mulher, contava uma versão cuidadosamente editada da sua vida. Mas com ela parecia natural contar a verdade completa, nua e crua, sem máscaras. Enquanto a noite transcorria, conversaram sobre assuntos diversos. Eles revelaram partes engraçadas das suas vidas, trocaram opiniões sobre um pouco de tudo, e Rafael foi invadido por uma sensação de cumplicidade e bem-estar que nunca havia sentido com outra mulher. Em certo momento, Alexia lhe contava sobre como foi quando apresentou ao seu pai seu primeiro namorado em um churrasco.

– Você não imagina a cara que ele fez quando o garoto me pediu em namoro – dizia ela, sorrindo, com uma taça na mão. – Meu pai ficou ali uns quinze segundos, parado, olhando fixamente para ele com um espeto de carne na mão. Nunca vi ninguém ficar tão branco na vida quanto o Dudu. Sim, sim, pode rir... – ela incentivou com a mão. – Queria ver se fosse você que estivesse cara a cara com ele. Meu pai tem uma aparência beligerante.

– *Beli* o quê? – Rafael ainda estava dando risada.

Debochando dele, Alexia fez estalinhos de reprovação com a boca.

– A aparência de um soltado de guerra – resolveu explicar.

Sorrindo, Rafael recuou na cadeira e apoiou o tornozelo no joelho contrário. Em seguida, pegou sua taça de vinho.

– Pois eu tenho certeza de que eu conquistaria seu pai. Como você deve saber, pelo que vê lá no estúdio, tenho muito tato com as pessoas. É difícil alguém não gostar de mim.

– Sei disso – Alexia brincou com ele. – Se pudesse, você seduziria até uma planta.

– Mas já houve uma mulher que me resistiu – Rafael deixou a frase no ar, e Alexia ergueu uma sobrancelha, indagando. – Amanda – ele confessou –, minha cunhada.

O rosto de Alexia fechou-se em censura.

– Não acredito que deu em cima da mulher do seu irmão!

– Não, não... – Rafael defendeu-se, ligeiramente envaidecido com a pontada de ciúmes na voz dela. – Isso foi antes de eles ficarem juntos. Sabe como é, ela era carne nova na cidade e eu dei umas investidas, mas hoje vejo Amanda como uma irmã.

– Sei – Alexia recuou na cadeira, um tanto emburrada. – Você foi sempre assim? Atacava todas que via?

– Sempre gostei de todas de uma vez só – ele confessou e tocou na mão dela, encobrindo-a por inteiro –, mas é a primeira vez que estou gostando só de uma.

Gotas de felicidade transbordaram pelos olhos de Alexia, mas ela não sorriu.

– Fale-me um pouco sobre o seu roteiro – pediu Rafael, enquanto se servia de mais uma taça de vinho. – Já começou a rabiscar alguma coisa?

Assumindo a defensiva, Alexia se remexeu na cadeira.

– Ainda não.

– Hum... – Rafael espiou os olhos dela. – Talvez devesse rabiscar pelo menos a sinopse. Posso saber sobre o que se trata a sua história?

O rosto de Alexia se iluminou, mesmo assim ela disse:

– Você não é o meu público-alvo, com certeza não vai gostar do assunto – mas sua língua estava coçando para contar.

– Deixe que eu decida isso – disse ele dando um gole no vinho e lhe hipnotizando com seu olhar enigmático. Alexia mordeu os lábios e começou:

– É sobre uma menina que foge de casa e vai viver em outro país em busca de um sonho: trabalhar em Hollywood. Só que quando chega lá, as coisas não serão tão fáceis quanto imagina. Ela passará por grandes apertos até conseguir vender seu primeiro projeto, e não poderá contar com o apoio dos pais, que não aprovam a sua atitude. E para piorar, se apaixonará por um dos atores... – Alexia enrubesceu ao contar essa parte. Rafael percebeu e perguntou:

– E eles terão um final feliz? – ele tentou esconder o sorriso.

– Ainda não decidi. Mas acho que sim.

– E sua protagonista terá sucesso?

– Com certeza – Alexia sorriu.

Rafael observou a própria taça e comentou.

– Seria bom se pudéssemos controlar o nosso destino como um autor controla o seu roteiro, não é? Afinal, nesse caso não correríamos riscos...

Pigarreando, Alexia bebeu um gole de vinho e resolveu que era melhor mudar de assunto. Como se quisesse por uma pedra naquela conversa.

– Quer dizer então que, se Amanda tivesse cedido, você agora estaria se preparando para ser papai? – ela ainda estava pensando naquilo.

– Deus me livre! – Distraído do antigo assunto, Rafael bateu na madeira três vezes. – Por mais que eu adore crianças, não me sinto preparado para ser pai. Não sei nem bem cuidar de mim mesmo.

Fingindo desinteresse, Alexia remexeu com o garfo no prato.

– Pelo visto você vai ficar rondando pela Terra eternamente como uma alma sem dono, nem pensa em se casar.

– Depende – Rafael se recostou na cadeira, percebendo onde ela queria chegar. Sabia que já tinha idade suficiente para pensar no futuro, e quanto mais tempo passava com Alexia, mas esses pensamentos ficavam frequentes. Por isso, a testou: – Quando você for se casar, me convida para ser o noivo?

Alexia abriu um meio sorriso e pegou sua taça de vinho. Encantada com o modo firme como Rafael olhava para ela, como se não existisse mais ninguém no mundo.

– O último que me pediu em casamento me deu um belo chute na bunda. No momento, portanto, não estou propensa a aceitar compromissos.

– Todas fingem que não... – Sorrindo também, Rafael se inclinou para frente. – Mas não acredito que me convidou para vir aqui para ficar falando dos seus ex-namorados. Ainda mais que eu caprichei na produção – ele tirou a taça da sua mão.

– Sinto muito se seu ego ficou arranhado – ela esticou a mão para pegar a sua taça de volta. – Ei – franziu o cenho –, me devolve a minha taça...

– Nada disso – Rafael deu o último gole, largou a taça de lado e colocou as duas mãos em volta do rosto dela. – Beber do copo de alguém é uma forma de descobrir seus segredos, sabia? Além do que, quero a senhorita esteja perfeitamente sóbria no fim dessa noite. Existem outras formas de se inebriar.

Alexia piscou duas vezes, como se estivesse confusa.

– Mas eu pensei que era isso que você queria, que eu ficasse soltinha...

– E é exatamente o que quero, mas no ponto certo – ele inclinou-se para frente e lhe deu um leve chupão no lábio inferior. – Mas como você está muito nervosa com a minha presença, pode acabar se embebedando demais.

– Que presunçoso – ela forjou uma expressão de censura quando ele a soltou. Levantando-se, Rafael segurou sua mão.

– Se te serve de consolo, também estou nervoso com tudo isso. Precisamos relaxar. Que tal a gente dançar?

Surpresa com a oferta, Alexia mirou aquela íris cor de ouro velho, refletindo as luzes das chamas, e, de repente, soube que não havia mais nada a perder. E não estava pensando na dança. Por isso, aceitou. A melodia insuportavelmente doce de *It will rains,* de Bruno Mars, espalhava-se pelo ambiente. Com muita habilidade, Rafael a abraçou e desceu a mão até a sua cintura, puxando-a para perto de si, até que seu nariz se perdesse nos cabelos dela. Em seguida, segurou sua mão esquerda e ambos entrelaçaram os dedos na altura dos ombros. Alexia apoiou o rosto no ombro dele, sentindo a solidez do seu tórax e apreciando o modo delicado como Rafael acariciava suas costas. A melodia que ecoava na sala era tão suave que ela fechou os olhos para absorver melhor o momento. Rafael fez o mesmo, entregando-se completamente àquele sentimento que envolvia o seu coração. Ainda estava muito confuso, mas não apavorado como antes. E ainda que o corpo dele ardesse de um desejo tão intenso por ela que nem que quisesse conseguiria esconder, queria ficar somente ali naquele momento, dançando com ela.

Moviam-se em círculos, com leveza, graciosidade e em perfeita harmonia. Em certo trecho onde a música se elevava, Alexia ergueu a cabeça e olhou para ele, então eles se entreolharam de modo sério e profundo, sabendo que estavam prestes a se jogar em um abismo do qual desconheciam as profundezas, mas que parecia convidativo demais para resistir. Rafael desceu o rosto e tocou no seu nariz com o dele, ainda olhando em seus olhos. O coração batia tão rápido e ele estava inundado por um sentimento tão pleno que estranhamente podia fazê-lo chorar. E era Alexia quem lhe proporcionava tudo isso. Emocionada da mesma forma, Alexia moveu o queixo ligeiramente para frente, a fim de alcançar sua boca. Mas antes de fazer o que ela queria, Rafael passou a língua por toda extensão dos seus lábios, lentamente, e então recuou. Só depois lhe deu um beijo suave, descontraído e habilidoso. Então, não podendo mais esperar, pegou-a subitamente no colo. Não fosse o gemido rouco que ela emitiu quando ele fez isso, Rafael a levaria direto para o quarto para dar-lhe prazer até ela implorar para ele parar. Entretanto, ele se alarmou quando captou a sua expressão dolorida.

– Alexia, o que houve? Está sentindo alguma coisa?

Fazendo careta, Alexia comprimia a mão contra o ventre.

– Acho que fiquei meio tonta quando você me pegou, deve ter sido a bebida.

Preocupado, Rafael a carregou até o sofá.

– Você ficou meio pálida. Quer que eu pegue um copo de água para você? Ou então Coca-Cola, dizem que é bom pra ressaca.

– Não compro refrigerante – ela gemeu de novo e levou uma mão à boca. – Acho que vou vomitar.

Rafael ficou estarrecido quando viu Alexia disparar para o interior do apartamento. E os sons tenebrosos que ela emitiu logo em seguida abafaram completamente qualquer esperança de que aquela noite fosse acabar como ele queria. Sem acreditar, Rafael sentou-se no chão e apoiou as costas no sofá. Ficou ali parado olhando para parede. Enquanto isso, Alexia vomitava terrivelmente. Minutos depois, sentindo-se idiota, indisposta e desanimada, ela abriu a porta da sua suíte e se deparou com o namorado sentado na sua cama. Sua expressão era de puro desalento. Alexia balançou os cílios para ele, como uma forma de pedir-lhe desculpas, antes de colocar a mão na boca e retornar para a privada outra vez. De novo, de novo e de novo.

Aos poucos, Rafael abandonou a esperança de que a coisa fosse melhorar. Quando finalmente parou de vomitar, Alexia incentivou-o a ir embora, mas Rafael se recusou. Ela estava muito pálida, e ele estava realmente preocupado. Rafael sugeriu que Alexia tomasse um banho enquanto ele lhe preparava um pouco de chá.

A chuva permanecia constante, como podia-se ver pela janela. Rafael sabia que as ruas estariam alagadas e que seria horrível retornar para casa de moto, não que esse fosse o seu plano no início, mas agora também não queria partir. Tinha receio de que Alexia precisasse de alguma coisa. Sendo assim, resolveu ficar. Quando ela o observou entrar no quarto, descalço, e segurando uma fumegante xícara de chá, percebeu qual era o seu plano.

– Não precisa fazer isso – disse ela, arrasada. – Eu vou ficar bem, só preciso dormir um pouquinho. Desculpe ter estragado a noite.

– Deixa de ser boba, vou ficar com você. Além do que, no momento só posso ir para casa se for a nado.

Alexia riu, mas sabia que ele estava exagerando.

– Posso arrumar o quarto de hóspedes – ela ofereceu e baixou os olhos, enquanto Rafael se sentava ao seu lado. – Acho que não é a noite ideal para dormimos juntos.

– Tudo bem – ele concordou. – Durmo onde você quiser, mas, por enquanto, vou ficar aqui de olho em você. O que acha que foi isso? – ele apontou para sua barriga.

– Não sei – ela endireitou-se na cama. – Há tempos que venho me sentindo cansada, mas foi a primeira vez que passei mal desse jeito. Ainda acho que foi a bebida...

– Mas você não bebeu tanto assim – salientou Rafael. – Só uma taça de espumante e outra de vinho. Não acredito que seja isso. Amanhã mandarei a vigilância sanitária no Sapore di Mare.

Alexia ergueu os olhos para ele, com puro pavor. Rafael tocou seu rosto e sorriu com ternura.

– Você escolheu bem, minha gatinha. O restaurante é cinco estrelas. Mas precisamos saber o que se passa naquela cozinha.

Um calor de embaraço subiu pelo corpo de Alexia.

– Era só o que me faltava – ela se lamentou e levou uma mão na testa, morta de vergonha –, sou um fracasso total. Não queria que você descobrisse isso, Rafael, mas tive medo de cozinhar para você. Afinal, você é chefe de cozinha. E eu queria tanto que nossa noite fosse perfeita... E agora... – Alexia fechou os olhos – olha só meu estado! Estou de pijama na cama, passando mal e estragando a sua noite.

Ainda sentados, Rafael aconchegou-a contra o seu corpo.

– Você não estragou nada, sua boba. Só por passar esse tempo com você já ganhei a minha noite. E olha – ele ergueu o queixo dela –, se fosse há pouco tempo, eu teria convencido você a fazer amor comigo independente da sua situação. Eu nunca tive autocontrole para parar, nunca me importei com ninguém – ele parou por um instante, mas ainda havia algo que queria lhe dizer. – Eu nunca fui nenhum santo, Alexia, e sempre tive facilidade com as mulheres. Mas agora eu acho que... – ele baixou os olhos e entrelaçou os seus dedos nos dela – eu acho que... se um dia eu fizer amor com você, vai ser uma experiência incrivelmente maravilhosa, pois, pela primeira vez na minha vida, eu quero dar mais do que receber.

Para o horror dele, ao ouvir isso, Alexia começou a chorar.

– Ai, Deus, por que você foi me dizer isso...

Sem saber o que fazer, Rafael a apertou com mais firmeza contra o seu corpo. Não estava acostumado a consolar uma mulher que ele realmente gostasse. Aliás, não estava acostumado a consolar *ninguém* que chorasse. E por um minuto, seus olhos também ficaram úmidos, mas ficaram limpos tão rapidamente que Alexia se perguntou se foi a sua imaginação.

– É verdade – Rafael insistiu. Pois parecia importante conversar –, quero que você saiba disso. Eu nunca me senti assim antes, Alexia. E por favor, pare com isso, dói em mim quando você chora dessa maneira... – A última palavra dele foi murmurada, antes que o som desaparecesse na sua boca. Rafael tornou a beijá-la com extrema candura, pretendendo acalmá-la, e logo os lábios dela se abriram sobre a insistência dos dele e Alexia relaxou. Dessa vez, o beijo foi mais longo, profundo e emocionado. Aos poucos, suas lágrimas foram secando e ambos se deitaram na cama. Rafael alisava seus cabelos molhados enquanto Alexia estava deitada sobre seu peito. O enjoo havia passado, mas ela ainda se sentia indisposta. No entanto, sentia-se protegida nos braços de Rafael. Ele não a tinha deixado nem por um minuto sequer, e ela adorou. Olhava para ela a cada cinco minutos em busca de qualquer sinal de mal-estar ou desconforto, e ela adorou. Nunca fora objeto de tanta atenção da parte de Caio, e estava adorando. Curtindo uma deliciosa sensação de encanto dos seus cuidados com ela. De repente, Rafael se virou, mantendo-se imóvel, suspenso acima dela apenas por um centímetro.

– O que foi? – ela perguntou quando ele prendeu a risada.

– Ainda estou morrendo fome – ele confessou –, tem alguma coisa que eu possa fazer?

– Só lasanha de micro-ondas – Alexia fez cara de desculpas.

– Um bate-entope perfeito – sorriu Rafael. – Tem certeza de que vai ficar bem por uns instantes sozinha? Quer que eu traga alguma coisa para você?

Com um leve sorriso, Alexia mordeu o lábio inferior.

– Só o seu corpinho quente de volta. Está tão bom ficar aqui agarradinha com você.

Apertando os olhos, Rafael mirou o corpo dela embaixo de si. Em seguida, soltou um gemido alto e rolou para o lado.

– Isso só pode ser um castigo – murmurou ele enquanto ia para a cozinha.

Alexia adormeceu meia hora depois que Rafael já tinha comido. E quando isso aconteceu, ele a cobriu com um edredom e retirou-se da cama. Antes de ir para o quarto ao lado, porém sentou-se na poltrona com listras coloridas no quarto dela para ter certeza de que Alexia não precisaria de nada.

Cinco minutos depois, ela estava descoberta novamente. Não gostava de se cobrir, percebeu ele com um sorriso. Era mais uma curiosidade que descobria sobre ela. O som da sala ainda tocava uma versão lenta de *Just way you are*. O som flutuava até o quarto, lânguido, arrasando suas notas desgarradas. As velas do quarto se consumiam em silêncio, e uma luz vaporosa que vinha da rua derramava-se sobre o corpo frágil de Alexia. À luz da lua, sua pele estava tão alva que parecia de porcelana.

Ainda com um leve sorriso nos lábios, Rafael apoiou um cotovelo no braço da poltrona e passou a mão pela boca, olhando para ela e pensando em tudo que ele tinha lhe dito. Não havia mais como negar. Naquela noite de revelações e garoa fina, Alexia, sem tirar uma peça de roupa sequer, roubou definitivamente seu coração, sua reputação e seu sono.

Capítulo 13

Ela se revirou várias vezes durante a noite, mas o desconforto no estômago não foi suficiente para que Alexia se levantasse da cama. Seu sono profundo veio exatamente antes de amanhecer. Quando abriu os olhos naquela manhã, o quarto estava iluminado por uma luz amarela e brilhante. O dia estava esplêndido. Ela não estava desorientada, visto que estava na sua cama. Mas encontrar Rafael dormindo e esparramado na poltrona da frente, apenas vestido com calça jeans... Bem, isso era outra coisa. Ela não suspirou, embora desejasse.

Alexia virou-se de lado suspendeu os joelhos novamente, gemendo baixinho, mas agora não por causa da dor, e, sim, pela lembrança do que tinha perdido na noite de véspera. Ouvindo o barulho, Rafael deu pulo da poltrona e cambaleou para o seu lado imediatamente.

– Que foi? Ainda está passando mal? Eu vou te levar no médico agora – ele se levantou e vestiu a camisa. – E não adianta dizer que não vai, você se remexeu a noite toda...

Alexia se sentou de repente.

– Não, não, Rafael... Eu estou bem. Eu juro.

– Então, o que foi esse gemido? – ele pegou a carteira e colocou no bolso de trás da calça.

– É que... – Para que ela foi soltar aquele maldito gemido? Perguntou-se acanhada – eu estava...

– Fala logo, Alexia. E, por favor, não subestime a minha inteligência inventando desculpas.

– Eu só estava pensando em nós dois – ela ergueu os olhos para ele e ficou de joelhos na cama, para puxá-lo para perto de si. Que se dane se ainda estava descabelada! Rafael já tinha assistido coisas piores. – Estava pensando em como poderia ter sido ontem se tudo tivesse dado certo.

Aliviado, Rafael deu um meio sorriso e colocou as mãos na própria cintura. Em seguida, largou a carteira de novo e passou os braços em torno dela.

– Pois não se preocupe com isso, gatinha. Estou aqui e não pretendo ir a lugar nenhum. Mas primeiro vamos dar uma hidratada em você. Afinal, você perdeu muito líquido ontem. Vou sair para comprar uma água de coco.

– Rafael! – ela o segurou quando ele ia sair. – Obrigada por fazer tudo isso por mim. Sério mesmo, não precisava...

Comovido, Rafael passou o dorso de sua mão no rosto dela. Alexia não parecia entender que merecia aqueles cuidados. Agia como se ele estivesse sempre se esforçando demais.

– Não precisa me agradecer, Alexia. Gostei de cuidar de você. E quer saber, fico feliz que eu estava aqui para fazer isso. Não gostaria que ficasse sozinha daquele jeito. – *Nem de jeito nenhum*, percebeu ele em silêncio, ligeiramente preocupado consigo mesmo. Não queria que ela ficasse sozinha e ponto final. – Mas precisamos reforçar a sua saúde. Por interesses próprios, preciso que esteja saudável o mais rápido possível – ele lhe abriu o seu sorriso irresistível.

– Pois então vá buscar a minha água de coco, mas antes, vem aqui e dê-me um beijo de bom dia. – Alexia o puxou para cama, e os dois caíram para trás, entregando-se a um beijo apaixonado e fogoso, como era característica de ambos. Alexia envolveu-o com as pernas compridas, nem um pouco disposta a deixá-lo escapar. O peso do corpo dele por cima do dela parecia extraordinariamente perfeito. Prendeu a respiração, porém, quando ouviram o toque da sua campainha os surpreender um minuto depois, Alexia soltou um grunhido alto.

– Qualquer dia eu vou matar essa velha! – disse ela ao soltar Rafael.

– Que velha? – perguntou ele, ainda a beijando.

– Uma senhora que mora aqui no apartamento da frente – Alexia o empurrou e se sentou. – Ela vive pedindo para que eu faça algo para ela, daí eu fico com pena e nunca reclamo. Sei que ela é sozinha, não tem filhos nem netos; então, toda vez que eu vou lá, ela fica um tempão puxando conversa – ergueu os olhos repentinamente aguçados para Rafael. – Vai você dessa vez. Quem sabe ela não se toca que isso não é hora de me perturbar. Ou então... – abriu um sorriso malicioso – vai acabar desejando bater na minha porta mais vezes. – Deu um leve aperto na coxa do namorado.

Desgostoso com ele próprio, com a velha e com o mundo todo, Rafael levantou-se, deu meia-volta e saiu andando a passos pesados para atender a porta e espantar a maldita velhinha. Ficou gelado, no entanto, quando se deparou com um homem surpreendentemente forte parado no corredor com as duas mãos enfiadas nos bolsos. Usava uma camisa polo branca e uma bermuda cor de cáqui na altura dos joelhos. Devia ter em torno de cinquenta anos e media quase dois metros de altura. À primeira vista, lembrava um viking. Era corpulento, cabelos compridos presos num rabo de cavalo em um misto de loiro e cinza. Tinha olhos azuis repuxados e sagazes, e uma expressão um tanto... beligerante.

– Onde está minha filha? – a voz irritada reverberou pelo corredor.

Rafael só teve tempo de emitir um tímido "U" antes de Alexia exclamar atrás de si.

– Papai? – espantou-se, estupefata.

Rafael sorriu de forma intencional e deu passagem para o gigante zangado entrar. Quando Alexia disse que seu pai era pastor e tinha diabete, não era exatamente isso que ele tinha imaginado.

– Prazer, eu sou Rafael – disse ele estendendo a mão, que foi ignorada pelo visitante. O homem entrou e parou em frente a Alexia. Depois, fez-se um longo silêncio na sala, cheio de raiva e frustração. Alexia e Rafael trocaram olhares de pavor, porém nada disseram. E Alexia resistiu ao impulso de fechar os olhos bem fechados e esperar pela bordoada, embora nunca tivesse apanhado do pai.

– Posso saber o que está acontecendo aqui? – perguntou ele entre os dentes cerrados.

Envergonhada por estar na frente de Rafael, Alexia assumiu uma postura de desafio, que treinara muito bem desde que era adolescente.

– Não está acontecendo nada, papai. Eu estava doente e Rafael, que é meu amigo... meu amigo, não – ela endireitou a postura –, que é meu namorado, veio cuidar de mim.

O homem não olhou para Rafael, que fechava a porta, observando que o pai não havia tocado em Alexia por nem um momento.

– Pelo visto ele chegou cedo aqui, não é? E o que você tem?

– Ele não chegou aqui cedo. Ele veio ontem à noite e, como passei mal, dormiu aqui – sussurrou–lhe ela, nervosa como uma criança.

Conrado permaneceu calado, com as mandíbulas contraídas e uma pulsação visível na veia do pescoço. Rafael sentiu a intensidade da sua ira. Em seguida, ele deu um longo suspirou e começou a caminhar para a janela.

– Se estava doente, devia ter ligado para mim, que sou seu pai. Sabe que eu daria um jeito de vir.

– Também não era para tanto. E, afinal, o que o senhor está fazendo aqui?

– Vim pregar numa igreja aqui no Rio e resolvi retribuir sua visita da semana passada. Queria fazer uma surpresa e convidá-la para almoçar. Mas, pelo visto, você já tem outros planos.

– Alexia – interrompeu Rafael –, se quiser, pode sair com o seu pai. Tenho alguns trabalhos da faculdade para fazer.

Alexia percebeu que Rafael só queria facilitar as coisas para ela. Ou, então, especulou consigo mesma, não estava suficientemente envolvido para participar de eventos de família. Entretanto, a julgar pela hostilidade com que seu pai o estava tratando, quem poderia culpá-lo?

– Tudo bem – ela disse. – Ligo para você mais à noite.

– Talvez eu durma aqui – avisou seu pai, ainda virado para a janela.

Alexia revirou os olhos para Rafael, que fez sinal com a mão indicando que ela não se aborrecesse. Ele calçou os sapatos, recolheu as suas coisas, roubou um beijo dela e despediu-se do convidado sem ser respondido. Assim que bateu a porta, Conrado se virou para a filha.

– Pensei que já tínhamos conversado sobre isso. Sei que você não segue mais os caminhos de Deus, mas esta aqui ainda é minha casa. Meu apartamento. Não quero que traga nenhum homem aqui.

– Sabe, papai, estou começando a ficar cansada de você jogar isso na minha cara. Talvez seja melhor eu alugar outro apartamento.

– Não fuja do assunto. Estamos falando da sua vida, das suas escolhas... Acha que fica bem para uma menina como você ficar recebendo homens no seu apartamento?

– Papai – Alexia colocou uma mão na testa –, eu não sou mais nenhuma menina, sou uma *mulher*. E você não pode querer que eu viva segundo os seus conceitos retrógrados. Hoje em dia, é mais do que comum que uma mulher receba o namorado na sua casa. Não estou colocando qualquer um aqui dentro, Rafael é o homem que eu amo – ela ficou surpresa ao declarar isso em voz alta.

Seu pai balançou a cabeça.

– Você não sabe o que é amor, minha filha. Quando o encontrar, saberá a diferença. Amor é o que eu sentia pela sua mãe, que me fez esperar dois anos até que pudéssemos nos casar e consumar o casamento. Amor é o que a fez suportar a minha ausência constante porque sabia que eu estava levando a palavra de Deus para almas perdidas. Talvez, se você lesse ICoríntios 13, poderia descobrir o que é o amor. Isso que você chama de amor é somente paixão. Algo que acaba. Que fere, magoa, tira pedaços de você... Outro dia você dizia que amava o tal de Caio, que ele tinha até te pedido em casamento, embora nunca tenha vindo pedir minha permissão. E agora, onde está ele?

– Nós terminamos – Alexia baixou os olhos. – Mas só porque não deu certo com ele isso não quer dizer...

– Terminaram há quanto tempo? – Conrado cruzou os braços.

– Isso não vem ao caso – redarguiu ela, cabisbaixa.

– Pois para mim vem. Se fosse realmente amor, será que você estaria nos braços de outro cara assim – estalou os dedos – tão rapidamente? Sua mãe já morreu há anos e ainda não consegui superar a perda. Penso todos os dias no tempo que desperdicei não ficando ao lado dela. Meu consolo é que estaremos juntos na glória. – Alexia sentou-se no sofá e enfiou a cabeça nas mãos. Sabia que o pai estava certo quanto ao que sentia por Caio, mas quanto a Rafael... Ela podia jurar que aquilo era definitivo. Decidindo reunir paciência, Conrado se sentou ao lado dela e baixou a voz: – Alexia, minha filha, não estou querendo te julgar. Mas, para mim, você ainda é a minha menininha e não quero vê-la sofrer. Quando decidiu vir morar sozinha no Rio, eu não aprovei, mas não te impedi. No entanto, não posso vê-la cometer os mesmos erros sem te alertar. Você sempre se deu demais para agradar os outros. Sempre atraiu namorados que a dominaram, que pisaram em você... Precisa se valorizar, querida. Precisa saber seu valor... A impressão que eu tenho é que se sabota de propósito, como se sempre procurasse os caras errados... Não sei por quanto tempo ficarei neste mundo, mas antes de partir, gostaria de vê-la feliz, casada e com filhos.

Agora comovida, Alexia ergueu os olhos molhados para o pai. Ele sempre conseguia remexer em suas feridas.

– Isso também é o que quero, papai. Sempre quis formar uma família, mas hoje em dia é tão difícil encontrar alguém que queira isso também.

Sorrindo pela primeira vez desde que chegou, Conrado passou o braço pelo seu ombro.

– Tenho orado por você, minha filha. Para que Deus a abençoe em todas as áreas e para que você reavive seu relacionamento com Ele. Afinal, a *Bíblia* é bem clara: buscai em primeiro lugar o reino de Deus, e todas as coisas serão acrescentadas. Você tem tentado achar o cara certo pela sua força, mas tente buscar em Deus e verá a diferença. Sei que ainda existe fé dentro de você depois de todos esses anos ouvindo seu velho pai. Acredite em mim, o homem que Deus tem lhe preparado precisará buscar a Ele a fim de encontrá-la, pois foi isso exatamente que eu pedi. Pedi também que seja um homem que dê a vida por você, assim como Cristo fez pela igreja. E não acredito que esse mané que se cagou todo quando me viu seja essa pessoa.

– Não fale assim dele – a observação a fez sorrir. Após um curto silêncio, seu pai tocou o seu queixo e olhou em seus olhos.

– Você gosta mesmo do cara?

Sorrindo, Alexia enxugou o rosto e balançou a cabeça que sim.

– E ele é cristão?

Apertando os lábios, Alexia indicou com a cabeça que não. Seu pai suspirou.

– Tudo bem – disse ele, franzindo os lábios logo depois –, gosto de desafios. Estarei orando e esperando uma resposta de Deus. Se não for ele, em um mês Deus vai botar esse moleque para correr.

– Está me rogando uma praga? – Alexia debochou.

– Praga de pai *pode* – alegou ele, e ambos sorriram. – Além do que, eu esparava sinceramente que você ficasse um tempo sem ninguém quando acabasse com aquele outro panaca. Por que não faz isso? Fica sozinha por uns doze ou quinze anos para arrumar as ideias?

O sonho de todo pai, ela riu por dentro, *ter sua filhinha só para ele*. Com um sorriso mais relaxado, Alexia abraçou-o de novo.

– Vou pensar no assunto – ela mentiu e depois ajeitou seus cabelos. Conrado a abraçou ainda mais apertado.

– Estou brincando, filha. Não estou pedindo que fique sozinha pra sempre. Só estou te dizendo para não correr mais atrás dos caras que você acha que ama. Deixe Deus trazer quem você merece.

Alexia ficou olhando para o pai com ternura. Sabia que ele só queria o melhor para ela.

– Fico feliz que tenha vindo, papai. Estava precisando de um colinho. Onde vamos almoçar?

– Não sei – ele deu de ombros. – Que tal pegar uma dica com seu amigo cozinheiro? Parece-me que ele entende bem desse assunto.

Espantada, Alexia recuou a cabeça para olhá-lo nos olhos.

– Não acredito que você esteja finalmente vendo o programa?

Seu pai fez uma careta.

– Aquele mané até que serve para alguma coisa. Adorei a receita de quiche de brócolis. O duro é ficar aturando a empregada suspirando cada vez que ele aparece na tela.

Alexia sorriu.

– Eu compreendo – afirmou ela, completamente solidária aos suspiros.

Capítulo 14

Ele estava à espreita há mais de uma hora quando ela apareceu. Sozinha, Olívia atravessou a portaria do prédio em direção à rua com uma sacola de compras na mão. Havia uma guerra sendo travada dentro dele. Sabia que deveria interferir na situação em prol da família, mas ainda o angustiava ter que se deparar com aquela pessoa de novo, ainda mais depois de tantos anos.

A passos ligeiros, Olívia foi andando pela calçada, e ele seguiu-a, camuflando-se entre os pedestres. Ainda não sabia direito como iria abordá-la, visto que não acreditava que seria reconhecido por ela. Mas acreditava que, na hora certa, as palavras viriam. Não podia mais voltar atrás, ele afirmou a si mesmo. Ruminara o assunto por muitas horas e planejara muito bem aquele momento. Entretanto, algo lhe perturbava tremendamente: e se alguém de sua família descobrisse o que estava fazendo? Será que compreenderiam a sua boa intenção?

Ele queria acreditar que estava fazendo isso somente por eles, mas, no fundo, sabia que não era verdade. Em parte, sabia que precisava olhar de novo no fundo dos olhos de Olívia e ouvir o que ela tinha a dizer, se é que ainda havia alguma coisa. Afinal, ela poderia simplesmente enxotá-lo de perto dela, não é? E, se fosse o caso, ele não planejava insistir no assunto, zumbindo em volta dela como uma mosca incômoda.

Pensar naquilo só serviu para fazer o bolo em seu estômago aumentar ainda mais. Talvez ele saísse magoado com isso tudo, percebeu de repente, mas, para ele, isso era irrelevante. Afinal, não estava fazendo aquilo somente por ele. Para reforçar sua determinação, agilizou os passos, a fim de não perdê-la de vista.

Alguns metros depois, Olívia entrou em um pequeno e charmoso mercadinho do bairro. Com cautela, ele enfiou as duas mãos no bolso da calça e a seguiu até o departamento de frutas. Foi parado no caminho por uma promotora que, encantada com a sua aparência, ofereceu um novo sabor de energético para ele experimentar que foi polidamente recusado.

Olívia começou a selecionar algumas laranjas enquanto seu espreitador detivera-se a alguns passos dela. Em certo momento, ela pegou uma caixa de morangos e foi em sua direção, onde ele estava de frente para uma pilha de abacaxis. Começou a tatear algumas unidades, deu uma rápida olhadela para ele e sorriu. O tamanho da mágoa que aquele gesto descontraído provocou nele deixou-o tão magoado quanto surpreso. Sentiu-se apunhalado por um espeto de gelo. Como ela não o havia reconhecido? Ainda que ela tivesse envelhecido, ele a reconheceria a quilômetros de distância. Possuía o mesmo jeito descontraído de andar, o pescoço pequeno, o corpo em formato de pera... Ele sentiu as orelhas aquecerem e o coração disparar. Sem saber o que fazer, tirou as mãos do bolso e segurou um abacaxi como se o analisasse atentamente.

– Eles estão tão miúdos, não é? – comentou ela, enquanto ele sentia a garganta secar.

– Mas parece que estão fresquinhos – devolveu ele, ainda olhando para a fruta e parecendo poder ouvir o palpitar do próprio coração.

– E desde quando homem entende alguma coisa de feira? – ela lhe abriu um sorriso largo. – Se eu pedisse ao meu marido que me trouxesse chicória, era capaz de ele voltar com um quilo de quiabo embaixo do braço – ela deu risada.

Conseguindo a brecha que queria, ele engoliu saliva rapidamente antes de dizer:

– Conheci alguém que pensava como você: que homem não entende nada de cozinha. Para tentar me salvar, ela costumava me levar à feira e explicar como escolhia cada alimento. Por exemplo – ele virou o abacaxi de cabeça para baixo –, quanto mais úmida estiver a base do abacaxi, indica que foi colhido mais recentemente. Se estiver ressecada, quer dizer que foi colhido há mais tempo. Mas já faz tempo que não vejo essa pessoa – ele deu de ombros e colocou o abacaxi no lugar –, e levando em conta a capacidade que ela tem de esquecer os familiares, provavelmente já deve ter esquecido dessa dica também. Faz muito tempo que saiu de São Lourenço. Parece que a vida no interior não era boa o suficiente para ela.

Desarmada e assustada, Olívia ergueu o rosto para ele novamente e, ao mirar bem no fundo dos seus olhos, encontrou um olhar, forte, aberto e sem medo que a fez empalidecer por completo.

– Meu Deus! – ela deixou a fruta cair no chão e levou as duas mãos à boca. – Adam, é você?

Assentindo minimamente com a cabeça, ele manteve a expressão impassível.

– Como vai, mamãe?

Ela não respondeu. Estava horrorizada demais com a visão diante de si. Como Adam podia estar ali, depois de todos aqueles anos? Era como se fosse um fantasma do seu passado, do passado de Olívia Cavalheiro, que voltasse para assombrá-la. Não que algumas vezes ela não tivesse desejado esse momento em secreto. Mas aquele menininho agora estava tão... Crescido, estava tão... Homem! E com certeza, se transformara em um homem que deveria odiá-la com todas as suas forças. Como poderia ser diferente depois de tudo que fez? E olhar para ele, naquele momento, a fazia lembrar-se de atitudes de uma antiga vida cuja culpa lhe corría o coração e lhe dava um aperto no estômago.

– Preciso falar com você, serei rápido – ele prosseguiu, percebendo que ela não conseguia encontrar as palavras. – Rafael alugou um apartamento em frente ao seu. É provável que um dia ele vá procurá-la. Conheço meu irmão. Só quero pedir que você o trate decentemente. Rafael sofreu muito com tudo que você fez. Sei que ele já é um homem, mas ainda sofre em silêncio. De outro modo, não teria alugado justamente aquele apartamento.

Confusa, Olívia deu um passo para frente e piscou várias vezes.

– Rafael sabe onde moro? Ma... mas como? Eu nem sabia que vocês agora moravam no Rio...

Meticuloso, Adam recuou um passo para trás.

– Ele a viu na rua e a seguiu por impulso. Está obcecado com isso. Vou tentar convencê-lo a se mudar daquele lugar. Não acho bom para ele ficar perto de você. Também não quero que ele tente prejudicar a sua família e nem seus outros filhos...

– Eu não tenho outros filhos – ela se adiantou outra vez, desejando tocá-lo, abraçá-lo, mas resistiu ao impulso. – Vivo somente com Júlio. Mas... como você sabia que eu estava aqui? Você me seguiu? – ela fechou os olhos e balançou a cabeça. – Ai, me desculpe, isso não importa agora. Não acredito que esteja aqui na minha frente... – ela uniu as mãos na frente da boca para esconder o sorriso. – Sempre quis saber que tipo de homens vocês se tornariam, e, pelo visto, Paulo fez um belo trabalho... E olha, você está casado! – ela ficou olhando para a mão dele com encantamento.

Adam ficou olhando para ela, estarrecido. *Mas que diabos ela queria que ele falasse?*, perguntou-se a si, num ofegar de indignação. Esperava que narrasse notícias da família como se fossem os dois velhos amigos? Sendo assim, ele lhe daria as notícias, decidiu revoltado:

– É, estou casado e minha mulher está grávida. E desde que você largou meu pai sentado no sofá como se ele fosse um terno velho que alguém lançou ali, muita coisa mudou. Ele se casou novamente com uma mulher maravilhosa que, além de nos adotar, lhe deu uma linda menina. Rafael está fazendo faculdade e apresentando um programa de televisão. Estamos todos muito felizes. E é exatamente por isso que estou aqui hoje. Não quero que você estrague nada disso com a sua presença.

Olívia sentiu que ele havia lhe encurralado com a sua sinceridade e desviou os olhos para o chão. Adam fora assim desde pequeno. Apesar da cara de durão, era extremamente sensível e o protetor da família. E ela, agora, não era mais da família.

– Você tem toda a razão de ter raiva de mim, Adam. Eu não merecia o amor de vocês, pois nunca pude amá-los igualmente de volta. Muita coisa aconteceu na minha vida, mas... a culpa não foi só minha – disse ela, torcendo as mãos.

– Não estou aqui para julgar ninguém nem ouvir desculpas. Aliás, há muito tempo já aprendi que o juízo não pertence a mim, mas a Deus. Entretanto, não vejo como tudo aquilo não ter sido culpa sua. Largar seu marido e dois filhos na tenra idade para viver com o seu amante... Mas se quer saber, não quero mais falar sobre isso. Aqui está o meu cartão – ele pegou na carteira e entregou para ela. – Caso Rafael te procure, por favor, me avise. Quero estar monitorando essa situação, até que tudo se resolva.

– Tudo bem – Olívia pegou o cartão, tentando engolir o nó que se avolumava na sua garganta e esquentava seus olhos. – Pode ter certeza de que, se ele aparecer, eu não o maltratarei. – Houve um momento de silêncio desconcertante entre eles – Sabe... – ela espiou Adam rapidamente – eu ficava me perguntando como seria este dia... quando eu finalmente reencontrasse algum de vocês, embora não acreditasse que fosse mesmo acontecer. Mas apesar de saber o que você sente por mim, fico feliz de saber que estão todos bem. Feliz de vê-lo assim, tão bonito e realizado. Sei que tenho uma dívida enorme com vocês dois... eu só espero que um dia você me perdoe.

Os olhos de Adam ameaçaram encher-se de lágrimas, mas ele as deteve. Contudo, foi abatido por uma tristeza inexplicavelmente profunda. Sim, Olívia havia errado muito com eles. Mas ele não imaginava que pudesse se compadecer com a tristeza que via agora nos olhos dela. Ela tinha uma expressão sofrida, deprimida até... É claro que, como filho, uma parte dele esperava que ela se jogasse aos seus pés e lhe implorasse o perdão. Porém, estava surpreendentemente compadecido. Talvez, porque dali a poucos meses seria pai e imaginava a culpa que sentiria se um dia abandonasse seu filho. Não que isso fosse uma hipótese possível para ele, que estava determinado a ser o melhor pai do mundo, mas Adam acreditava piamente que cada pessoa colhia pessoalmente os frutos podres de suas escolhas ruins. E enquanto pensava sobre isso, como num déjà-vu, ele olhou para os sapatos e lembrou-se de um versículo que fora inspiração do culto na sua igreja naquela exata semana:

"Jesus disse aos seus discípulos: É inevitável que aconteçam coisas que levem o povo a tropeçar, mas ai da pessoa por meio de quem elas aconteçam. Seria melhor que fosse lançada no mar com uma pedra de moinho amarrada no pescoço do que levar sofrimento a um pequenino e incentivá-lo a pecar. Mas se pecarem contra você e se arrependerem, perdoem-lhe. Se sete vezes pecarem contra você, perdoem-lhe.

E os apóstolos, ouvindo isso, disseram ao Senhor: Aumenta a nossa fé"
Lucas 17:15

Adam sabia que Deus era justo, e que se sua mãe precisasse ser punida por algo, não seria por ele. Pensando nisso, fez a mesma petição que os apóstolos fizeram a Deus antes de voltar a olhar para Olívia e dizer:

– Você não me deve nada. Sei que deve ter seus motivos para fazer o que fez e tem que conviver com suas escolhas todos os dias. Só peço que seja cautelosa e paciente com Rafael, pois ele tem que enfrentar todo dia um fardo muito pesado para qualquer ser humano: odiar alguém que ele ama. Porque é obvio que esse ódio todo dele é porque ele ainda ama você. Quanto a mim, só posso dizer que aprendi que o amor pelos pais é algo intrínseco em nós, vem com a gente e não se apaga com facilidade. Percebi isso quando a revi pela primeira vez, embora eu não a queira perto da minha família. Porém, pelo menos por mim, você está perdoada.

Nesse momento, parecia que ela iria dizer algo, mas então a atual Olívia Maria Junqueira levou as mãos ao rosto e começou a chorar.

Capítulo 15

– Viajar com você para São Lourenço? – Alexia repetia pela segunda vez, espantada com o convite. Para ela, a ideia de reencontrar a família de Rafael como sua namorada parecia inimaginável. Para ele, tampouco. Mas era sexta-feira, e ela e Rafael tinham acabado de sair do estúdio, pois passaram o dia inteiro em reuniões, e, de fato, estavam indo para o apartamento dela fazer as malas.

– É, viajar – confirmou Rafael, sem pestanejar. – Eu tinha esquecido completamente que esse final de semana era aniversário do meu pai. Não posso deixar de ir, Alexia. Já não fui no Dia dos Pais. E não quero te deixar aqui sozinha.

– Tudo bem – ela estava extasiada com o súbito convite. Rafael a levaria à casa da sua família! *Isso queria dizer que ele estava levando a sério o relacionamento do dois?*, pensou ela. – O que preciso levar? – perguntou ansiosa.

– Como assim?

– Que tipo de roupa?

– Ah, sei lá – ele deu de ombros. Estava com uma das mãos no volante guiando o carro dela. – Quanto menos melhor – ele riu e a olhou de soslaio. – Provavelmente faremos algumas trilhas, jantaremos fora e visitaremos os meus amigos.

– Não vamos fazer nenhum passeio turístico? – perguntou ela, já empolgada, observando como os músculos do braço dele se contraíam magnificamente com o movimento ao volante, e sua camisa se esticando, apertada, em volta do bíceps. Ai, ai...

Rafael não conseguiu esconder a careta.

– Jura que quer fazer isso? Aqueles passeios são tão enfadonhos.

– Enfadonhos para você, que morou lá a vida toda – Alexia sacou o iPhone e entrou na internet para pesquisar as opções de roteiros. Não queria ficar dependendo da boa vontade de Rafael. – Precisamos colocar gasolina no meu carro – avisou enquanto teclava.

– Não vai ser necessário. Iremos de carona na picape de Adam. Ele irá nos pegar na minha casa dentro de uma hora. Portanto, seja rápida. Te dou no máximo cinco minutos.

Obviamente, Alexia estourou o tempo proposto. Demorou uns vinte minutos até que tivesse certeza de que estava levando tudo o que precisava. Ainda estava encantada com aquele convite. Também queria levar algum presente para os donos da casa, mas Rafael disse que não precisava. Ainda assim, Alexia disse que compraria alguma coisa quando parassem para comer no caminho.

Graças a Amanda, Adam também se atrasara para pegar o irmão no horário acordado. E a julgar pelo tamanho das malas das mulheres, parecia que eles se mudariam definitivamente para a outra cidade. Durante o percurso, Amanda enjoou várias vezes e, motivada pela visão de Amanda vomitando, Alexia sentiu-se um tanto nauseada também.

Chegaram em São Lourenço por volta de nove horas da noite. O clima estava dez graus abaixo do que estava no Rio. Alexia sentiu-se instantaneamente bem ao descer do carro e respirar aquele ar puro com cheiro de mato por todos os lados. Contemplou a linda casa da família. Simples e aconchegante. Era amarela, com janelas brancas de madeira e margaridas abaixo delas. Havia outra casa, que ela sabia que fora de Adam, um pouco mais afastada da primeira. Parecia uma casa de propaganda de margarina.

Os homens pegaram as malas e foram em direção ao caminho de pedras iluminado pelas luzes do jardim até a porta principal. Ao olhar as flores tão bem cuidadas, Alexia sorriu, pensando que acertara em cheio no presente dos anfitriões.

Assim que cruzaram a cerca branca, Alexia sentiu um friozinho no estômago. Sentia-se como uma adolescente esperando a aprovação dos pais do primeiro namorado. Sabia que eram pessoas muito simpáticas, mas seria a primeira vez que ela apareceria oficialmente como quase membro daquela família. *Não que eu vá me casar com Rafael,* ela retornou do delírio.

Adam destrancou a porta, e todos entraram na sala no maior alvoroço. Ivy, que estava absorvida na tevê assistindo *Rebeldes* em vez de estar fazendo o deve de casa, deu um pulo do sofá quando viu Alexia entrando por último.

– Você veio! – gritou ela, contentíssima.

Alexia sorriu de volta com alegria. Era fácil deixar Ivy feliz.

– Eu não prometi que um dia viria te visitar?

A menina lhe deu um abraço apertado. Alexia reparou que Ivy estava cada vez mais parecida com a irmã. Se Amanda entrasse em uma cápsula do tempo, provavelmente, sairia igualzinha à irmã caçula.

– Vem... – Ivy já foi puxando a mão dela – deixa eu te mostrar o meu quarto. Mamãe me disse que você vai dormir comigo.

Instantaneamente fechando o rosto numa carranca, Rafael voltou os olhos para Janine.

– Ivy! – a mãe repreendeu. – Deixe Alexia cumprimentar a gente primeiro. Terão todo tempo do mundo para conversar – e olhou para a convidada, sorrindo feliz. – Seja bem-vinda, querida. Eu e Paulo ficamos muito contentes quando soubemos que você vinha também.

Não tanto quanto eu, pensou Alexia em silêncio, sentindo-se tola por seus receios iniciais. Era impossível não se sentir imediatamente acolhida com aquele sorriso caloroso de Janine. Satisfeita, Alexia deu dois beijos no seu rosto antes que Paulo se aproximasse e, cumprimentando-a como a um de seus filhos, deu-lhe um beijo paternal em sua cabeça.

– Sinta-se em casa – ele disse. Em seguida, foi todo bobo alisar a barriga de Amanda.

Sorrindo, Alexia agradeceu e enfiou as mãos dentro da bolsa.

– Trouxe isso para vocês – e entregou para a dona da casa o presente que comprara na parada no posto da estrada devidamente embrulhado. Era um lindo vaso de cerâmica, onde Janine poderia colocar algumas flores.

– Olha que lindo! – Janine mostrou para Paulo. – Amanhã já irei adorná-lo com lírios. Os meus estão lindos este ano.

Rafael sorriu para a namorada quando meditou na escolha da flor.

– Bem – ele disse –, vou colocar as malas lá no meu quarto. Você vem comigo? – indagou para Alexia.

Ela ficou parada, sem saber o que fazer. Pelo que Ivy dissera, ficara claro que a família não permitiria que ambos dormissem juntos. Por isso, disse:

– Primeiro vou ver o quarto de Ivy.

– Oba! – urrou a menina. Em seguida, arrastou Alexia para lá. Rafael deu um suspiro irritado.

– Pode ir tirando o cavalinho da chuva – avisou o seu pai, ao ver seu semblante fechado assim que elas duas saíram. – Não vai dormir com Alexia sob o meu teto. Não enquanto não forem casados.

– Que? Casados? Você só pode estar brincando? – Rafael olhou para ele, chocado.

Paulo ergueu uma sobrancelha.

– Parece que estou?

Rafael largou as malas abruptamente no chão. Era evidente, por sua expressão, que ele não estava de acordo.

– Pai, eu já tenho trinta e um anos e Alexia tem vinte e nove. Não pode nos tratar como dois adolescentes inexperientes.

– Isso não é só por você – avisou Paulo mais sério. – Estou fazendo por Alexia exatamente o que gostaria que fizessem por minha filha: zelando por ela.

– Muito bem colocado – disse Janine, sentada no sofá ao lado de Amanda e dando palmadinhas de aprovação na mão do marido pousada em seu ombro. – Além do que, o pai dela é pastor. Tenho certeza de que não aprovaria isso também. Somos uma família cristã. Vamos manter os valores. O que vocês fazem quando saem por essa porta não é da nossa conta, mas aqui dentro é um lugar de respeito.

Satisfeito, Adam abriu um sorriso largo.

– Vamos? – disse ele para a mulher, aproveitando a deixa e piscando para o irmão com evidente deboche. – Vamos para o nosso ninho de amor. Tenho planos para você hoje à noite.

Com um sorriso, Amanda levantou-se e deu dois tapinhas no rosto do cunhado.

– Case-se! – disse ela, com sarcasmo – E um dia usufruirá livremente desse benefício – mas seu sorriso sumiu assim que viu Adam abrir a porta para sair. – Onde pensa que vai? – perguntou para ele.

Sem entender, Adam franziu a testa.

– Para a minha antiga casa – avisou ele tranquilamente.

– Pensa que vou dormir com você naquela tumba? – quis saber ela, visivelmente contrariada.

Adam deu um longo suspiro e olhou de canto para o irmão. Rafael agora sorria com mordacidade. *Engole essa, babaca.*

Mais de um ano já havia se passado e Amanda não esquecera o incidente do quarto com quadros. E parecia que ela podia chorar diante da lembrança. Desalentado, Adam olhou para o pai em busca de ajuda.

– Podemos dormir lá e vocês dormem no nosso quarto – ofereceu Paulo, solidário, pois não queria chatear a mãe do futuro netinho. Apesar de saber que o relacionamento dela e de Adam era uma constante luta entre duas personalidades fortes, sem nunca ter um vencedor definido, Paulo sabia que havia entre eles uma confiança implícita durante as brigas, como uma certeza do perdão que sempre viria depois, e de ambos os lados. Porque, no final de tudo, eles sempre perdoavam um ao outro. E pelo visto, eram essas briguinhas que davam o tempero.

Envergonhada pela birra, Amanda retorceu o lábio um pouquinho.

– Não, Paulo. Que isso... pode deixar. Dormimos aqui na sala mesmo. Não quero te tirar do seu quarto.

– Eu insisto – ele disse –, você não pode dormir no chão. Ainda mais agora nesse estado.

Amanda olhou furiosa para Adam. A culpa era dele de ela estar naquela situação. Tanto grávida, como enciumada.

– Por que então não dormem no antigo quarto de Rafael? – ofereceu Janine, tentando intervir. – Posso montar uma cama para Adam no chão e você dorme na outra.

– E eu? – resmungou Rafael, sentindo-se excluído.

– O sofá é um bom lugar para eu vigiá-lo – determinou o seu pai.

Fervilhando de raiva, Rafael deixou a sala e foi para o quarto de Ivy dar a malfadada notícia a Alexia. Sentia-se envergonhado de metê-la naquela furada. Se soubesse que seria tratado como um adolescente no cio, teria ido para um hotel. Mas também não queria estragar o aniversário do pai, embora Paulo estivesse excepcionalmente empenhado em estragar os seus planos de avançar com Alexia.

Quando abriu a porta do quarto da irmã, Ivy e Alexia observavam a foto de um lindo menino negro que era pano de fundo do laptop de Ivy. Ambas deram um pulo de susto, como se estivessem conversando sobre algo que ninguém pudesse escutar. Rafael achou aquilo esquisito.

– Preciso falar com você – avisou para Alexia, aborrecido, ignorando a vermelhidão no rosto da irmã.

– O que foi? – Alexia perguntou, ao sair do quarto de mãos dadas com ele e pararem no corredor.

– Meu pai não quer que a gente durma juntos – anunciou Rafael, com os olhos cor de topázio demonstrando uma frustração evidente.

Consciente de que estava tão frustrada quanto ele, mas se divertindo ligeiramente com a possibilidade de ser vigiada, Alexia comentou:

– Eu já tinha percebido.

Com certa revolta, Rafael examinou o seu rosto.

– Você não me parece muito infeliz com a ideia – ele observou.

– E por que estaria? – ela simulou estranheza, mas o rubor destruiu seu disfarce.

Rafael soltou sua mão e se afastou um pouquinho, o gênio estourado borbulhando na superfície.

– Pensei que quisesse isso tanto quanto eu – disse ele ressentido, antes de ter o rosto acariciado por ela, que estava rindo e disposta a brincar com ele.

– E quero. Mas se não dá, fazer o quê? A espera aumenta o desejo.

Os olhos astutos, cor de amêndoa, se voltaram para a boca da namorada.

– Você está curtindo tudo isso, não é? Está adorando me ver nessa situação.

Sorrindo em resposta, Alexia também desviou os olhos para a sua boca. Sentindo-se desafiado, Rafael abaixou a cabeça olhando firmemente em seus olhos antes de sua respiração quente ir de encontro aos lábios dela. Em seguida, fez com que sua boca esmagasse a de Alexia num beijo fogoso e entorpecente, que incendiou o seu corpo dos pés à cabeça, para depois, com muita destreza, deslizar os lábios pela linha invisível do seu pescoço e explorar o vale da sua garganta com a língua. Um calor interno escaldou as faces dela.

– Rafael, pare com isso! – Alexia ofegou, percebendo que ele estava de olhos abertos observando a sua reação. – Ivy pode sair a qualquer momento. Por acaso acha que daremos uma rapidinha no corredor?

Derrotado, Rafael deu risada no seu pescoço. Não conseguia dobrá-la com a mesma facilidade como fazia com as outras.

– Você está certa... – ele deslizou o nariz pelo seu ombro até a orelha. O cheiro que se desprendia de seu queixo bem barbeado era inebriante. Alexia inspirou profundamente. – Apesar disso – ele espalmou as mãos na sua cintura e a puxou de encontro ao seu corpo –, fazer amor com você não é algo que eu pretenda fazer com pressa.

Quando ele a soltou, Alexia estava zonza de tanto desejo por ele, mas sabia que deveria respeitar as regras da casa, por isso afastou-se, numa tentativa frustrada de amainar o calor gerado entre eles. Aliás, a julgar pelo fogo que se espalhava violentamente pelas suas veias toda vez que Rafael a tocava, Alexia imaginava que, comparado a ele, Caio não deveria passar de um amador desastrado na cama.

Rafael deu a mão a ela novamente e a convidou para conhecer seu antigo quarto. Adam e Amanda ainda estavam na sala vendo as roupinhas de cama que Janine havia comprado para o netinho.

Rafael abriu a porta para Alexia passar primeiro. Quando morava naquela casa, nunca levara uma namorada para aquele quarto, mas parecia natural que Alexia estivesse ali.

Alexia observou o aposento. Os antigos posters de suas bandas preferidas ainda estavam dependurados nas paredes. Era um quarto simples, como o resto da casa, e igualmente acolhedor. Na cama havia uma colcha branca rendada e o armário estava aberto e vazio. Janine o havia aberto mais cedo a fim de retirar o cheiro de mofo. Havia vários adesivos na janela, em geral de qualquer coisa que tivesse relação com motos. Divertida, Alexia fixou os olhos em uma coleção de carrinhos Ferrari em cima da cabeceira da cama de madeira. Rafael seguiu seu olhar e lamentou que Janine não tivesse se desfeito daquilo. Sentiu-se exposto e infantil. A bem da verdade, gostava da coleção de carrinhos. E se um dia tivesse um filho, os daria para ele.

– Que tal? – perguntou ele, com um retorcer de lábios levemente acabrunhado.

– Parece um quarto de criança – Alexia segurou o sorriso – ou de um adolescente.

Com um puxão, Rafael deitou-a na cama e jogou o corpo ao seu lado.

– Nunca trouxe ninguém aqui – ele confessou.

– Sério? – Alexia desviou os olhos do teto e olhou para ele. – Nunca trouxe nenhuma namorada?

– Meu pai sempre foi muito rígido – ele se apoiou em um dos cotovelos e revirou os olhos.

– Sei como é – ela voltou a olhar para o teto. – O que vamos fazer amanhã?

– O que quer fazer?

– Não sei – ela disse. – O que você quer?

Rafael deu um sorriso sugestivo, mas depois arfou.

– Pera aí – ele se sentou e abraçou as pernas –, a posição horizontal não facilita muito o meu raciocínio – Alexia riu. – Podemos visitar um amigo meu. Ele tem uma linda fazenda perto daqui.

– Uma fazenda? – excitada, Alexia também se sentou. – Adoro cavalos! Tem cavalo por lá?

– É claro que tem.

– Nossa... – os olhos dela se iluminaram. – Sempre sonhei em aprender a cavalgar, mas lá no Rio equitação é tão caro... – franziu os lábios e mirou Rafael pensativo. – Você sabe cavalgar?

– Maravilhosamente – o sorriso malicioso surgiu novamente.

Alexia percebeu o que ele queria dizer.

– Estou falando sério – ela riu e empurrou o seu ombro.

Rafael se levantou e a puxou pela mão.

– É claro que sei cavalgar. O que acha que tinha para fazer nesta cidade monótona? Ou eu andava de moto, ou fazia trilha com meus amigos, ou íamos cavalgar.

– Então, você me ensina amanhã?

Rafael fez um ar indeciso e agarrou-a pela cintura.

– Depende. Qual vai ser o meu pagamento?

– O que você quer?

Ele deu uma leve mordida no seu lábio inferior.

– Que tal me encontrar um pouco mais tarde na antiga casa de Adam?

– Alexia! – interrompeu Ivy, abrindo a porta de súbito e assustando os dois quando tropeçou para dentro. – Meu pai está chamando vocês pra jantar. E a propósito – olhou deliberadamente para o irmão –, só eu sei onde está a chave da casa de Adam – sorriu para ele.

Rafael cerrou os lábios e perguntou:

– Estava ouvindo a nossa conversa, sua bisbilhoteira? Será que nunca vai se mancar?

Estourando um chiclete, Ivy deu de ombros.

– As paredes é que são finas. E é melhor se apressar. Papai está com fome e Adam também. Sabe como ele fica se tiver que esperar pra comer.

– Estamos indo – Alexia avisou com um sorriso, que Ivy devolveu e retornou para a sala.

– E aí, o que acha da minha proposta? – Rafael insistiu, retomando o assunto do encontro noturno.

– Quer que eu vá me encontrar com você?

– E sozinha – enfatizou ele, imaginando que a pestinha da irmã pudesse tentar segui-la, o que não seria de nenhum proveito para ele.

– Vou pensar no seu caso – Alexia beijou seu nariz.

Janine havia preparado um apetitoso leitão à pururuca. Os homens se fartaram com a iguaria, que, infelizmente, não fez o mesmo sucesso com as mulheres. Ivy comeu pouco, pois tinha atacado um saco de biscoitos há poucos minutos escondida da mãe. Amanda estava enjoada, e Alexia com medo de reascender o enjoo. Porém, a conversa e atualização das fofocas locais foram bem animadas. Janine já estava prestes a inaugurar sua nova loja de flores e estava muito contente. Paulo adquirira mais uma loja na cidade e estava alugando para ser cede de uma nova igreja local. E Ivy, para surpresa de todos, havia criado um jornalzinho no colégio. Sua primeira matéria de capa, como não podia ser diferente, foi sobre as mazelas das crianças do Sudão. Ela mesma imprimia e distribuía para todos os alunos do ensino fundamental. Amanda e a mãe estavam muito orgulhosas dela.

Quando Alexia levantou-se para tomar um banho e dormir, Paulo interrompeu a cantinela de Ivy sobre os sofrimentos dos povos da África e segurou o filho na mesa.

– Para o seu conhecimento, eu tranquei a casa de Adam – avisou ele para Rafael, que olhou para o pai com espanto. *Agora estava lendo mentes?* Mas, subitamente, apertou os olhos e olhou para a irmãzinha caçula.

– Além de escutar atrás da porta, agora virou delatora, maninha?

Sem o menor constrangimento, Ivy deu de ombros de novo.

– Vou ganhar cinquenta pratas para te vigiar – avisou mastigando.

– Eu cubro a oferta – retrucou ele, apertando os lábios para o pai.

Segurando o copo de suco, Ivy voltou os olhos para Paulo, como se o incitando a começar um leilão.

– E eu esquento a sua bunda se você não me obedecer – foi a oferta de Paulo.

Ivy suspirou e olhou para Rafael.

– Sinto muito, irmãzinho. O martelo bateu para ele.

Capítulo 16

Várias pulseiras tilintaram quando Ivy bateu a porta do carro. Inundada por aquela euforia que os adolescentes normalmente têm diante das novidades, não estava disposta a ficar nenhum minuto longe de Alexia. Sendo assim, resolveu ir à fazenda de Denis – amigo de Rafael – com eles. Da mesma forma Amanda, ao ouvir onde o cunhado e Alexia iriam, sentiu um súbito e ardente desejo de tomar leite de vaca. E Adam, que sempre adorou qualquer atividade ao ar livre, concordou em ir no mesmo momento. Resultado: estavam todos amontoados dentro da cabine dupla da picape de Adam rumo a um dia de vida na roça.

Rafael não estava satisfeito com nada disso. Havia planejado passear com Alexia sozinho, para, quem sabe, fazer uma trilha com ela até uma linda cachoeira onde ambos tomariam banho pelados. Mal podia esperar para isso. Em sua mente, Alexia era linda. E ele não via a hora de contemplar inteiramente o seu corpo. Porém, ele tinha a inquietante sensação de que isso não iria acontecer em um tempo iminente, pois, desde que chegara a São Lourenço, por mais que tivesse se dedicado obstinadamente a fazer isso, não conseguira nenhum minuto sozinho com a namorada. Todos disputavam a sua atenção. E para piorar, Alexia estava adorando. Ela já havia percebido que a vida que a família de Rafael levava naquela cidade era simples, e que a satisfação vinha dos pequenos detalhes do cotidiano. E estava encantada. E eles eram superunidos, o que também a deixou fascinada. Quando foi comprar pão com Ivy mais cedo, Alexia também percebeu que, numa cidade pequena como aquela, era impossível entrar em uma loja sem ao menos conversar com alguém por pelo menos cinco minutos, cumprimentar o dono da loja e prometer uma nova visita. A vida ali era gratificante de uma maneira que poucas pessoas poderiam compreender.

Não que ela fosse conseguir viver num lugar como aquele, meditava ela, olhando pela janela do carro, pois considerava-se uma pessoa essencialmente urbana. Mas teve de concordar que, naquele momento, observar aquela rotina calma era tudo que ela estava precisando. São Lourenço era uma cidade encantadora e muito apreciada pelos turistas. Havia um centro comercial onde se via charretes circulando livremente, lojas de doces e suvenir, hotéis, pousadas, feirinha de ambulantes e um grande espaço arborizado denominado Parque das Águas. Parte do prazer em estar numa cidade pacata como aquela era porque parecia que o resto do mundo não existia e os problemas iriam simplesmente desaparecer se decidisse morar por ali.

Do contrário, Rafael, que estava ao seu lado no banco de trás do carro, não dava a mínima para nada daquilo. É claro que, quando pisou na cidade, bateu uma certa nostalgia dos tempos da sua infância. Mas embora tenha nascido ali, sabia que não pertencia àquele lugar. Adorava a cidade grande. Adorava a infinidade de opções de coisas para fazer, das oportunidades diversas... Nisso, meditou emburrado, ele devia ter puxado a mãe. Entretanto, não podia negar que gostava de saber que o pai ainda morava por ali, e que podia visitar a cidade sempre que lhe desse vontade.

Passaram pelo parque da cidade, por algumas lojas de Paulo, pelo colégio de Ivy, por uma igreja Batista e, depois de Adam e Rafael acenarem para falar com dezenas de pessoas pelo caminho – algumas exigindo que eles parassem o carro e lhes contassem as novidades do Rio –, enfim chegaram à fazenda de Denis. Havia uma placa de madeira do portão principal onde estava esculpido "é aqui qui nóis mora". Alexia riu com simpatia diante da frase. Em seguida, um homem moreno, atarracado e de pele envelhecida pelo sol, reconheceu o rosto de Adam e, acenando com alegria, deu uma última tragada no cigarro antes de jogá-lo de lado e ir abrir o portão.

O céu exibia um azul radiante e límpido em todas as direções. E o calor já estava quase insuportável dentro do carro. Eles entraram com a picape por uma estradinha de terra terrivelmente irregular que, somada ao cheiro de cocô de cavalo por todos os lados, fez Amanda começar a ficar enjoada de novo. Demorou uns bons cinco quilômetros de saculejos até a viagem acabar, e eles avistaram algumas vacas e bois pastando pelo caminho. A terra seca levantava esmagada pelas rodas do carro, fazendo uma nuvem de poeira em volta do veículo. Quando, enfim, chegaram ao casarão da fazenda, Denis, em companhia de um pato enorme que passeava pela frente da casa, já estava os esperando na varanda.

Alexia franziu a testa quando viu aquele rapaz alto e magro descer pela escada, que rangia. O sol reluzia em sua cabeça fazendo seus cabelos lisos parecerem absurdamente claros. Os fios estavam maiores desde a última vez que ele e Rafael se encontraram, porém seu cavanhaque ainda permanecia intacto. Denis foi direto em direção a Rafael e ambos trocaram um abraço apertado. Andavam juntos desde crianças, e a convivência no dia a dia lhes fazia muita falta. Em seguida, Denis foi apresentado a Alexia e, para o espanto de Rafael, não jogou imediatamente seu suposto charme para cima dela.

Adam também veio até o amigo de infância e ambos trocaram dois clássicos tapinha nas costas. Em seguida, Adam apresentou Denis à esposa, mas Amanda já o conhecia, pois Rafael já a havia levado num bar do qual Denis era dono na cidade. O estabelecimento fora fechado pouco tempo depois, por ser constante palco de brigas dos "boyzinhos" do município. No entanto, não foi só por isso. Depois que o pai de Denis morreu, ele, que já era órfão de mãe, preferiu se dedicar mais aos cuidados e produtos que comercializava em sua fazenda. Aquilo, sim, era o legado do pai. Além do que, após ficar sozinho no mundo, muita coisa havia mudado na cabeça de Denis. Ele passou a frequentar a congregação cristã da cidade e havia se convertido. Agora, a única coisa em que pensava era se casar. Estava doido para construir uma família, mas ainda não havia encontrado a sua escolhida.

Quando Amanda o cumprimentou, seu marido, cheio de si, anunciou na mesma hora que ela estava grávida. Amanda sentiu-se como um gado premiado pelo modo como Adam falou. Entretanto, nada disse. Como poderia tirar aquele brilho de satisfação masculina daquele rosto incrivelmente bonito? Ele estava tão orgulhoso...

Com intimidade, pois a conhecia desde bebê, o anfitrião passou o braço dele pelo braço de Ivy e convidou as mulheres para conhecer a fazenda. Seguiram todos juntos, sentindo o cheiro dos ciprestes, azaleias e trepadeiras plantadas pelo caminho. Alexia não resistiu e respirou fundo, sentindo a doce fragrância da vida no campo. Passaram pela área da piscina, churrasqueira, campo de futebol, horta, minilago, galinheiro, criação de coelhos e, por fim, para alegria de Alexia, chegaram ao estábulo. Havia dez cavalos de raça, e o ambiente transbordava cheiro de feno. Instintivamente, Alexia aproximou-se de um deles, e uma égua de pelo marrom encostou o focinho no seu ombro.

– Nossa, eles são tão lindos! – Alexia não pôde deixar de dizer. Os cavalos da propriedade eram muito diferentes dos que ela havia visto pela cidade. Eram mais altos, mais encorpados, com os pelos brilhantes. – Nunca tinha visto uma belezura dessas de perto.

Rafael franziu a testa e deu um sorriso de lado para ela.

– Belezura? Desde quando você fala belezura? – ele perguntou, com um tom de deboche.

Alexia riu.

– Estou me sentindo minhoca da terra, dá licença? É claro que eu já havia visto cavalos antes, mas estes aqui são tão... grandes!

– Estes cavalos são a minha paixão – falou Denis, acariciando dois animais ao mesmo tempo. – São todos criados à luva de crina.

Com uma expressão de estranheza, Amanda ergueu uma sobrancelha.

– E isso quer dizer...

– Quer dizer que são muito bem cuidados – Adam traduziu, passando a mão pela anca de um cavalo de pelo castanho. – E aí? – virou-se para os companheiros, visivelmente eufórico. – Vamos ao que interessa?

Enquanto os homens decidiram selar os cavalos, Denis providenciou duas cadeiras de praia para que Amanda e Alexia se sentassem à sombra de uma árvore, com uma visão privilegiada do descampado onde eles iam cavalgar. Ivy ficou juntos dos irmãos, encantada com o pônei que já estava acostumada a montar. Por ela, iriam ali muito mais vezes.

Alexia estava doida para ficar com eles também, mas não queria deixar Amanda sozinha. Ainda mais porque estava enjoada. Seria muito indelicado da sua parte.

Assim que se sentaram, uma senhora negra e de cabelos grisalhos saiu de dentro da casa principal trazendo uma bandeja na qual equilibrava alguns copos e uma jarra de suco. "Eu mesma espremi as uvas", fez questão de anunciar.

Em poucos minutos, cada um dos homens saiu do estábulo puxando seus respectivos cavalos. Adam foi o primeiro a montar e a avisar a esposa que, infelizmente, não a deixaria fazer o mesmo, pois poderia ser perigoso demais no seu estado. E Amanda, cujo temperamento nunca podia ser previsto com exímia precisão, concordou calmamente e se acomodou ainda mais na cadeira. Não estava disposta a se esforçar. Só queria ficar ali, no aconchego da sombra, tomando um copo de suco gelado e se imaginando dona daquelas terras. Já estava até com saudade do cão mijão da família, que ficara em um hotel para cachorros no Rio. Seria bom ver Thor correndo por ali, quem sabe ao lado de seu futuro filhinho... Pela primeira vez, Amanda começou a perceber que o futuro num lugar como aquele parecia alegre, luminoso e sem nuvens.

Lançando mão do mesmo artifício, pois queria cavalgar um pouco sozinho antes de passear com Alexia, Rafael pediu que a namorada fizesse companhia a Amanda. Ainda que ansiosa para montar, Alexia concordou. Rafael abaixou os olhos para ajeitar o próprio cinto e depois montou no cavalo. Denis ajudou Ivy a subir no pônei e, em seguida, montou em sua égua também. Ela era o animal preferido de Denis. Ele a chamava de Raia. E embora fosse considerada por muitos um animal desperdiçado por ser uma algeira – uma égua que não podia procriar –, era um dos animais mais obedientes e rápidos que ele tinha. Era melhor do que qualquer égua de ventre.

Ao olhar Ivy dando tchauzinho quando partia montada no pônei, uma rajada de vento jogou mechas da franja nos olhos de Alexia e ela, sorrindo para a menina, ergueu as mãos para puxá-los para trás da orelha, sem perceber que o movimento deixou rapidamente seu umbigo de fora e o olhar de Rafael foi atraído para aquele ponto. Ele deu um sorrisinho maroto e, quando Alexia sentiu o olhar de Rafael em todas as suas células, pelos e nervos, ele bateu o calcanhar nas laterais do cavalo e partiu cavalgando atrás do irmão. O som da voz de Amanda trouxe Alexia de volta para si.

– Acho que eu podia me adaptar a isso, sabia? – disse ela, roubando a sua atenção. Alexia virou o rosto para ela.

– Conseguiria viver em uma fazenda? – ela perguntou.

Amanda olhou para Adam, para certificar-se que de que não podia ser ouvida por ele.

– Antes eu achava que não. Mas depois que fiquei aqui trinta dias, não foi a mesma coisa quando voltei para o Rio. Aqui é muito calmo, o trânsito é uma benção, e, no momento, eu tenho muitos altos e baixos de humor. Acho que seria mais fácil relaxar por aqui.

– Sei não – Alexia se recostou na cadeira, mirando a silhueta de Rafael diminuir. Ele estava magnífico montado naquele cavalo preto. Tão poderoso, tão concentrado, tão viril... – Relaxar tudo bem... mas viver para sempre... acho que eu não me adaptaria. Mas adoraria ter uma casa de veraneio num lugar como este. – Olhou para Amanda de novo e percebeu que ela sorria.

– Eles são lindos, não são? – falou Amanda, encantada com a visão do marido.

Alexia sorriu de volta e bebeu um gole do suco gelado, depois disse:

– Olhar para Rafael me deixa sempre com sede.

– Espero que só para ele – Amanda zombou, ao que Alexia ficou séria de novo. – Tô brincando, garota. Sei que você está ligadona no Rafael. E também sei que, apesar da aparente semelhança, os dois são muito diferentes. E o que eu mais gosto em Adam é aquele jeito emburrado dele, coisa que repele a maioria. Rafael não tem isso.

– Sério? – Alexia sorriu novamente e colocou o copo de lado. – Pois eu adoro o sorriso descontraído de Rafael.

– Como eu disse: eles são muito diferentes. Adam é um troglodita de cara amarrada. Um sorriso descontraído não é algo que você vê com frequência no meu marido.

– É verdade – Alexia fixou os olhos nela, lembrando-se da expressão séria e levemente ameaçadora que sempre via no rosto de Adam. Mas Amanda o contemplava fascinada. E se um dia Alexia se casasse, gostaria de ter o brilho nos olhos que Amanda tinha ao falar do marido.

– Vocês dois se casaram muito cedo, não é? Quantos anos você tem? Uns vinte e cinco...

– Exatamente. Mas ele tinha trinta, como você deve saber. Como sabe minha idade?

– Pura dedução.

– E você, quantos anos tem?

Alexia fez uma careta.

– Já estou chegando na casa dos trinta. Tenho vinte e nove, mas faço aniversário daqui a quatro meses.

– Bem – Amanda deu um sorrisinho travesso –, talvez esteja na hora de pensar em se casar também. Eu adoraria ter uma cunhada para conversar.

Alexia abafou uma risada.

– Eu? Me casar com Rafael? Agora você está viajando, Amanda.

– E por que não? – com um sorriso estampado no rosto, Amanda virou o corpo para ela. – Vai dizer que não gostaria de acordar todo dia com aquele pedaço de mal caminho?

– Bem... – Alexia olhou para o namorado, sentindo o peito esquentar ao imaginar a situação. – Isso eu não posso negar. Mas começamos a namorar há pouco tempo. E Rafael nem pensa em se casar.

– Isso porque ele não sabe o que está perdendo. Eu não trocaria a minha vida de casada por nada – disse Amanda, mirando Adam cavalgando ao longe com os cabelos voando. Alexia espiou-a de canto de olho e abafou um sorriso. O olhar de Amanda estava derretido por ele.

– Você o ama muito, não é? Não sei como duas pessoas tão diferentes podem se atrair. Você passa a imagem de uma mulher supermoderna, antenada com as coisas, e Adam... – Alexia tentou achar as palavras – Bem, ele não se importa com nada disso. Suas histórias são tão diferentes.

Amanda não disse nada por um momento. Ficou olhando para ele e passando o dedo indicador na umidade do copo de vidro, tentando lembrar-

-se de como era sua vida sem Adam, mas não conseguiu. Era como se ela tivesse começado a viver no exato momento em que se conheceram.

– Eu agora faço parte da história de Adam – disse Amanda com simplicidade, mas também com certo orgulho, observando um bando de pássaros sair voando quando o pônei de Ivy se dirigiu na direção deles. – Tudo que diz respeito a ele também diz respeito a mim. Sua vida, suas mágoas, suas alegrias, suas decepções... Minha vida não seria mais completa sem ele. Além do que, uma corda de três nós não se rompe facilmente. E Jesus é o nosso terceiro nó.

Encantada com o que ouvira, Alexia ficou olhando para ela. Jesus, o terceiro nó. Não era isso que seu pai sempre lhe dizia também? Seu olhar ainda estava preso no rosto de Amanda quando ouviu alguns cavalos se aproximarem. Ela olhou para frente e viu que Adam e Rafael vinham a galope. Eles pararam a poucos metros das duas, arfantes, com o rosto suado e uma expressão de alegria. Alexia ficou reparando no subir e descer do tórax de Rafael por debaixo da camisa preta.

– Tinha esquecido como isso era bom – comentou Adam sorrindo. – Não há nada que se compare a isso no Rio.

– Nada? – brincalhona, Amanda ergueu uma sobrancelha.

– Você entendeu – ele ainda sorria.

Alexia focou os olhos em Adam.

– Você devia usar mais os cantos da boca, Adam, fica muito bem sorrindo.

Educadamente, Adam acenou com a cabeça em agradecimento, assumindo a postura de um lorde.

– Obrigado – ele disse. Estava tão feliz de estar ali que não queria ficar parado mais nem um minuto. – Se importa se eu demorar mais um pouquinho? – perguntou para Amanda. – Quero dar uma corrida com o Denis até uma estradinha perto daqui.

– Claro que não – Amanda ergueu o copo. – Vai em frente, cowboy.

Satisfeito, Adam mandou um beijo para ela e conduziu o cavalo para perto de Denis de novo.

Rafael olhava para Alexia enquanto seu cavalo batia as patas, inquieto. Parecia estar refletindo a personalidade daquele que o guiava.

– E aí, mademoiselle, me concederia a honra de dar uma volta em meu humilde cavalo comigo?

– Jura? – Alexia levantou-se bruscamente, mas, em seguida, virou--se para Amanda. – Se importa de ficar sozinha um pouquinho? – ela fez um olhar de pidona. Amanda sorriu e indicou com a cabeça que não.

– Curta a viagem. Estou plenamente satisfeita descansando com meu filhinho. Meu enjoo até já passou.

Animada, Alexia chegou perto do namorado. Com extrema facilidade, Rafael agarrou-a por debaixo do braço e içou-a para o cavalo, colocando Alexia sentada na sua frente. Ela passou uma perna para o outro lado enquanto Rafael lhe passava o arreio. Em seguida, ele apoiou o queixo no ombro dela para falar.

– Vamos começar com os comandos básicos – ele disse. – Segure assim, bem justo. Se quiser que ele vire para a direita ou para a esquerda, é só mover o arreio nessa direção. Se quiser que ele freie, e só puxar para trás. E se quiser que ele ande, dê duas batidinhas nas laterais.

– Parece tão fácil.

Rafael riu.

– Não subestime o animal, minha amazona. E mantenha os pés bem presos aqui. Vamos devagar, ok?

– Ok.

Quando cavalo começou a andar, Alexia se sentiu realmente uma amazona. Os movimentos do animal abaixo de si pareciam fundir-se nos seus, como se ambos fossem um só elemento. Ela adorou a sensação de poder quando dava um comando e o cavalo lhe obedecia. E gostou mais ainda de estar sentindo suas costas confortavelmente aninhadas no peito de Rafael. Queria curtir a serenidade daquele momento o máximo possível junto dele. O descampado à sua frente parecia que não tinha fim. E o sol estava alto no céu, rassaltando as cores das flores e emprestando a paisagem uma beleza quase poética. Ela podia ver Adam e Denis correndo bem longe, a toda velocidade, e se perguntou se Rafael não gostaria de estar com eles. Entretanto, não por um gesto consciente, Rafael estava calmamente alisando seus braços e respirando fundo no seus cabelos. Vez ou outra ele dava um beijinho na sua cabeça ou apertava os braços em volta dela com medo de Alexia cair. Não parecia querer estar em outro lugar.

Na verdade, ele estava era abismado de ver como Ivy já corria com habilidade no pônei. Movia-se com a graciosidade de um jóquei experiente, extremamente habituada àquela atividade. Quando Rafael foi embora para o Rio de Janeiro, Ivy parecia bem mais menininha. Agora, tinha crescido bastante e ele notou duas pequenas protuberâncias se projetando como seios. Ficou ligeiramente preocupado com isso. Como ele e Adam poderiam protegê-la dos engraçadinhos que iriam se aproximar dela agora que moravam longe?

De repente, como se capturando seu pensamento, Ivy olhou para ele ainda correndo e lhe lançou um sorriso de partir o coração, como se dissesse que seria para sempre a sua irmãzinha caçula. Rafael sorriu de volta e levantou o polegar, aprovando sua excelente postura ao cavalgar, e ficou pensando em como amava aquela pestinha.

Ainda pensava sobre isso quando, uns trinta minutos depois, Denis e Adam retornaram, e o anfitrião avisou que seria servido o almoço.

Comeram uma feijoada completa e muito bem preparada. Até Amanda caiu dentro dessa vez. Em seguida, comeram laranjas e foram para a varanda deitar em algumas redes. Amanda foi a primeira a dormir, seguida por Adam. Ivy foi para a piscina, e Rafael e Alexia ficaram conversando com Denis, que atualizou Rafael das novidades que mudaram a sua vida. Rafael ficou espantado com a mudança do amigo. *Como podia ter se convertido?* De todos os seus amigos, Denis sempre fora um dos mais baderneiros! Mas Denis não parecia nem um pouco infeliz como o novo estilo de vida, uma vez que seu semblante estava sereno e sua aparência estava muito melhor. Para o alívio de Rafael, o amigo também não tentou ler a *Bíblia* para ele ou algo do tipo. Conversava tranquilamente como sempre, só que agora parecia estar mais concentrado. Rafael gostou de vê-lo tão bem assim.

No final do dia, após passarem algumas horas comendo pão de queijo, doces em compotas e brincando na sala de jogos, todos partiram para casa. Rafael, com a sua tenacidade de sempre, ainda queria sair com Alexia após o jantar, mas foram todos abatidos por uma exaustão física por causa do passeio do dia. E Rafael percebeu que levar Alexia para a cama naquele dia seria um grande desserviço para os dois. Por isso, dormiram todos mais cedo.

O dia seguinte também foi agitado. Era aniversário de Paulo e, em sua homenagem, os membros da igreja fariam um almoço comunitário no salão da congregação. Os convidados levariam as comidas e, a pedido de Paulo, em vez de presentes, cada convidado levaria um quilo de alimento não perecível para doar para os menos necessitados da região. Mas é óbvio que a maioria não lhe obedeceu. Levaram, sim, os alimentos para doação, porém também uma infinidade de presentes para ele. Paulo era um homem muito querido no município. Sempre fazendo benfeitorias, ajudando a sociedade... Chegou a presentear a cidade, ele mesmo, com autorização da prefeitura, com um parquinho para uma comunidade mais pobre perto dali. Sua família se orgulhava muito dele por causa disso. Mas Paulo não fazia isso para aparecer nem para conseguir aprovação de ninguém. Aliás, a maioria das coisas que fazia não estava sob os holofotes. Ajudava muita gente financeiramente e arrumando-lhe empregos. No entanto, acreditava que ajudar o próximo era sua obrigação como cristão. Deus o havia abençoado de diversas formas e ele só queria retribuir ajudando Seus filhos.

A festividade durou o dia todo. Janine, com a ajuda de Ivy, havia preparado um vídeo com fotos da família e com um louvor como música de fundo. Passaram no telão da igreja. E como era de se esperar, Paulo debulhou-se em lágrimas assistindo. Amanda e Alexia não ficaram para trás, fungando o tempo todo e enxugando os olhos com um lencinho conseguido pelos meninos. E quando chegou a hora de partir, Alexia estava completamente apaixonada por aquela família.

– Muito obrigada por me receberem – Alexia sorriu para Janine, antes de entrar no carro de vez, pois todos já haviam entrado. – Espero poder revê-los em breve.

– Nós é que agradecemos a sua visita. Espero que volte mais vezes – disse Janine.

Alexia sorriu com sinceridade.

– Vou aguardar o convite.

– Pois ele já está feito – Paulo segurou a mão dela, espiando Rafael rapidamente. Nunca havia visto Rafael tão encantado por uma mulher. – Pelo que conheço do meu filho, algo me diz que voltaremos a nos ver muitas vezes.

Tomara, pensou Alexia em silêncio, sorrindo e afagando a mão de Rafael quando entrou no carro para partir. *Tomara mesmo.*

Capítulo 17

Aquela era a noite da semana preferida de Estela. Um ritual reconfortante. Primeiro, seu marido pegava as crianças e levava ao cinema; em seguida, ela sabia que eles iriam para pizzaria. E ela ainda dispunha de uns bons trinta minutos para tomar um banho quente e relaxante antes das suas convidadas chegarem. Depois, ligaria um louvor baixinho na sala e começaria os preparativos. Recolheria os brinquedos à vista, deixaria a mesa preparada para o lanche de mais tarde e arrumaria as cadeiras da sala em círculo. As convidadas que chegassem primeiro eram sempre privilegiadas, pois poderiam pegar lugares no confortável sofá em L. Ali, uma vez por semana, elas tomavam chá juntas enquanto se atualizavam das novidades da vida uma da outra. Mas não para fofocar. *Bem*, pensava Estela sorrindo e afofando uma almofada na sala, fofocavam só um pouquinho. Porém, o mais importante é que confiavam uma nas outras, e era isso que estabelecia entre elas um laço de amizade e amor verdadeiros. Se uma delas estivesse passando por um problema, todas sofriam. E ainda que não pudessem fazer nada pelo problema uma da outra, pelo menos oravam juntas, o que já lhes trazia um grande conforto. Afinal, dividir o peso era sempre uma coisa boa. Em seguida, sempre liam um pouco da palavra de Deus e divagavam sobre como aquele trecho poderia ajudá-las em alguma situação parecida.

Estela gostava do modo como o apartamento ficava silencioso naqueles minutos que antecediam a visita delas. Depois de recolocar a almofada no sofá, ela olhou para si mesma através da parede de espelho. Estava satisfeita com a sua nova cor de cabelo, um ruivo muito intenso. Adorava mudar. Aliás, mudar era o seu sobrenome. Viva mudando os móveis da sala de estar de lugar. Criticava internamente as pessoas que sempre tinham uma opinião formada sobre tudo. Inflexíveis. Afinal, o mundo era levado adiante por pessoas que pensavam diferente, que descobriam coisas novas. Se era para se manter preso para sempre numa forma de pensar, para que tinham ganhado um cérebro dado por Deus? Não, isso não era certo. Tinha certeza de que mudança, na maioria das vezes, era uma coisa boa.

Pelo sim, pelo não, foi dar uma última conferida no lavabo para ver se ainda estava tudo em ordem. Conferindo que sim, foi até a cozinha colocar água para ferver, orando mentalmente para que Deus trouxesse suas convidadas em paz e segurança. Por ora, podia relaxar e quem sabe ler um pouquinho antes delas chegarem. Mas mal teve tempo de encher o bule quando ouviu a campainha tocar. Olhou para o relógio de parede e viu que ainda eram sete horas. Mas que raios seu marido havia esquecido de levar dessa vez? Perguntou-se trincando os dentes. Apostava que fora a chupeta de Fernandinha. Repetir a mesma coisa dezenas de vezes antes dele sair esgotava a sua paciência. Mas se fosse ele, pensou ela, enxugando as mãos no pano de prato, ele não teria tocado a campainha; afinal, também possuia a chave. Olhou novamente para o relógio. Faltava ainda meia hora para a reunião começar. E, em geral, as mulheres sempre chegavam por volta de sete e meia. Será que alguém se antecipou dessa vez? Provavelmente, pensou ela, alguma delas deveria estar passando por algum grave problema e havia chegado mais cedo para conversarem em particular. Será que era Júlia? Estremeceu ela. Na última reunião ela estava preocupada com um exame de mamografia que teria de refazer. Preocupada, Estela tratou de devolver o bule na pia e correu para atender a porta. Mas abriu um largo sorriso quando avistou uma pessoa que já vinha convidando há algumas semanas.

– Alexia! – Estela estendeu os braços para a frente para abraçá-la – Que surpresa boa vê-la por aqui.

– Pelo visto, acho que cheguei um pouquinho cedo. – Sem graça por observar a sala ainda vazia, Alexia limpou os sapatos no capacho e entrou no apartamento. Estela fechou a porta.

– Imagine! Daqui a pouquinho as meninas estão pintando por aí. Algumas vêm direto do trabalho e acabam se atrasando por causa do trânsito. E você sabe como é em Botafogo neste horário...

– Se sei... – Alexia girou os olhos. – Saí de casa mais ou menos há uma hora.

– O importante é que você chegou bem. Vou colocar a água do nosso chá para esquentar na cozinha, se importa de ficar lá comigo? Assim, vamos colocando nosso papinho em dia.

– Claro que não, vamos lá... – Alexia sorriu e seguiu a dona da casa.

– O que aconteceu da última vez que você disse que vinha? Ficamos te esperando quando disse que estava saindo de casa. Depois, não conseguimos mais falar com você.

– Pois é – Alexia deu um suspiro –, essa é uma longa história. Parece que muitas coisas colaboraram para me impedir de vir aqui sempre que eu decidia.

Estela terminou de encher o bule de água e sorriu.

– Eu imagino o porquê – ela acendeu o fogão. – E como conseguiu vencer todas as barreiras para chegar aqui hoje? Imagino que tenha tido algum obstáculo também.

– Pior que tive – Alexia deu risada. – Estava saindo do trabalho para vir para cá quando meu chefe pediu para eu acompanhá-lo em um jantar com um novo patrocinador. Ficou fazendo chantagem comigo, dizendo que depois me daria um dia de folga. Tive de resistir bravamente porque queria muito estar aqui hoje.

Com um leve sorriso no rosto, Estela observou a água ferver e pegou a garrafa térmica para jogá-la lá dentro. Estava feliz com a presença de Alexia. Desde que se conheceram na academia, ela havia percebido que Alexia era uma mulher muito sozinha. E parecia estar sempre cansada, com um semblante um tanto deprimido. E quando soube que o pai dela era pastor, imaginou que era uma ovelhinha desgarrada dos braços do Pai. Estela sabia que era muito comum filhos criados dentro de uma igreja se decepcionarem com o rumo que algumas coisas tomavam. Mas, na sua concepção, era porque a maioria não tinha tido uma experiência particular com o seu Criador. E parecia que era disso que Alexia precisava, além de uma amiga.

– Fico feliz que tenha conseguido vir. Essa reunião é o que me fortalece toda semana. As meninas são maravilhosas. Mas o que a motivou tanto a querer vir especialmente no dia de hoje?

Alexia não conseguiu evitar curvar os lábios em um sorriso discreto. Em seguida, alisou a calça jeans e baixou os olhos para os tênis vermelhos.

– Tive um fim de semana maravilhoso. Conheci a família de meu namorado e fiquei apaixonada por eles. Eles são tão... – ela tentou buscar a palavra – unidos. Amigáveis. Receptivos... Pela primeira vez eu desejei realmente fazer parte daquilo tudo. Da convivência com aquelas pessoas. Fiquei me perguntando o que eles tinham de tão especial, até que uma delas me disse com clareza: Jesus. Jesus é o nó que une todos eles. Sei disso porque sentia o mesmo na minha casa quando minha mãe era viva. Depois que ela se foi, e que meu pai se mudou para outra cidade, sinto que as coisas esfriaram dentro de mim. Afastei-me de Deus, nem sei mais quem Ele é para mim. Não tenho mais o costume de orar. E também cometi muitos erros. Além disso – ela ficou um pouco vermelha pensando no que ia dizer, mas parecia natural desabafar com Estela, que sempre era tão amável –, acho que pela primeira vez estou amando alguém de verdade. E não quero perdê-lo. Não quero estragar tudo outra vez.

Sorrindo diante dos olhos apaixonados de Alexia, Estela fechou a garrafa e colocou-a na pia de novo.

– Sei como se sente. Quando conheci o Eduardo, eu também não era cristã. E me apaixonei por ele justamente por causa do seu testemunho. Ele era muito diferente dos outros rapazes. Me respeitava, fazia tudo para me agradar... Nos casamos depois de seis meses de namoro. Eu também queria fazer parte do mundo dele, sabe... Possuir aquela paz. Aquela alegria que ele sempre sentia. E quando conheci verdadeiramente Jesus, pude perceber que isso sempre esteve disponível também para mim. Não era do Eduardo que eu precisava, era Dele.

Nesse momento, a campainha tocou novamente. Estela afagou o queixo de Alexia e se dirigiu para porta. Uma grande algazarra se formou quando as meninas entraram. Chegaram quase todas juntas. Uma vestida de terninho, falando ao celular; outra com roupa de academia entregou uma torta de palmito a Estela; outra procurava sua *Bíblia* dentro da bolsa. Para o espanto e alívio de Alexia, a maioria era jovem como ela. Todas muito bem arrumadas, alegres e faladeiras. Estela fez as apresentações e todas cumprimentaram Alexia como se a conhecessem há anos. Segundos depois, chegou mais uma senhora com uma enorme sacola pendurada no ombro. Mal foi apresentada a Alexia e já sacou uma mochila com produtos da Tupperware, Victoria Secrets e Avon. As convidadas se lançaram numa disputa desesperada pelos melhores produtos. Até Estela perdeu a compostura quando agarrou com violência o último hidratante de baunilha da Victoria Secrets. Alexia, que também não era boba, conseguiu enlaçar o último hidratante de morango com champanhe. Nem estava precisando de cosméticos naquele momento, só estava se divertindo com aquela bagunça. Também acabou comprando uma ótima forma para fazer minipastéis, embora não tivesse a menor ideia de como se fazia a massa de um. *Acho que vou dar de presente para a vizinha velhinha*, pensou. Quando o furdunço acabou, todas foram se acalmando e sentando-se para começar a reunião.

Uma variedade incrível de chás – pois esse era um dos hobbies esquisitos de Estela, colecionar vários tipos exóticos de chás – foi disposta na mesinha de centro. Mais duas mulheres chegaram juntas e atrasadas para a reunião. Estela fez uma breve oração agradecendo pela semana que se passou e pedindo a Deus que abençoasse o estudo daquela noite. Em seguida, abriu a *Bíblia* no livro de Rute e começaram a ler todas juntas. Quando uma se cansava de ler, outra retomava a leitura. De vez em quando, interrompiam esse processo para comentar a atitude daquela mulher. Rute havia deixado seu próprio povo, sua família e suas tradições para abraçar a religião professa da família do seu marido. Mas foi somente quando ele morreu que ela teve sua grande experiência com Deus. Por amor, permaneceu ao lado da sua sogra, não a abandonando à própria sorte, pois sabia como era árdua a vida de uma viúva desamparada naquela época. Amou Noemi como amava a si mesma. Cuidou dela como uma mãe, como era da vontade de Deus. E o fruto de sua obediência e bondade foi uma vida refeita e próspera ao lado de Boaz, que soube reconhecer naquela atitude uma mulher virtuosa. Rute era um exemplo de virtude, bondade e amor. E Alexia ficou fascinada pela força e coragem daquela mulher. Não sabia que a *Bíblia* tinha uma história tão fascinante quanto à dela. Quando era pequena, só ouvia as histórias sobre a manjedoura onde Jesus nasceu e sobre Adão e Eva. E quando se tornou adolescente, já não se interessava por saber nada a respeito da *Bíblia*, embora sua mãe sempre se oferecesse para ler com ela todas as noites. Mas como Alexia sempre tinha algo da escola para fazer – ou inventava –, sua mãe achou melhor não forçar a barra. Mas, agora, Alexia estava adorando estar no meio daquelas mulheres e conhecendo aquelas histórias inéditas. Identificou-se um pouco com Rute, pois estava tão apaixonada pela família de Rafael que também podia se imaginar cuidando um dia de Janine. Não que desejasse que isso fosse necessário.

Sua mente ainda estava viajando na trajetória daquela família quando a agradável reunião teve indícios de que iria acabar. Todas deram as mãos para Estela orar novamente, mas antes de começar, ela perguntou se alguém desejava alguma oração específica. Para a sua própria surpresa, Alexia manisfestou-se e pediu que orassem por ela, para que se aproximasse de Deus novamente. Satisfeita, Estela sorriu e pediu que Alexia repetisse suas palavras, convidando Jesus a entrar e fazer morada em seu coração.

Quando enfim acabou, Alexia se sentia mais leve e lamentou como o tempo passara rápido naquela noite. Prometeu a si mesma que retornaria sem falta na semana seguinte. Somente quando teve prazer na companhia daquelas mulheres percebeu que realmente vinha ficando muito sozinha. Seria ótimo estar com elas para trocar ideias e relaxar uma vez por semana, e se ainda por cima viesse de brinde alguma edificação espiritual, seria simplesmente perfeito.

Quando todas terminaram de fazer um lanchinho, Alexia foi a última a se despedir e Estela a acompanhou até a porta.

– Espero que volte mais vezes – ela disse –, foi muito bom tê-la aqui esta noite.

– Foi maravilhoso para mim também. Se soubesse que seria tão agradável, teria me esforçado para vir muito antes. Com certeza estarei aqui na semana que vem.

Estela ficou um pouquinho mais séria.

– Vamos orar por isso. Muitas barreiras se levantam quando resolvemos nos aproximar de Deus finalmente. Mas tenho certeza de que, quando realmente queremos, nada pode nos deter no final.

Alexia assentiu com a cabeça e deu um último abraço em Estela, mas, no fundo, não levou muita fé naquelas palavras. Sem saber, demoraria muitos dias até pisar naquele apartamento de novo.

Capítulo 18

– Não vejo a hora de ter uma dessas – comentava Hélio, que acabara de retornar de uma das suas infindáveis saidinhas para fumar, ao avistar uma linda chopeira de inox que seria vendida no *Shop and Cook* naquele dia em cima da mesa. O produto seria vendido em um kit, acompanhado de um barril de cinco litros para chope e duas canecas para o mesmo fim. – Acha que os fornecedores vão me dar uma dessa de presente?

– Isso eu não sei, mas que Rafael vai amar ser obrigado a usar isto ao vivo, disso eu tenho certeza... – Alexia reuniu seus papéis e sorriu descontraidamente para ele.

Com uma risada, Hélio colocou a chopeira de lado, sentou-se e inclinou-se para frente, entrelaçando os dedos em cima da mesa de reunião como se fosse rezar. Aproveitando que estava sozinho com a produtora, resolveu sondar um assunto que lhe intrigava há algumas semanas.

– Se você diz, quem sou eu para discutir com você? Afinal, ninguém neste estúdio sabe mais sobre os gostos de Rafael do que a sua dedicada produtora. Ou será que já deveria chamá-la de assessora particular?

O rosto de Alexia assumiu um vermelho intenso. Será que já estava assim tão evidente o relacionamento dos dois? Tentando disfarçar, ela deu de ombros casualmente e serviu-se de um copo de água.

– Só faço bem o meu trabalho, nada mais.

– Sei – Hélio abafou um sorriso indiscreto. – Por favor, sirva um copo de água para mim também. Aliás, estou estranhando que você nem tenha chegado perto do café hoje. Logo você, que é tão viciada...

Alexia fez uma leve careta.

– Pois é, mas acho que esse meu vício chegou ao fim. Não posso nem sentir o cheiro nessas últimas semanas. Mas está sendo bom. Eu sempre comprava caixas de chá, mas nunca tomava, aí um dia Rafael fez um para mim e acabei adquirindo esse hábito. E depois também tomei vários tipos na casa de uma amiga minha e... enfim... acabei tomando gosto pela coisa.

– Rafael fez um chá para você? – Acompanhado de uma sobrancelha erguida, o sorriso indiscreto escapou: – E quando foi isso? Afinal, aqui temos pessoas para servi-los o tempo todo. Então, no estúdio não foi. Por acaso andaram tomando o café da manhã juntos?

Compreendendo que a curiosidade do chefe já derivava para o mexerico, Alexia se levantou.

– Com todo respeito, chefinho, acho que o senhor está imaginando coisas demais. Não aconteceu nada disso que você está pensando... – *Ainda!* Pensou consigo mesma, estremecendo de ansiedade. – E falando nele, vou lá no camarim para checar se o nosso chef já está pronto. Entraremos no ar daqui a trinta minutos – e saiu, tropeçando no carpete de nervoso por achar que havia falado demais. Não queria que ninguém do estúdio soubesse de algo que a fizesse parecer leviana. Sempre fora profissional e nunca havia misturado prazer com trabalho. Mas como poderia imaginar que se depararia com aquele deus grego no estúdio? Afinal, ela também era humana, ora bolas.

Dando ordens e checando coisas pelo caminho, Alexia foi até a sua sala a passos agitados para largar seus papéis em cima da sua mesa e pegar o roteiro do programa daquele dia. Em seguida, deu uma rápida passada no cenário e seguiu para o camarim do namorado para enchê-lo de beijos antes do show começar. Sentiu o sangue ferver, no entanto, quando abriu a porta e se deparou com Rafael sendo maquiado por Duda, que sorria alegremente e se posicionava de modo que pudesse expor o seu decote para ele o máximo possível. Rafael também não ajudou, pois ao ouvir o barulho da porta, quicou na cadeira e olhou para Alexia com uma cara assustada.

– Quinze minutos – avisou ela entre os dentes. – Já não era para você estar pronto?

– Já estou acabando aqui – avisou Duda, fechando o semblante.

Ela deu uns últimos retoques com o pincel de pó no rosto pálido de Rafael e guardou tudo na sua maleta para sair. Mas antes disso, avisou a Rafael que daqui a pouco traria sua sobrinha para conhecê-lo, pois a menina estava no estúdio agonizando por um autógrafo dele. Assim que ela passou pela porta, Alexia a trancou, cruzou os braços e olhou explicitamente para Rafael.

– Se os cientistas tivessem estudado a evolução por você, descobririam que o homem veio do coelho, e não do macaco.

Rafael soltou um suspiro pesado.

– Fico me perguntando se um dia isso vai acabar – disse ele se levantando. – Toda vez que você entra no camarim e tem uma mulher me maquiando você fica com essa cara e diz um monte de asneiras.

– Por que será, né? – ela largou o seu roteiro sobre a bancada. – Cadê o maquiador que eu designei para você?

– Sei lá! – Rafael jogou uma mão para o alto. – Deve estar se recuperando de algum baile gay que ele deve ter ido ontem à noite, por isso não apareceu. Infelizmente, o estoque de maquiadores homossexuais estava baixo hoje e por esse motivo enviaram a Duda no lugar dele.

– Aposto que aquela biscate se ofereceu... – Alexia olhou novamente para a bancada e franziu o cenho ao ver uma flor com um laço amarrado. – O que é isso? – perguntou enquanto a pegava.

Feliz que ela tivesse notado, Rafael veio por trás e enlaçou-a pela cintura.

– Um lírio, não vê? Realmente é uma flor muito bonita, que serve perfeitamente para melhorar o humor de mulheres difíceis de domar como você. Comprei hoje cedo quando estava vindo para cá.

Instantaneamente derretida, Alexia abriu um sorriso e virou-se para ele.

– Uma flor? – murmurou ela, encantada.

– O quê? – ele ergueu uma sobrancelha, zombando dela. – Você também queria uma?

Divertida, Alexia bateu com o caule de leve no braço dele.

– Estou brincando, bobinha. Hoje faz um mês que começamos a namorar.

Espantada, Alexia piscou.

– Você marcou a data? – disse ela, encantada. – Nunca imaginei que isso fosse acontecer. Hoje faz exatamente trinta dias?

Rafael olhou o relógio.

– E sete horas – ele completou.

Alexia ficou olhando para ele em choque.

– Tô de sacanagem – ele riu, estragando tudo. – Estou contando pelo número de sábados que não transei com ninguém.

Achando graça, Alexia girou os olhos para ele e sorriu.

– Não importa. O que importa é que você se lembrou. Isso realmente melhorou o meu humor. Embora eu ainda ache que você não devia ficar dando trela para aquela oferecida porque...

– Cale a boca... – Rafael segurou sua nuca com firmeza, mudou a cabeça de ângulo e plantou-lhe um beijo na boca. Foi como ser engolida por uma onda, Alexia comparou, surpreendida pela força com que as necessidades que ela tinha por ele afloravam à superfície com rapidez. Ela precisava tocá-lo antes de entrarem no estúdio. Precisava saciar a sede que sentia daqueles lábios, cujo sabor permanecia com ela por dias inteiros. Por isso, espalmou as mãos no seu ombro e permitiu que o gosto dele se espalhasse dentro de si. E quando Rafael afastou-se, ela expirou num gemido baixo, rouco e profundo.

– Acho que isso funcionou melhor do que a flor – disse ele, com um sorriso travesso. – Vou anotar isso no meu caderninho.

Alexia riu, mas balançou a cabeça para os lados. Rafael sentou-se na sua poltrona e esticou a mão para recebê-la no colo.

– Sabe... – ela se sentou, cheirando o lírio que ganhara – estive aqui pensando em como recompensá-lo por aquele jantar deplorável e por todos os sábados do seu celibato. Que tal jantarmos juntos na minha casa mais tarde? Prometo que dessa vez *eu mesma* farei a comida.

– Nada disso – Rafael recusou. – Não estou disposto a ser interrompido por mais ninguém. Nem por aquela velha, nem pelo seu pai. Portanto, o jantar dessa vez será por minha conta. E na minha casa. E vou tomar todo cuidado com a comida para a senhorita não passar mal.

– Eu vou pelo menos poder beber um pouquinho? – ela fez uma cara de pidona.

Rafael fez um ar pensativo antes de perguntar:

– Depende. Gosta de caipirinha?

– Gosto – respondeu ela, com divina inocência.

– Então, *pruveita* que eu sou do interiorrrrr... – Rafael forçou o sotaque e soltou uma gargalhada gostosa.

– Palhaço... – divertida com aquilo, Alexia baixou a cabeça em sua direção, para que seus lábios escorregassem ao encontro dos dele e se unissem de forma adorável de novo. Entretanto, segundos depois, alguém tentou girar a maçaneta e eles ouviram a voz do assistente de Alexia os chamar. Saboreando sua escapada, ela deu um aperto na mão de Rafael e sorriu.

– Rodrigo nos encontrou.

– Disse a ele que estamos namorando?

– Está brincando? – Alexia levantou-se do seu colo. – E estragar o grande babado do estúdio? Não podemos arruinar o entretenimento dos funcionários...

Meio emburrado, Rafael também se levantou.

– Pois eu já estou de saco cheio de ficar me escondendo com você. Afinal, não devemos nada a ninguém. E não quero mais ver nenhum dos nossos câmeras olhando para sua bunda quando você passa. Eles precisam saber que você já tem dono.

– Dono? – Alexia franziu o cenho. – Então é assim que você me vê? Como sua propriedade? Olha... – ela balançou a cabeça – pelo visto você e meu pai têm mais coisas em comum do que eu imaginava.

Quando abriram a porta, depararam-se não só com o assistente de Alexia, mas também com Duda e a sua sobrinha. Quando Alexia já ia sair, Rafael surpreendeu-a puxando sua mão e agarrando-lhe possessivamente pela cintura.

Desalentada com a cena de ver seu ídolo agarrado à outra mulher, a menina, que não devia ter mais que dezoito anos, veio para perto de Rafael e lhe pediu um autógrafo enquanto tremia da cabeça aos pés. Ele mal conseguiu reprimir o riso quando pegou a caneta para assinar no seu bloco, mas manteve um dos braços envolvendo o corpo de Alexia o tempo todo. Ela, vermelha como um pimentão, agarrava o roteiro contra o peito de modo desesperado e olhava para o corredor, torcendo para que Hélio não passasse por ali. Mas já era tarde demais, ela percebeu. Os funcionários já estavam cochichando e em questão de segundos aquela notícia seria espalhada. Para completar, ao entrar no estúdio de mãos dadas com ela, Rafael deu-lhe um público estalinho na boca e, antes de ir para o cenário, sapecou-lhe um tapa na bunda como se estivesse marcando o território.

Não havia mais nada que ela pudesse fazer. A não ser se sentir orgulhosa por ser namorada daquele ser desmiolado e encantador, que estava exatamente naquele momento bebendo chope no cenário com a boca direto na torneira da chopeira, para enfatizar aos telespectadores como seria válido ligar agora mesmo e ganhar duas taças de brinde. Tinha como não adorar aquele jeito moleque dele? O carisma de Rafael era algo intrínseco à sua pele.

No final da gravação, Alexia combinou com Rafael que o encontraria em sua casa mais tarde. Passaria na clínica para pegar os exames que tinha feito e em seguida se arrumaria para ir ao jantar. Fazia tempo que não se sentia tão feliz, tão plena e tão realizada como mulher. E o melhor ainda estava por vir: sua primeira noite inteiramente entregue nos braços do homem que amava. Entretanto, isso a amedrontava de certa forma, pois, como seu sentimento por Rafael era sempre crescente, Alexia imaginava o que a aguardaria quando tivessem sua primeira noite de amor. Será que caberia tanta felicidade em seu coração?

Apostava que sim. Tinha a plena convicção de que ela e Rafael não se encontraram por acaso. Ele aparecera em sua vida em um momento cuja apatia da sua existência lhe corroia o coração e a transformara em um cenário vibrante, repleto de cores e perfumes diferentes.

Quando chegou em casa, animada, Alexia largou as correspondências e correu para abrir seu armário e escolher uma roupa. Em seguida, tomou um longo e lento banho, dando-se o direito de espalhar todos os cremes que possuía pelo seu corpo. Queria estar divina para Rafael, por isso escolheu sua melhor lingerie, cor de uva, que ressalta divinamente sua pele cor de pérola. Colocou um vestido tubinho preto com decote quadrado, seus melhores brincos de diamante, e se presenteou com uma maquiagem digna de capa da *Vogue*. Para completar, adornou os pés com salto altos vermelho-sangue.

Sentindo-se irresistivelmente fatal, voltou para sala para pegar as coisas de sua bolsa que precisavam ser transferidas para a carteira pequena, e assim observou o exame que levaria ao seu médico no dia seguinte pousado ao lado da bolsa. Por pura curiosidade, como tinha tempo, o rasgou para dar uma olhada e conferir se estava mesmo com anemia como pensava, enquanto isso foi andando para cozinha pegar sua chave. Mas assim que o leu, Alexia freou e ficou olhando para o documento por mais algum tempo, como se não pudesse acreditar no diagnóstico que estava vendo diante dos olhos. Um arrepio de sofrimento tomou conta do seu corpo depois da terceira vez que releu. Foi então que, perdendo as forças, Alexia ajoelhou-se no piso gelado de azulejo e foi tomada por um choro descontrolado.

Capítulo 19

– Você o quê? – Rafael não podia acreditar. – Não acredito que você fez isso pelas minhas costas...

Adam, que estava sentado de frente para ele no sofá com um ar furibundo, baixou os olhos para o chão.

– Eu não ia te contar. Só queria deixar Olívia avisada, caso você fizesse alguma besteira.

– Mentira! – gritou Rafael e derrubou um vaso da mesa de centro ao se levantar, pois esbarrou o joelho. – Você queria era saber como ela estava. Queria se aproximar. Não me use como desculpa, Adam. Você sabia que eu não tinha intenção de me aproximar daquela infeliz.

– Tudo bem – Adam também se levantou, era difícil rebater aquele argumento. – Não foi só por sua causa. Mas eu também sou filho dela, cacete. É normal que eu tenha alguma curiosidade sobre ela também. De todo modo, acho que foi importante para mim conversar com Olívia. Eu precisava disso, Rafael, precisava perdoá-la pessoalmente.

Rafael parou e olhou para o irmão, como se tivesse sido apunhalado pelas costas.

– Você... você... – atordoado, Rafael levou as mãos à cabeça. – Não acredito no que eu acabei de ouvir – ele foi em direção ao bar da sala e se serviu um pouco de vodka pura. Em seguida, derramou goela abaixo de uma só vez.

Adam se manteve firme olhando para ele. Sabia como aquilo era difícil para o irmão. Embora não reconhecesse isso, Rafael sentia-se culpado pela abrupta partida de Olívia e converteu isso em ódio por ela. No entanto, Adam também sabia como seria nocivo para ele passar o resto da vida nutrindo tanto ódio. Precisava ver aquilo resolvido.

– Sei que você não pode entender isso agora – Adam falou –, mas acredite, Rafael, me fez um bem danado. Se você fizesse o mesmo iria descobrir...

– Nunca! – Rafael murmurou olhando para o copo – *Nunca* poderei perdoar aquela vadia. E se você amasse o papai, também não poderia.

– Rafael... – Adam tentou falar.

– Eu a vi com aquele homem – Rafael pôs o copo de lado e se virou para encarar o irmão, com os olhos angustiados. – Peguei aqueles dois safados transando na cama do *nosso pai!* – Ao soltar as palavras, Rafael pode ver o choque que vibrou nos olhos de Adam. E revelar aquilo finalmente, pareceu trazer à tona novamente aquela dor. Se fechasse os olhos, Rafael podia lembra-se perfeitamente da tarde em que chegou em casa mais cedo da escola e pôde ouvir os gemidos de Olívia. Os grunhidos do sexo ilícito. Ficava enjoado só de se lembrar de quando parou na porta do quarto do pai e viu aquele homem nojento se enfiando na mãe.

Ainda perplexo com o que ouvira, Adam estendeu uma mão e deu um passo para frente.

– Vá embora – Rafael o impediu de se aproximar, enchendo o copo de novo. – Preciso ficar um pouco sozinho me arrependendo de ter contado tudo a você.

Resignado, Adam respirou fundo. Em seu íntimo, sentia-se um pouco traído por Rafael nunca ter compartilhado aquilo com ele. Nunca houve segredo entre eles. No entanto, não adiantaria nada pressioná-lo num momento de raiva. Por isso, enfiou as mãos no bolso, como era de seu costume quando não sabia o que fazer, e seguiu em direção à porta para sair.

– Tudo bem – Adam sabia que aquele não seria o melhor momento para levar aquele assunto adiante. – Estarei em casa caso precise falar comigo – e para amenizar o clima, acrescentou: – Amanda gostaria que você viesse jantar conosco amanhã, pois ela fará uma ultrassonografia e quer que todo mundo assista o vídeo na televisão... – ele deu o menor dos sorrisos. – Coisas de mulher. Na única vez em que eu fui com ela, só vi uma imagem nublada e cinzenta. Parece a imagem de uma tevê antiga e quebrada – ele se calou quando viu que Rafael estava perdido nos próprios pensamentos. – Ela também disse que você também pode trazer Alexia.

Ainda imerso nas cenas que gostaria de apagar de sua mente para sempre, Rafael ergueu o rosto para o irmão, esforçando-se para esconder os olhos úmidos.

– Ela te reconheceu de primeira? – perguntou num sussurro.

Com o coração apertado, Adam balançou a cabeça que não.

– Precisei trazer algumas lembranças à tona. Ela não está feliz, Rafael. E se quer saber, mesmo depois de tudo que sofremos, e depois do que acabou de me dizer, não consigo ficar feliz por causa disso. E tenho certeza de que se você olhasse nos olhos dela, como eu olhei, também não conseguiria.

– Eu não teria tanta certeza se fosse você – afirmou Rafael, com os olhos apertados para o copo.

Quando Adam saiu, Rafael soltou o ar dos pulmões e fechou os olhos de novo. Não acreditava que tinha finalmente colocado aquilo para fora. E como era de se esperar, não vira acusações nos olhos de Adam. Rafael sempre imaginou o que o irmão faria se descobrisse que ele já sabia do adultério antes de a mãe partir. *Mas na verdade, o que poderia mudar?* – meditou ele pela primeira vez. Se Rafael tivesse contado na época, talvez Olívia só tivesse ido embora mais cedo.

Sentindo o coração um pouco mais leve, ele caminhou soturnamente para a varanda e se sentou na confortável cadeira de madeira que haviam acabado de entregar. Ele comprara pela internet. E constatou, conforme o vendedor lhe garantiu solenemente ao tirar as suas dúvidas pelo telefone, que era uma reprodução de como se sentar no paraíso. *O safado tinha razão*, pensava Rafael, sentindo cada parte do seu corpo se encaixar de forma maravilhosa naquele assento dos deuses. Ele ficou ali calmamente observando a casa da mãe, como um imperador que observava o seu súdito, decidindo se seu polegar subia ou descia. Tinha tempo suficiente para pensar sobre aquilo.

O dia estava no fim, e ele já havia preparado tudo para o jantar dele e de Alexia. O céu transitava de um azul intenso para o tom alaranjado, entranhando preguiçosos raios de sol por cima das copas das árvores. Havia também uma leve brisa que atravessava a varanda para o interior do apartamento. Rafael inclinou a cabeça para trás e olhou para o céu. Foi relaxando aos poucos. Internamente, sabia que não poderia culpar Adam pelo que tinha feito também. Como também não poderia culpá-lo por carregar tanta bondade dentro daquele corpo grande e zangado. Adam jamais infligiria dor intencionalmente a outra pessoa. Muito menos encorajado pela vingança. Aquilo não combinava com ele. E, na verdade, Rafael sentia-se envergonhado por não ter tido a coragem necessária para estar cara a cara com Olívia também. Precisava confrontá-la. Afinal, por que razão ele alugara aquele maldito apartamento em frente ao dela? Para dar uma de voyeur? Que diferença isso faria na sua vida? Será que o que Adam fizera, enfrentando-a logo de cara, não seria realmente mais produtivo?

Não que desejasse perdoá-la, Rafael afirmou a si mesmo, mas acreditava que lhe faria muito bem dizer-lhe algumas verdades, que estavam entaladas em sua garganta nos últimos anos, o sufocando com uma ira venenosa. Precisava despejar esse veneno em alguém. Aliviar a sua alma. E se com isso pudesse somar alguns pontos à culpa que Olívia sentia, já ficaria satisfeito. Se é que havia alguma culpa na alma torpe daquela infeliz.

Meditava nisso quando começou a ouvir uma grande gritaria no prédio da frente. Com uma agitação inconsciente, colocou o copo de lado e focou os olhos no apartamento da mãe. O som vinha realmente de lá. Pela fresta da cortina entreaberta do apartamento, Rafael podia ver parte da sala onde Olívia e Júlio discutiam aos berros. Apertando os olhos, Rafael apertou as mãos em torno da sacada quando viu que o homem avançava para sua mãe, com um ar violento. E prendeu a respiração, chocado, quando o viu dar-lhe uma tapa na cara com tanta força que jogou Olívia no chão.

Para a sua surpresa, Rafael sentiu a dor como se ele mesmo tivesse apanhado. Seu sangue se agitou instantaneamente. Ainda que não gostasse da mãe, e que ela tivesse uma grande e impagável dívida para com ele, não podia ficar inerte vendo uma mulher apanhar. Ainda pensava no que fazer quando viu que Júlio abriu a porta da sala e deixou o apartamento. Rafael não pensou duas vezes.

O carro de Júlio disparava pelo portão quando Rafael ia saindo pela portaria do prédio. Aproveitando que a porta da garagem ainda estava aberta, Rafael correu e entrou no prédio da mãe. Não foi difícil deduzir qual era o apartamento dela, visto que o prédio só tinha dois andares e com quatro apartamentos por andar. E Olívia, cujo rosto ainda latejava tremendamente, não pôde acreditar quando abriu a porta e deu de cara com Rafael com um saco de gelo na mão.

– Acho que está precisando disso – ele entregou o saco para ela e entrou sem ser convidado.

– Rafael? – apesar da dor, Olívia fechou a porta e sentiu uma pontada de alegria pela sua gentileza. Mas também lembrou-se imediatamente do rosto dele quando conversaram no restaurante. *Como não o reconheci imediatamente?*, pensou com remorso. Ao olhar o saco de gelo, ela sentiu o rosto queimar de vergonha por saber que Rafael havia assistido aquela cena escabrosa de violência doméstica. Algo muito comum em seu cotidiano. – Adam me avisou que você viria um dia, mas não imaginava que fosse ser tão rápido.

– Quem bom que me reconheceu dessa vez. Pensei que iria me pedir um comprovante de identidade e que olhasse para a câmera antes de entrar no seu apartamento.

Sua pontada de alegria desapareceu. Olívia baixou os olhos e levou o saco de gelo à bochecha.

– Então, foi por isso que você nos trocou? – continuou ele com azedume. – Se eu soubesse disso, tinha mandando meu pai te dar uma surra esporadicamente também.

Aquela não era uma visita de paz, Olívia percebeu, muito menos de piedade. E ela não sabia como poderia enfrentá-lo naquele momento. Na verdade, estava cansada e humilhada demais para tentar fazer isso. Sentia-se seca e vazia com a vida que estava levando, constantemente acompanhada por uma depressão que não se lembrava de quando começou e pelo visto não tinha prazo para acabar. E tudo que não precisava nesse momento era somar às suas dores seus desacertos do passado. Entretanto, seu silêncio fez o ódio no peito de Rafael ir aumentando como o vapor numa sauna.

– Obrigada por ter vindo – ela rompeu o silêncio e olhou para ele. – Não precisava fazer isso. Já estou acostumada com as bordoadas que a vida me dá.

– Pois bem-vinda ao clube – com as mãos no bolso, Rafael caminhava pelo apartamento observando o interior da casa da mãe, que não era nem de longe aconchegante como a casa que compartilhavam quando ele era pequeno. Apesar de ser sofisticadamente decorada, com teto rebaixado, móveis de primeira linha e objetos de obra de arte que pareciam valer uma fortuna, era fria. Impessoal. Parecia uma recepção de um hotel de luxo. Não havia nada que lhe remetesse a um gosto pessoal, muito menos fotos de família. Parecia uma casa decorada para os outros, e não para os moradores.

– Rafael – ela colocou o saco de gelo de lado –, escute, sei que você nutre muita raiva de mim. Seu irmão me explicou como se sente. Mas se você veio até aqui me ajudar, é porque parte de você ainda se importa comigo. E fico muito feliz por isso. Sei que será difícil sermos amigos, mas se pelo menos eu pudesse...

– Impossível – Rafael a corrigiu –, impossível sermos amigos. Jamais a perdoarei por ter descartado meu pai como um pano sujo. Ele é o melhor homem que já conheci. Além do que, não posso ser amigo de alguém que desprezo profundamente. O que vim fazer aqui, eu faria até por um mendigo. – Outra pancada no coração. Olívia respirou fundo.

– Tudo bem, então... – ela abriu a porta de novo. Já estava farta de ser atacada por hoje. – Obrigada por ter me dirigido uma migalha de seu amor pela humanidade. Mas agora já pode ir. E se for para me atacar desse jeito, Rafael, peço que não retorne aqui novamente. Minha vida já é bastante angustiante com meus problemas atuais. No entanto, se desejar conversar comigo para ouvir minha versão dos fatos, será bem-vindo a qualquer momento.

Balançando a cabeça em repugnância, Rafael ficou olhando para ela e se fez um longo silêncio entre eles. Em seguida, ele caminhou até a porta e parou de frente para ela. Não imaginava que a raiva que sentia por aquela mulher ainda podia crescer mais em seu peito.

– Está me expulsando de novo, não é? É isso que você sempre faz quando alguém te incomoda, independente de quem seja. Fique sabendo que jamais voltarei aqui. Só precisava garantir que você soubesse o quanto eu tenho nojo de você pelo que fez, e olhar bem em seus olhos para dizer que você merece tudo que está vivendo neste momento. Quando a todos nós, estamos todos muito bem, obrigado. Se por acaso cruzar comigo aqui no bairro, finja que não em conhece ou mude de calçada, para que eu acidentalmente não te empurre para frente de nenhum carro. – Dito isso, Rafael passou porta afora e puxou-a para que batesse atrás de si. Sabia que jamais cumpriria aquela ameaça infantil. Contudo, desejava feri-la. Precisava feri-la, como ela sempre fazia com ele.

Aborrecido, olhou para o relógio enquanto atravessava a rua e concluiu que Alexia já estava atrasada. Ficou sentado na varanda até que escureceu por completo. Ligou para ela dezenas de vezes, mas Alexia não atendeu. Rafael deduziu que ela deveria estar a caminho e, por isso, não podia atender. Agoniado, foi novamente para a cozinha conferir a comida e tomou outro copo de vodka. Pensava em tudo que havia dito para a mãe. Mas prometeu a si mesmo que iria se esforçar para expulsá-la da sua mente naquela noite. Sua primeira noite com Alexia. Não podia permitir que seus sofrimentos passados sufocassem sua felicidade presente. Assim decidido, caminhou novamente para varanda e analisou a pequena horta que improvisara em duas grandes jardineiras de cimento. Irritado por querer esquecer logo aquele incidente infeliz, Rafael abaixou-se para ver de perto um pequeno tufo de salsinha que crescia. Ou pelo menos, mas que droga, ele acha que era salsinha. Por onde, diabos, andava Alexia que não chegava nunca?

Quando deram nove horas da noite sua paciência esgotou. Algo devia estar acontecendo de errado. Marcaram seis horas da tarde e até agora Alexia não chegara e nem dera nenhuma notícia. E ele não aguentava mais ficar sozinho naquele apartamento. Aborrecido, pegou a chave da moto, deixou recado na portaria e dirigiu-se para a casa dela. Correu um pouco mais do que o necessário e avançou alguns sinais pelo caminho.

No trajeto, começou a ficar preocupado que Alexia tivesse passado mal outra vez. E acreditou que suas suspeitas eram verdadeiras quando tocou sua campainha e ela atendeu com uma cara arrasada. Ele esqueceu-se completamente dos próprios problemas.

– Alexia, o que houve? – entrou e tocou no seu rosto. – Estou te ligando há horas e você não atende...

– Não estou me sentindo muito bem – ela olhou para baixo, para tentar disfarçar o abatimento.

– Isso dá para perceber. Está passando mal daquele jeito de novo? – Segurando o choro, Alexia balançou a cabeça que sim. Não estava preparada para soltar aquela bomba em cima de Rafael. – Estou começando a achar que você pode ter arrumado uma gastrite – ele continuou –, quiçá uma úlcera. Eu te avisei que você andava trabalhando demais. E também não se alimenta direito...

– Pode ser – Alexia ainda não havia fechado a porta da sala. – Desculpe por não ter te ligado, nem atendido o telefone, mas eu só queria ficar na cama quietinha. Na verdade, ainda quero.

– Tudo bem – Rafael já ia tirando os sapatos. – Vou ficar aqui com você e te preparar aquela xícara de chá. Talvez mais tarde possamos ver um filme juntos e aí...

– Não – Alexia o interrompeu. – Dessa vez eu preferia ficar sozinha, se você não se importar. Acho que não serei uma boa companhia hoje à noite. Além do que, prefiro dormir.

Rafael parou e franziu os olhos mirando-a, como se estivesse desconfiado de alguma coisa.

– Tem certeza de que é só isso que te incomoda? Você está tão estranha...

Sentindo um frio na espinha, Alexia forçou um sorriso sem vida e passou as mãos pelos cabelos bagunçados.

– Tenho, sim. É que se você ficar aqui, vou me sentir obrigada a te dar atenção. Já basta aquela noite horrorosa que passei com você. Não queria estragar sua noite uma segunda vez.

– Você nunca estraga nada – Rafael chegou perto dela e a abraçou, colando seus lábios rapidamente de forma delicada nos dela. – Já disse que gosto de cuidar de você, mas se prefere ficar sozinha, não vou insistir. *Desde que...* – ele frisou bem – me avise se sentir qualquer coisa diferente e precisar que eu a leve ao médico.

– Tudo bem – Alexia engoliu em seco de novo. Estava sendo muito difícil conter o choro perto dele, ainda mais ele sendo tão paciente e gentil. Ela não merecia aquilo. Não merecia nada. – Prometo que ligo se precisar de você.

Rafael permaneceu olhando para ela por alguns segundos. Queria poder fazer mais alguma coisa por ela. Daria tudo para ficar ali cuidando dela e expulsar aquele ar de tristeza do seu rosto. No entanto, sabia que, em situações como aquela, a pessoa poderia preferir a privacidade a ficar vomitando na frente do namorado. Não que ele se importasse com isso.

– Bem, vou indo então – ligeiramente contrariado, Rafael calçou os sapatos de novo. Era melhor ele ir logo para casa e dormir. Aquele não era mesmo o seu dia –, mas vou ficar atento ao telefone enquanto devoro toda aquela comida sozinho – ele riu. – Não sabe o que está perdendo, gatinha. Preparei um ravióli com molho de camarão que a levaria aos céus... mas o mundo não irá acabar hoje, não é? Se precisar de qualquer coisa – ele segurou firmemente o seu rosto e disse de novo –, *qualquer coisa*, pode me ligar imediatamente. Você não está mais sozinha e quero que saiba disso. Estarei com você para o que der e vier.

Despediram-se com um beijo amoroso, e Alexia se jogou de costas na porta ao fechar. Enquanto escorregava até o chão, soluçando em silêncio, pensava em como gostaria que aquela última frase dele fosse mesmo verdade. Mas sabia, pelo pouco que já conhecia de Rafael, que aquilo seria simplesmente impossível.

Capítulo 20

Segunda-feira não costumava ser um dia em que Rafael acordasse sentindo os raios de sol se infiltrando pela janela durante a manhã, uma vez que ele se levantava praticamente de madrugada durante toda a semana para gravar. Por isso, ao senti-los no rosto, Rafael virou-se na cama para alcançar o relógio na cabeceira, esfregou os olhos e, ao ver as horas, pulou para o chão. Não acreditava que já eram sete horas da manhã e Alexia ainda não havia ligado para ele, como fazia todos os dias. Aliás, justamente por conta desse religioso costume, Rafael já não colocava o seu relógio para despertar. Amaldiçoou-se por causa disso.

A gravação seria daqui a uma hora, e ele já perdera o horário de sua reunião matinal, na qual falavam sobre os produtos do programa do dia. Desesperado e confuso, Rafael correu para o banheiro para jogar uma água no corpo. Graças a Deus, tinha uma moto, o que facilitaria suas manobras durante o percurso, pois, àquela hora, já devia ter se formado um caos absurdo no trânsito do bairro.

Quarenta minutos depois, Rafael entrava pela portaria na emissora, correndo e ofegante em direção ao seu camarim. Ligara diversas vezes para Alexia durante o caminho, mas ela não atendeu, o que o deixou ainda mais preocupado. No entanto, o que poderia fazer? O programa *Shop and Cook* era ao vivo e, caso ela ainda estivesse em casa passando mal, ele só poderia acudi-la apos o término da gravação. Tentou convencer-se de que, se o caso fosse grave, ela teria ligado para ele. Talvez ainda estivesse dormindo após uma noite conturbada e cheia de vômitos. Ficou penalizado ao pensar sobre aquilo. O que será que ela tinha, afinal? Intrigado, Rafael resolveu que levaria Alexia ao médico naquele dia, nem que fosse na marra, para que ele lhe desse logo um diagnóstico decente. E se fosse mesmo gastrite, como ele pensava, forçaria Alexia a tirar umas férias, nem que para isso precisasse amarrá-la na cama. De preferência pelada, riu ele sozinho, ligeiramente animado ao pensamento. Mas seu ânimo subitamente se esvaiu quando, um pouco antes de alcançar o seu camarim, avistou Hélio gritando feito um louco perambulando pelo corredor.

– Ahhh... aí está o nosso futuro falecido astro... – ele gesticulou, apontando para Rafael com a mão do cigarro. – Vou matá-lo, Rafael Cavalheiro.

– Hélio, me desculpe. É que Alexia não me ligou e...

– Não quero saber de desculpas – Hélio olhou para os funcionários à sua volta. – Venha para minha sala antes que eu acabe com você – ele apagou o cigarro no chão e caminhou a passos pesados para o seu escritório.

Cabisbaixo como um aluno do ensino médio que era carregado pelo diretor, Rafael o seguiu, espreitando em volta para ver se não avistava Alexia ali por perto no estúdio para salvá-lo.

Assim que Rafael passou pela porta do escritório, Hélio a bateu e posicionou-se atrás da mesa, com as mãos espalmadas no tampo.

– O que acha que está fazendo, moleque? Acha que isso aqui é o antigo bar do seu pai? Onde você podia chegar o horário que quisesse?

Levemente indignado, pois era a primeira vez que tinha chegado atrasado, Rafael engoliu em seco e tentou argumentar.

– Hélio, essa foi a primeira vez que isso aconteceu. E só porque Alexia não me ligou, então eu acabei dormindo demais e...

– Ah, que beleza! – exasperou-se o diretor. – Então ainda tem a cara de pau de colocar a culpa na pobre coitada da Alexia? Por acaso acha que ela é sua babá? Sua escrava?

Rafael engoliu com dificuldade.

– Não estou colocando a culpa em ninguém, só estou dizendo que... – Rafael parou de falar ao perceber que estava sem a razão. – Tudo bem, a culpa foi minha. Não devia ter ficado mal-acostumado com isso. A partir de hoje, vou colocar o celular para despertar. Mas agora estou aqui, não é? Por que não me passa logo os itens do programa de hoje? Não preciso me maquiar, já sou bonito o suficiente. Onde está Alexia? – ele ainda tinha esperança de que ela estivesse por ali.

– Alexia não veio hoje. Parece que está doente. Pensei que o pupilo dela soubesse disso.

– Pupilo não, namorado – corrigiu Rafael com orgulho. – E eu já sabia que ela estava doente, só não sabia que era tão sério ao ponto dela faltar o trabalho. Alexia nunca faltou. De qualquer modo, vou levá-la ao médico assim que acabarmos aqui.

– Só espero que isso não se repita, garoto. Isso aqui é um programa *ao vivo,* por isso, quero você aqui todo dia às seis da manhã. Tem um milhão de chefs bonitinhos que adorariam tomar o seu lugar.

Com um ar submisso, pelo menos por fora, Rafael acenou com a cabeça enquanto digeria a apunhalada. Não queria ser reconhecido somente pela sua beleza, mas, sim, pelos seus dotes culinários. Aliás, foi exatamente por essa mesma razão que Rafael deu o melhor de si no programa daquele dia. Sabia que precisava daquele emprego para juntar dinheiro e realizar o seu verdadeiro sonho: abrir um sofisticado restaurante em um bairro nobre do Rio. E não seria um restaurante qualquer, o cardápio conteria as mais exóticas e saborosas receitas da culinária mineira. Já podia até ver em sua mente as vans de turistas paradas na porta do seu estabelecimento, enquanto os clientes se derretiam em elogios para o chef. Por isso, não podia estragar tudo agora, que estava em vias de prosperar.

Para a sua satisfação, a jornada de trabalho passou rápido naquela manhã. E assim que acabou, Rafael montou em sua moto e voou para o apartamento de Alexia no Leblon. Ainda não havia comido nada. Só tomara uma azeda xícara de café que uma prestativa funcionária do estúdio, uma mulher pálida e franzina, cuja tagarelice destoava de sua aparência abatida, trouxera para ele. Mas nada que fosse comparado à perfeita xícara de capuccino com dois sachês de adoçante que Alexia sempre lhe servia pelas manhãs, acompanhada de seus biscoitos favoritos.

A famosa senhorinha de quem Alexia tanto falara saía do prédio no exato momento em que ele chegou. Rafael a cumprimentou com urgência e simpatia, e disparou para dentro do edifício. Subiu os degraus correndo de dois em dois. Afobado como sempre, arriscou segurar na maçaneta e concluiu, satisfeito, que a porta estava aberta. Não queria acordar Alexia caso ela ainda estivesse dormindo. Mas ela não estava, já estava em pé na sala e o sorriso de saudação de Rafael se transformou em uma cara de ódio quando concluiu que ela não estava sozinha. Ao olhar para sua companhia, a ira nos olhos de Rafael se tornou penetrante como uma espada flamejante.

Caio estava em pé em frente a ela, com as suas mãos grandes e ossudas mãos segurando seus ombros. Alexia parecia esgotada. E diferente do seu acompanhante, que já estava de banho tomado, ela ainda estava de pijama. Assim como Caio, Alexia arregalou os olhos de susto quando viu Rafael. Seu rosto ficou em chamas. E enquanto os encarava, petrificado, o que Rafael viu escrito no rosto dela foi culpa.

Tão clara como o dia.

Culpa sem deixar nenhuma dúvida.

Inegável.

Ele não soube o que fazer com a raiva súbita que congelou seu coração e o fez apertar as unhas com toda a força contra as palmas das mãos. Uma parte dele desejava desesperadamente acreditar no contrário, que não havia mais nada entre a sua Alexia e aquele homem cretino. Mas Rafael tinha, porém, uma vida inteira de treinamento quando se tratava de saber quando alguém estava sendo enganado.

Só que, invariavelmente, essa pessoa não era ele.

– O que esse babaca está fazendo aqui? – perguntou ele à queima roupa. O fogo do ódio ciumento brilhando com intensidade em seus olhos.

Em pânico, Alexia não respondeu de imediato. A vergonha que estava sentindo era esmagadora. Não imaginava que Rafael fosse aparecer tão cedo naquele dia. E muito menos imaginava um dia ver aquela fúria toda em seu rosto.

– Rafael, não seja rude... – solicitou ela, quando conseguiu encontrar sua voz.

– Quem é esse cara? – perguntou Caio, parecendo despreocupadamente desorientado.

Num surto de adrenalina, Rafael deu dois passos para frente. A violência expelindo pelos poros.

– Sou o cara que vai quebrar a sua cara se você não me disser o que está fazendo aqui.

Caio deu um sorriso debochado diante daquela demonstração de ferocidade descontrolada e voltou o rosto para Alexia.

– Agora está namorando o *Superman*? De onde foi que desenterrou essa criança?

– Você vai ver quem vai chorar como uma criança... – exasperado, Rafael avançou para cima dele de novo. Mas, dessa vez, Caio recuou, assustado, e Alexia se interpôs entre eles, segurando Rafael pelos braços.

– Rafael, não seja ridículo! Não é assim que nós vamos resolver as coisas. Por favor, se acalme...

– Me acalmar? – sangrando por dentro, Rafael desvencilhou-se das mãos dela. – Quando eu saí daqui ontem, você estava passando mal, sua vaca. Ou pelo menos, foi isso que me disse... – ele apertou os olhos e mirou os dois, calado por um momento. – Foi por isso que você me mandou embora ontem, não foi? Esse canalha estava vindo para cá.

Profundamente ofendida, Alexia recuou.

– Claro que não. Caio não estava vindo para cá – ela se defendeu, embora desejasse esmurrá-lo por tal insinuação. Mas ao mesmo tempo, desolada de culpa, pois a visita não era tão inocente assim.

– Ah, não? – retrucou Rafael com acidez. – Então, ele chegou bem cedo para tomar um banhinho, não foi?

– Alexia sempre gostou de homem cheiroso – salientou Caio, sorrindo e acendendo um cigarro perto da janela, de onde considerava uma distância segura para provocar Rafael.

– Cale a boca, Caio. Não piore as coisas para mim – Alexia murmurou para ele.

– E dá para piorar? – indagou ele, soprando a fumaça e olhando para rua. Parecia estar louco para dar o fora dali. Rafael faiscou os olhos traídos para Alexia, que já estava com os olhos marejados.

– Rafael, temos muito que conversar. Mas não agora. Preciso terminar de conversar com o Caio sobre um assunto importante que ficou pendente entre nós. Por favor, compreenda... – ela suplicou.

– Pensei que seus assuntos com ele já estivessem encerrados, mas pelo visto me enganei. Enganei-me sobre muitas coisas. Inclusive sobre você. Pode continuar confabulando com esse canalha. Vocês dois se merecem... – Seu olhar ricocheteou para Caio mais uma vez, incrédulo que Alexia ainda pudesse ter algum laço com aquele homem nojento, covarde e patético. Sua vontade era surrá-lo até a morte por um dia ter tocado na sua mulher. Aliás, sua *ex-mulher*. Pois agora não valia a pena. Pela primeira vez na sua vida, a dor que Rafael sentia era tanta que ele achou que não valeria a pena. Fazer isso não conseguiria expulsar aquela dor latejante que estava sentindo dentro do peito, a ponto de fazê-lo ter vontade de vomitar.

Perturbado, Rafael caminhou para a porta e olhou novamente para Alexia antes de sair. Os olhos surpreendentemente penetrantes sob as pálpebras semicerradas, perguntando-se por que as pessoas que ele amava sempre desfechavam os piores golpes. Entretanto, de alguma forma absurda, a traição de Alexia lhe pareceu infinitamente mais dolorosa do que a da mãe. No fundo, ele desejava que aquilo fosse um pesadelo do qual ele acordaria a qualquer momento. Mas Rafael não era homem de se iludir. Ainda que sentisse aquela grande, ardente, dolorosa e interminável atração por ela, sabia que havia poucas coisas piores no mundo do que alimentar sentimentos por alguém que não merecia. Pela primeira vez em sua vida, meditou ao fechar a porta por trás de si, Rafael Cavalheiro provaria do próprio veneno.

Capítulo 21

Em todos os aspectos práticos parecia ser uma manhã de terça-feira como todas as outras. Amanda, que ainda estava de baby-doll e sentada de pernas cruzadas no chão da cozinha, separava uma enorme pilha de roupas para lavar enquanto Adam olhava penalizado para a torrada carbonizada que a esposa lhe preparara. Já estava quase gostando dela daquela maneira.

Entretidos em suas trivialidades, conversavam sobre o que fariam naquele dia. Adam, que já estava devidamente arrumado vestindo uma calça jeans desbotada e uma camisa polo preta, acompanharia Amanda em uma ultrassonografia transvaginal, algo que não o deixaria nem um pouco à vontade. Sabia que estava sendo infantil, mas só de pensar em um enfermeiro *homem* tocando em qualquer parte do corpo de sua mulher... já desejava esmurrar alguma coisa. Preferia não ter que assistir. No entanto, a esposa insistia para que ele, como pai, participasse de tudo.

Visto que não conseguiria fugir do evento, Adam avisou aos funcionários que não compareceria na oficina naquele dia. Nunca havia faltado ao trabalho. Entretanto, para a sua felicidade, ele e Amanda haviam concordado sobre algumas mudanças importantes que fariam em suas vidas antes que seu rebento nascesse, e Adam estava tão empolgado que resolveria muitas coisas sobre isso naquele dia. Ainda estava pensando nisso quando ouviu a porta da sala bater. Thor saiu de perto dele e correu desabalado para receber a visita.

– Rafael? – exclamou Adam, com uma ruga de espanto na testa.

Ao ver o irmão aparecer na porta da cozinha com uma cara de desespero agonizante, Adam ficou olhando para ele, aturdido, enquanto o cachorro fazia piruetas em volta de Rafael. Sua aparência já dizia tudo: ele vinha da noitada.

– O que está fazendo aqui? – Amanda arregalou os olhos e olhou para o relógio da cozinha. – Já são quase sete horas da manhã! Não deveria estar no estúdio?

Em síntese, cego de raiva, Rafael passara a noite enchendo a cara com os amigos da faculdade e dando amassos em algumas garotas sem sequer ter conversado com elas. Internamente, torcia para que alguém batesse uma foto das suas estripulias e a espalhasse pela internet. Queria punir Alexia, machucá-la como ela o machucou, mesmo sabendo que isso não exterminaria a dor lancinante que ele estava sentindo no peito. O resultado foi que acordara sozinho, largado sobre um nojento chão de linóleo, num apartamento esquisito perto dali.

Sentindo uma fraqueza somada a uma boa dose de náusea, ele curvou a viseira do boné para baixo e se sentou na cadeira mais próxima.

– Estou um bagaço, irmãozinho, e preciso urgentemente da sua ajuda.

Adam respirou fundo, antes de fazer a pergunta derradeira:

– Você foi demitido?

– Ainda não... – disse Rafael, num tom deprimido. – Mas serei se você não me substituir hoje. Somos gêmeos. Corta esses cabelos que ninguém irá reparar.

– O quê? – Amanda caiu na risada. – Quer que Adam substitua você no programa? Ah, essa eu quero ver... – dando pouco crédito à ideia, ela colocou a última peça de roupa no cesto.

Ao ouvir isso, Adam endureceu a expressão.

– Pois pode ir tirando o cavalinho da chuva, moleque! Você tem que aprender a ser responsável. Como pode vir aqui a esta hora da manhã e me pedir uma coisa dessas? – com um ar de desaprovação, Adam chacoalhava a cabeça. – Pensei que Alexia tivesse dado um jeito em você, mas, pelo visto, você é um idiota sem salvação.

– Não me fale daquela *cadela*! – Rafael se enfureceu. O sofrimento e o desgosto ainda o cercavam por todos os lados. E a dor pela traição era consumidora. – Ela é a culpada de eu estar assim, neste estado infeliz... – *E também era a culpada por aquela inesgotável dor pronunciada em meu peito,* meditou ele em silêncio.

O tom dele foi de tanto sofrimento que o coração de Adam amoleceu. Nunca vira o irmão padecer por causa de nenhuma mulher. Amanda, igualmente comovida e surpresa, parou de sorrir e fez uma mesura para ele, indicando que conversasse com o irmão. Adam revirou os olhos, pôs as mãos na cintura e lhe perguntou finalmente:

– O que aconteceu dessa vez?

Sentindo-se humilhado, Rafael remexeu os ombros antes de responder.

– Peguei aquela vadia com outro cara na casa dela... – informou angustiado. A cena ainda estava cravada em sua mente como uma adaga afiada.

– Não acredito! – compadecida, Amanda deu um passo para frente e tocou em seu ombro. – Alexia? Aquela mesma Alexia que viajou com você? A mesma Alexia que te olhava em estado de adoração?

– Essa mesma... – disse ele melancolicamente. – Isso que dá confiar nas mulheres – fez uma pausa e fitou os olhos de Amanda. – Por acaso você não tem uma irmã gêmea também? Seria perfeita para mim.

Lisonjeada, Amanda sorriu com carinho e afagou seus cabelos. Em seguida, sentou-se em frente ao cunhado e segurou sua mão. Seus imensos olhos cor de mel indicavam um coração partido. *Como aquela maldita podia ter feito aquilo com ele?*, indagou Amanda a si mesma, revoltada por dentro. Tudo bem que Rafael nunca fora nenhum santo, mas ele estava se emendando. Porém, antes que ela dissesse alguma coisa para confortá-lo, Adam se adiantou e levantou o irmão pela gola da blusa. – Sinto muito pelo que aconteceu, meu camarada. Mas isso não justifica faltar ao trabalho. E muito menos vir aqui em casa passar cantada na minha mulher.

– Adam! – Amanda se enfureceu. – Não vê que ele está sofrendo? E ainda por cima está de ressaca. Como vai apresentar o programa assim?

– Isso não é problema meu – disse Adam, lacônico, e já foi pegando a chave do carro, satisfeito por ter uma desculpa palpável para escapar do compromisso com a mulher. – Não vou deixar ele ferrar a própria vida só porque foi corno pela primeira vez. Aliás, é até bom ele provar do próprio veneno. Quantas vezes não fez isso com os outros? Quando acabar a gravação, sairemos para conversar. Mas agora você vai trabalhar – apontou o rosto do irmão. – E amor... – virou-se para Amanda, com uma falsa expressão de pesar: – Sinto muito não poder acompanhá-la no exame de hoje, mas não quero arriscar que Rafael falte ao trabalho, portanto eu o levarei até lá. Mais tarde nós vemos o DVD do bebê juntos.

– Claro, claro... – solicita, Amanda se aproximou e deu um beijo no rosto dos dois. No fundo, sabia que o marido tinha razão. Não podia deixar Rafael prejudicar a carreira por causa daquela maldita. – Pode deixar que vou de táxi – ela anunciou.

Exatos vinte cinco minutos depois, Adam e Rafael entraram no estúdio, causando muito burburinho e uma intensa troca de olhares dos funcionários que ainda não sabiam que Rafael tinha um irmão gêmeo. Rafael, que roía a unha do dedo mindinho, já se preparava para o massacre inevitável de Hélio por ter chegado atrasado outra vez. Mas para a sua sorte, por coinscidência, seu chefe também passara mal durante aquela madrugada e enviara um diretor amigo e já aposentado no seu lugar. Um senhor simpático, de cabelos brancos, e tão agitado quanto o outro. Tinham traços semelhantes, e Rafael especulou se o diretor substituto não seria pai ou irmão mais velho de Hélio.

O homem dava ordens sem parar, perambulando pelo estúdio. E, ao avistar Rafael, o recebeu com um abraço apertado e passou o roteiro do dia em menos de cinco minutos. Era um cara prático e objetivo. Rafael gostou dele imediatamente. O diretor parecia estar tão feliz de assumir o programa daquele dia que nada o deixaria irritado.

Quando o programa começou, Rafael ligou o piloto automático. E, apesar de parecer impossível desatar aquele nó em seu peito, cumpriu todas as suas tarefas com exímia habilidade e profissionalismo. Ninguém que o visse ali, rindo descontraidamente para a câmera, diria que passou a noite oscilando entre a fúria e o desespero total por causa de Alexia.

Adam, que ficara para assistir o programa, já que tirara aquele dia de folga, observava atentamente a performance do irmão enquanto era igualmente observado por diversas funcionárias fascinadas pelo seu jeito másculo e viril de se sentar. Parecia uma propaganda de revista com um modelo absorto em pensamentos. Imóvel como uma escultura. Estava largado na cadeira de Rafael, com o tornozelo direito apoiado no joelho esquerdo e com os braços cruzados, fazendo suas costas parecerem ainda maiores. Os cabelos lisos e razoavelmente longos estavam jogados charmosamente para trás.

Um grupinho de mulheres do staff o analisava de perfil, encantadas pela bem definida estrutura óssea do seu rosto, que, diferentemente de Rafael, como sempre mantinha uma expressão ameaçadora. *Ele é uma perfeição*, suspiravam entre si.

Subitamente, uma delas se aproximou e ofereceu-lhe uma bandeja de sucos diversos, exagerando um pouco no charme. Erguendo os olhos para ela com desinteresse, Adam deu um diminuto sorriso e recusou com a cabeça. Não estava acostumado com bajulação.

Uma parte de Rafael estava satisfeita por Alexia não estar presente no estúdio. O assistente dela, um menino que tinha sempre uma expressão de surpresa, como se alguém estivesse falando com ele e ele não soubesse exatamente de onde vinha aquela voz, estava à frente da produção naquele dia. *Mas por que diabos Alexia havia faltado outra vez?*, perguntou-se Rafael, crucificando-se por ainda se preocupar. *Será que ela estava realmente doente?*

A bem da verdade, estar com Alexia sempre fora o ponto alto do seu dia, mas ele sabia que de agora em diante estar com ela seria algo difícil de digerir. Por essa razão, estava mais do que disposto a colocar Hélio na parede e pedir outra produtora. Estava decidido. Seria ele ou ela.

Quando saíram do estúdio, o resto do dia foi opressivo para Rafael. A cada segundo que passava, a consciência do que sentia, e que tentara evitar ao longo da noite, o atingia com força total. E em algum ponto daquela tarde, ele passou de raivoso a desiludido, de desiludido a nostálgico e de nostálgico a extremamente infeliz. Por algum motivo estranho, estava sentindo saudades do pai. Desolado, permaneceu mudo a maior parte do caminho enquanto Adam, que ainda estava disposto a conversar seriamente com o irmão, havia passado e vários lugares a fim de resolver suas coisas.

Por dentro, Rafael ainda estava furioso com Alexia. Em vários momentos, ele havia avisado a si mesmo que não devia se envolver tanto com uma única mulher. Contudo, como um surdo idiota, não ouvira o próprio conselho. Tarde demais para lacrar o coração, percebia ele agora, sentindo-se derrotado. Do contrário, Rafael havia respeitado Alexia como nunca havia feito com outra mulher. Tratara-a como uma princesa. Do contrário, Alexia o tornara cego para todas as outras mulheres. Ela era uma espécie de *bruxa!*

E veja só o que lhe dera em troca de tanta atenção: um belo par de chifres! Rafael ressentia-se de ser sempre trocado pelas mulheres que amava. Ainda assim, estava fora do seu controle ser abatido por aquela tristeza. Aquela pontada aguda no coração quando pensava em Alexia se afogando em beijos com um canalha de mãos ossudas. Não sabia como se livrar daquelas emoções irreconhecíveis que o massacravam. Sentia-se arrasado. Um jarro vazio.

Por fim, após muitas voltas pela cidade, Adam estacionou em um quiosque conhecido como mirante do Leblon, que tinha uma espetacular vista da orla da praia da zona sul. Estava entardecendo, e o céu os presenteava com um tom rosa-alaranjado enquanto gaivotas e asas-deltas passeavam preguiçosamente por cima deles. Havia um vento fresco vindo das ondas, frio e salgado. E, por ser meio de semana, o quiosque não estava muito lotado. Cada um deles pediu uma água de coco e sentaram-se num murinho de pedra de frente para o mar. Ao longe, algumas luzes da suntuosa cidade já estavam acesas. Rafael ficou se perguntando como estariam as luzes da casa de Alexia.

– E aí, agora vai me contar realmente o que aconteceu? – indagou Adam, contemplando um fio púrpura que rasgava uma nuvem e salpicava lindamente a superfície do mar.

– Não há nada o que dizer – sussurrou Rafael, em tom monocórdio. – Alexia estava com outro na casa dela. Ponto final.

– Fazendo o quê?

– O que você acha? – o sorriso de Rafael foi sarcástico.

– Você viu os dois juntos na cama? – insistiu o irmão.

– Não, mas...

– Eu sabia... – Adam bufou e bateu na própria pena. Em seguida, voltou os olhos para o irmão com um sorriso decepcionado no rosto. – Então, o que os dois estavam fazendo exatamente, Rafael?

– Bem... – Rafael coçou o nariz e olhou para o mar. – Eu entrei de surpresa, e os dois estavam na sala. Mas ela estava de camisola e ele de banho tomado... – parou e pensou. – E ele estava com as mãos no braço dela – completou acusador.

– Você conhecia o cara?

– É ex-namorado de Alexia.

– Sei... – Adam considerou a informação e olhou pensativamente para longe. – E o que aconteceu depois que você os viu. O que ela disse?

– Disse que aquilo não tinha nada demais, que só estavam resolvendo algo que ficou pendente entre eles... sei. – Injuriado, Rafael balançou a cabeça enquanto fitava o coco nas mãos. – Pelo visto, ela acha que eu sou algum tipo de otário. É claro que fui embora imediatamente de lá, antes que eu fizesse alguma besteira.

Novamente, para ponderar, Adam ficou perdido em pensamentos por um curto espaço de tempo.

– E o que você vai fazer agora?

Com estranheza, Rafael meditou na pergunta.

– Também acha que devo dar uma surra no cara? – a voz dele insurgiu animada.

Com o canudo na boca, Adam deu uma risada abafada e engasgou com a água de coco.

– Claro que não, seu idiota. Assim você vai perdê-la de vez.

– Como assim? Perdê-la de vez? – Intrigado, Rafael virou o corpo para o irmão. – Por acaso acha que ainda quero alguma coisa com aquela ordinária?

– É claro que quer. – O sorriso de Adam foi rápido.

– Pois está enganado! – revoltado, Rafael jogou o coco no mar. – A única coisa que quero daquela vadia agora é distância. E também quero vê-la sofrer.

– Certo, Rafael, que seja... – com ceticismo, Adam ainda ria e balançava a cabeça. – Mas ainda acho que vocês dois precisam conversar. Você não sabe o que aconteceu de fato entre eles. E Alexia não me parece esse tipo de mulher. Na verdade, acho que você foi muito impulsivo.

Rafael ficou parado por três segundos mirando o irmão, com um misto de incredulidade e revolta. *Ele está defendendo aquela safada?*, perguntou a si mesmo, subitamente encolerizado.

– Não acredito que estou ouvindo isso de você... – seu rosto estava lívido de fúria. – É a primeira vez na vida que não fiz nada de errado e você ainda vai me passar um sermão?

– Não estou te passando um sermão – Adam agora o fitava mais sério. Seu olhar penetrante focalizando o rosto do irmão. – Só não quero que desperdice nada que possa ser bom para você. Eu sei que você gosta de Alexia. E também sei que ela gosta de você. Você mudou bastante desde que começaram a ficar juntos. Estava mais feliz, mais calmo, menos irresponsável... Por isso, acho um desperdício nem sequer tentar ouvi-la. Isso aconteceu uma vez entre eu e Amanda. Ela viu uma cena e interpretou de forma errada, e por causa disso ficou vários dias sem falar comigo. Tive que carregá-la para minha casa nas costas e trancá-la lá dentro para a bendita me ouvir. Mas não acredito que Alexia terá forças para fazer isso contigo.

Pouco convencido, Rafael apertou os lábios e voltou a fitar o mar, meditando na sugestão. Uma leve brisa arejou o seu rosto mortificado. Estava tão irritado que podia sentir as lágrimas ameaçando sair, mas as obrigou a voltar, trincando os dentes.

– Mas e se ela só confirmar as minhas suspeitas? E se os dois tiverem mesmo ficado juntos naquela noite? Não sei o que faria se ouvisse isso dela, Adam, você me conhece... – O verdadeiro receio que Rafael vinha tentando esconder vazou, sem ser convidado, para sua voz.

Ambos pensaram no que foi dito. Adam franziu os lábios.

– Pois então vá preparado – ele aconselhou. – Pense antes no que vai fazer se ouvir isso. Esse cara pode estar querendo Alexia de volta, porque achou que ia perdê-la para você. A pergunta é: você está disposto a entregá-la de mãos beijadas? E se não ouvir o que quer dela, está disposto a perdoá-la se ela arrepender-se do que supostamente você acha que ela fez?

Rafael fez uma careta de aversão e mirou o irmão, como se ele fosse uma criatura de outro planeta. *Perdoá-la?* Aquilo era inconcebível!

– Acha que devo correr atrás dela depois de tudo que fez? Você pirou? – indagou ele, quase histérico.

– Naturalmente – disse Adam com afeto, alisando o queixo bem definido. – É o que eu faria se alguém tentasse me roubar Amanda. Lutaria por ela. – *E esmagaria o crânio do canalha,* pensou para si, mas não verbalizou. *Qualquer um que tentasse me roubar Amanda não teria chance de competir, teria um enterro.* – Na verdade, antes de tudo, você precisa responder uma questão importante: você a ama?

– Claro que não! – mentiu Rafael, deploravelmente.

Com um suspiro, Adam largou o coco de lado e virou-se de frente para ele, pousando as grandes mãos nos joelhos de Rafael. Seus cabelos livres e brilhantes estavam voando na brisa leve enquanto o encarava. Seus olhos dourados ficaram muito suaves. Não podia deixar Rafael fazer a besteira de desistir daquela mulher. A primeira que amara em sua vida. Ainda que não soubesse o futuro deles, precisava incentivá-lo a ir em busca da felicidade, assim como ele mesmo fez com Amanda, e jamais se arrependeu. E como seu pai não estava presente, sobrou para ele aquela incumbência. Desejava do fundo do coração que Rafael sentisse toda plenitude que ele mesmo sentiu quando Amanda entrou para a sua vida de vez. Por isso, mirou o irmão com aqueles olhos brilhantes, tão amarelados quantos os seus, e disse:

– Rafael, amar alguém de verdade e lutar por essa pessoa não faz de você menos homem. O que te faz menos homem é ficar aqui parado e desistir de alguém sem nem ao menos saber se ela tem culpa no cartório. Alexia te faz feliz, e você sabe disso tanto quanto eu. – E apertou os lábios, sem mais nada dizer por um instante. – Não deixe que seu orgulho a tire de você. Não se permita ficar mais amargurado do que você já é por causa da nossa mãe. Deus quer que você seja feliz novamente. Deve ser por isso que pôs Alexia no seu caminho.

Rafael ergueu os olhos duros para o irmão. Ao falar de sua mãe, Adam acertou bem onde doía.

– Você sabe que não acredito mais em Deus.

– Mas Ele acredita em você. E eu também – disse Adam serenamente. – Sempre incluo você nas minhas orações. Sempre peço a Deus que o guarde das suas loucuras e que dê um jeito de se aproximar de você. E algo me diz que se for atrás de Alexia, ainda vai descobrir o propósito Dele nisso tudo. Somente se dê essa chance, meu irmão. A felicidade nunca vem de graça. Temos que lutar por ela. E acredite, vale a pena. Assim como vale a pena você erguer os olhos para o céu novamente e entender que Deus ainda ama você, e que pode ter grandes planos para sua vida.

Comovido, Rafael tentou engolir o dilúvio de emoções dentro dele ao ouvir as palavras de Adam, mas como estava fraco, não conseguiu. Do contrário, como desejou fazer o dia todo, rendeu-se a elas, permitindo que o irmão o amparasse quando começou a chorar copiosamente como uma criança. Não estava preocupado por estarem em um local público. Sentia tanta dor que ela mal cabia em seu peito. Era como se algo tivesse partido no interior do seu corpo e ele finalmente tivesse sido obrigado a encarar as profundezas do próprio sofrimento. Precisava extravasar.

– Pior que eu a amo, Adam. Eu amo aquela maldita! – Ao dizer aquilo em voz alta, Rafael soluçou ainda mais, porém sentiu um súbito alívio, como se oficializar o seu estado de espírito pudesse o ajudar combatê-lo mais facilmente. Mas sim, ele a amava. E era como se fosse uma anomalia para ele, como uma doença física. Amava o jeito como Alexia erguia uma sobrancelha quando ele dizia alguma coisa engraçada. Adorava a sua letra nos bilhetes que lhe mandava. Adorava quando a beijava e permanecia com o cheiro dela pelos próximos cinco minutos. Adorava o modo como ela roía a unha do dedão quando estava nervosa. Adorava suas risadinhas baixinhas quando estavam trancados e a sós em seu camarim...

– Eu sei disso – emocionado, Adam afagava a cabeça do irmão. Tinha certeza de que tudo aquilo estava acontecendo em benefício da maturidade de Rafael. – Assim como algo me diz que Alexia também ama você. Dificilmente me engano sobre as pessoas, Rafael, você sabe disso.

Mais calmo e ligeiramente constrangido pelo desabafo, Rafael se desencostou do irmão e começou a enxugar o rosto, espiando em volta para ver se alguém estava olhando para eles. Felizmente não.

– Bem – Adam disse, tentando amenizar o clima entre eles –, agora queria lhe falar sobre outra coisa.

– Fala... – ainda deprimido, Rafael suspendeu as pernas e as abraçou na frente do corpo. Ainda não entendia como suas emoções haviam fugido do seu controle daquela maneira. A única coisa que sabia é que quando estava com Alexia sentia-se em paz, feliz, como, com certeza, poucas pessoas no mundo o faziam sentir. Ele mesmo não compreenderia isso há alguns meses. Mas agora, a necessidade que sentia da presença dela era inegavelmente real.

Adam respirou fundo antes de anunciar.

– Eu e Amanda estamos indo para São Lourenço.

– Que bom – Rafael ergueu as sobrancelhas, procurando relaxar. – Quando vocês vão? Talvez eu vá com vocês. Vai ser bom para eu esfriar a cabeça.

– Não... – Adam fez uma pausa. – Você não está entendendo. Nós vamos embora de vez. Estou vendendo a oficina daqui.

– O quê? – Rafael pulou para o chão. Foi como se tivesse sido eletrocutado. – Como assim? Amanda quer ir embora do Rio de Janeiro também?

– Na verdade, a ideia foi minha – Adam mordeu o lábio inferior. Sabia que aquela notícia abalaria o irmão, que seria privado de uma constante presença familiar, mas precisava preveni-lo com antecedência. – Sempre quis voltar para a nossa terrinha. Daí fiz a cabeça de Amanda dizendo que lá o nosso filho teria mais qualidade de vida, que era menos perigoso, que ela poderia sempre contar com a ajuda de Janine, que Thor teria mais espaço... Sabe como é – ele deu um sorriso curto –, uma vez caipira...

– Mas que merda... – Rafael encostou-se no murinho, ainda chocado. Não imaginava como alguém poderia querer voltar para sua terra natal. Adorava tudo sobre o Rio de Janeiro. A diversidade de pessoas... a beleza urbana... as possibilidades infinitas de lazer sempre à disposição...

Ainda mais desolado com aquela notícia, ele abaixou os olhos, tirou um chiclete do bolso e perguntou para Adam: – E o que vai fazer com o apartamento daqui?

– Vamos vender. Por quê? Está interessado em ficar com ele?

– Não, não – Rafael recusou, colocando o chiclete na boca. – Estou muito bem instalado em Ipanema, embora você não concorde. E onde vocês dois vão morar? Na sua antiga casa?

Adam deu risada dessa opção.

– Não. Amanda ainda não superou o trauma do quarto com os quadros de Melissa. Vamos comprar uma casa maior com o dinheiro do apartamento daqui.

Rafael expirou pesadamente enquanto mascava o chiclete; em seguida, mirou os prédios iluminados ao longe e apreciou a beleza da orla.

– Que semana! E olha que só está começando. Pelo visto, vou acabar largado aqui sozinho na Cidade Maravilhosa.

Sorrindo, Adam também desceu do murinho e limpou a calça por trás.

– Só se você for um babaca, maninho. Só ser você for um babaca.

Capítulo 22

Cerca de vinte e quatro horas depois, Alexia ainda não havia saído de casa. Ficara isolada pelos últimos três dias. Contara para Hélio sua situação e ele, num surto de compreensão e humanidade, lhe permitira alguns dias de folga para reorganizar a vida. Mas Alexia não fizera nada por si. Sem disposição para se levantar, permaneceu na cama durante horas. Às vezes, cochilava. Outras, assistia à televisão, para suavizar o sofrimento. Entretanto, na maior parte do tempo, ficava olhando para o teto e pensando no seu futuro vazio e desolador. Não via nenhuma luz no fim do túnel. E penitenciava-se por ter permitido se colocar naquela situação. As lágrimas em seus olhos eram inesgotáveis, eles pareciam estar constantemente recobertos por uma névoa.

A culpa se cristalizara. A autodepreciação, igualmente. Ela estava devastada.

Todas as suas esperanças e sonhos haviam se rompido como um tecido fino e estavam voando no vento. E Alexia não sabia como recolhê-los de volta. E o pior era a consciência de que ela mesma era culpada daquilo tudo. Se tivesse dado ouvidos ao seu velho pai, se comportado como uma boa garota, nada disso estaria acontecendo. Ele sempre a ensinara que ela era uma princesa de Deus, e como tal deveria se preservar e selecionar suas companhias. Mas Alexia nunca lhe dera ouvidos. Contentava-se com pessoas que lhe davam o mínimo de atenção. Procurava mais agradar do que ser agradada pelos namorados. Se tivesse seguido os parâmetros do pai, também nunca teria se envolvido com Caio. E agora não estaria naquela situação.

Também se arrependia de ter desvanecido na fé, pois abandonara a confiança que tinha em Deus e agora receberia o que merecia. Desviara-se do reto caminho e, agora, colheria os seus frutos das suas ações. E se resolvesse ir em frente com aquilo, certamente também perderia o carinho do pai, assim como já perdera o contato com Deus. Ela O abandonara e Deus a deixou partir. Nem Ele a queria de volta. Ela não valia a pena. Se não, por que razão, logo agora que ela dera um passo para se reaproximar Dele novamente na casa de Estela, Ele lhe jogara naquela tempestade?

Agora, pensava Alexia, seria uma dessas mulheres amarguradas e sozinhas no mundo, esperando em vão pelo resto da vida por uma aliança no dedo. Caio deixara bem claro que não tomaria parte naquele problema, que a culpa era dela. Ele só estava preocupado com o contrato que acabara de assinar. Em poucos meses, ele iria para Los Angeles e realizaria o seu grande sonho: ver seu filme sendo produzido por um uma produtora internacional. Entretanto, o que mais corroía o coração de Alexia era perder Rafael.

Ela sempre se considerara realista. Jamais esperou ouvir sinos tocando ou pássaros cantando quando se apaixonava por alguém. Nunca tivera qualquer ilusão romântica sobre o amor. Mas, agora, ela sabia que tinha. Havia experimentado um sentimento completamente novo com Rafael. Com ele, sentia-se protegida, desejada, especial....

Alexia olhou de novo para o sofá onde Rafael dormira na noite em que cuidou dela e, por um momento, seu peito apertou tanto, tão dolorosamente, que ela não conseguiu respirar. O peito foi arquejando com os soluços e, em poucos segundos, ela já estava chorando baixinho de novo. Sentia falta dele. Mas estava magoada com ele. Como pôde mais uma vez desconfiar que ela o trairia com outro homem? Como pôde se deixar levar por aquele ciúme descabido? Como pôde desconfiar do seu amor?

De fato, ela disse a si mesma, seria melhor Rafael afastar-se sem saber da verdade, pois talvez ela estivesse disposta a fazer algo do qual se arrependeria pelo resto da vida e não queria que ele tomasse parte de algo tão sujo. Tampouco que a repudiasse, como certamente todos que soubessem iriam fazer. Inclusive ela mesma. Na verdade, desejava esquecê-lo, mas simplesmente não conseguia. Da mesma forma que é impossível fazer a chuva parar de cair, era impossível impedir que seu estômago se revolvesse com as lembranças dos momentos que passaram juntos.

Como uma autotortura, Alexia virou-se de lado na cama e relembrou-se de todos os vividos detalhes da presença de Rafael. O contorno dos ombros dele se virando sobre os dela, suas mãos em sua cintura, sua boca no seu pescoço... seu calor... seu peito... seus braços... tudo nele era tão quente e sólido. Alexia nunca havia se sentido tão protegida e amada na presença de alguém. Será que fora tudo uma ilusão da cabeça dela?

Uma parte dela sabia que não havia saído de casa ainda na esperança de que Rafael retornasse. Queria que ele viesse brigar com ela, atirá-la contra a parede, exigir saber a verdade... Ao menos, isso lhe daria certeza de que os sentimentos dele por ela eram realmente verdadeiros. Porém, aquela ausência de contato da sua parte já dizia tudo que Alexia precisava saber: Rafael agora a desprezava. E ela não conseguia deixar de considerar como a vida dela teria sido se tivesse tomado outro rumo... como seria o destino dos dois. Será que ficariam juntos para sempre? Será que teriam um futuro como casal?

Mas não adianta pensar mais sobre isso, Alexia afirmou para si. Nada seria como antes. Nunca mais. Pretendia se aferrar a uma resignação estoica para resolver rapidamente aquele problema sozinha. Um problema que deixaria marcas para sempre na sua alma. No momento, não tinha nenhum amigo em que pudesse confiar suas intenções. Além de Hélio, ninguém mais sabia. Sabia que enfrentaria julgamentos. Assim como também sabia que precisava urgentemente tomar um banho. Ainda assim, sua vontade era permanecer na cama e puxar a coberta por cima da cabeça até que aquilo tudo passasse. Mas a verdade é que não iria passar. E quanto mais tempo ela demorasse para resolver o assunto, menos teria a coragem necessária para fazê-lo.

De repente, uma batida na porta da frente tirou Alexia daquela letargia. Seu estômago saltou violentamente quanto imaginou ser Rafael.

Será que finalmente ele a procurara? Seu coração já estava batendo mais rápido. Mas ainda que fosse ele, o que Alexia poderia fazer? Sabia que se lhe contasse a verdade Rafael ficaria ali por pouco tempo.

Contudo, precisava revê-lo, esclarecer que não havia previsto nada daquilo quando se envolveram. Diria que sentia muito estar naquela situação. Talvez, meditou otimista, após a raiva dele passar, ela e Rafael ainda pudessem ser amigos, pois sabia que, no fundo, ele tinha um coração generoso.

Com esse pensamento, levantou-se da cama, jogou uma água no rosto e foi atender a porta da sala. Com o coração palpitando, observou que suas mãos começaram a tremer ao segurar a maçaneta, mas ganhou forças e abriu a porta de uma vez só. Ao ver a sua expressão arrasada, a visitante sentiu uma pontada inesperada de compaixão.

– Amanda? – espantou-se Alexia. – O que está fazendo aqui?

Como era de costume da família Cavalheiro, Amanda entrou no apartamento de forma decidida sem ser convidada. Em seguida, jogou bruscamente sua bolsa na mesa. Sua expressão já dizia tudo: ela viera para um combate.

– Vim ter uma conversinha com você, de mulher para mulher.

Com a tolerância aumentada estimulada pela culpa, Alexia fechou a porta e se virou calmamente para ela, a fim de receber de bom grado as bordoadas.

– Pode falar – disse, abatida, surpreendendo Amanda com aquela resignação. Podia jurar que após aquela entrada intempestiva ouviria insultos e gritaria de Alexia. O que na verdade lhe pouparia as palavras, meditou Amanda em silêncio, pois poderia voar direto no pescoço dela, como desejava fazer.

– Como teve coragem de fazer aquilo com Rafael, sua cretina? Nós a recebemos na nossa casa. Incentivamos-o a ficar perto de você.

– Amanda...

– DEIXA EU TERMINAR DE FALAR! – vociferou ela, sobressaltada demais para ser diplomática. Estava determinada a não permitir que a mulher à sua frente saísse incólume daquilo tudo. – Sei que Rafael nunca foi nenhum santo, e que sempre esteve metido em brigas e safadezas com outras mulheres, mas ele mudou *por você*. Tem noção de como isso foi um milagre? Rafael já tem mais de trinta anos e nunca se apaixonou por ninguém. Desde que a mãe dele o abandonou, sempre viu as mulheres como inimigas. E aí você aparece e em tão pouco tempo conserta tudo. Mas agora, com essa sua atitude devassa, simplesmente colocou tudo a perder novamente. Nossa família está arrasada. Se você não queria mais ficar com ele, por que não terminou tudo dignamente?

Quase dolorosamente aliviada pelas palavras de Amanda, Alexia levou as mãos ao rosto e tornou a chorar. Então, Rafael realmente a amava. Não foi tudo um sonho. Fora real. E pelo visto, ele também estava sofrendo. *Como fui acabar com nosso amor?*, Meditou infeliz.

Os olhos de Amanda, ao observar aquela cena, também se encheram inesperadamente de lágrimas. Como estava com as emoções à flor da pele nos últimos tempos, a gélida cobertura do seu coração se quebrou. Desconcertada, ela aproximou-se de Alexia e a conduziu para que se sentasse em uma cadeira. Em seguida, acomodou-se à sua frente e ficou lhe observando soluçar. Deixou-a chorar profusamente sem interromper. Estava se esforçando para não chorar em compadecimento, mesmo sem saber o assunto que abatia aquela mulher. Parecia desesperada. Talvez fosse arrependimento, Amanda disse a si mesma. E se fosse, ela estaria lá para ajudá-la a consertar tudo entre eles. Afinal, quem nunca errou nessa vida? Desse modo, solidariamente, tentou deslocar aquele caroço goela abaixo, retirou um lencinho da bolsa e o entregou para Alexia, que o aceitou de bom grado, antes de a ouvir perguntar:

– Você gosta mesmo dele, não é? – acalmando-se um pouco, Alexia fez com a cabeça que sim. – Então, por que estava aqui com aquele cara?

Acalmado-se, Alexia se empertigou na cadeira e olhou diretamente para Amanda. Sabia que se conheciam há pouco tempo, mas em contrapartida precisava conversar com alguém. E parecia o destino que fosse conversar justamente com ela, a única pessoa que poderia entender completamente a sua dor. Por isso, disse:

– Ele é meu ex-namorado, Amanda. E eu tinha algo muito importante para conversarmos. Foi por isso que pedi para Caio vir aqui.

– Entendo... – Amanda recuou um pouco e cruzou as pernas, olhando intensamente para Alexia por um segundo. Não achava aquilo uma boa justificativa, mas estava disposta a lhe ouvir. – Sei que, às vezes, algumas coisas ficam pendentes em relacionamentos passados, Alexia, também sou mulher. Nossa cabeça funciona diferente da dos homens. Precisamos esgotar todos os assuntos para seguir em frente. Mesmo assim, não acho saudável, muito menos justo com a outra pessoa, se envolver enquanto não estiver tudo acertado. Rafael está sofrendo muito com isso tudo que aconteceu.

– Eu sei – Alexia fez uma pausa para fungar –, mas no meu caso, eu só fiquei sabendo dessa "pendência" há quatro dias atrás.

– Como assim? – as sobrancelhas de Amanda se vincaram.

Alexia colocou o lencinho de lado antes de anunciar:

– Estou grávida, Amanda. Grávida de Caio.

– Grávida? – repetiu Amanda, agora sem fôlego.

Envergonhada, Alexia baixou os olhos para o colo.

– Eu não tinha a menor ideia de que estava assim quando me envolvi com Rafael – continuou. – Eu juro! Essa gravidez deve ter acontecido da última vez em que eu e Caio estivemos juntos, no dia em que terminamos. Há tempos não nos víamos e por isso eu não estava me prevenindo. E o pior é que foi exatamente no dia em que Rafael me roubou o primeiro beijo. No mesmo dia em que descobri que estava realmente interessada nele. Depois a coisa entre nós foi crescendo e... – ela tornou a chorar, com uma expressão profundamente dolorida. – Agora eu estou tão apaixonada por ele que acho que posso morrer, mas acabei estragando tudo entre nós.

– Caramba! – disse Amanda, de forma abrupta, ainda em choque com aquela notícia. – Rafael é capaz de pirar quando souber dessa notícia... – mas num surto de esperança, ela fez uma pausa e olhou para Alexia de forma direta, quase euforia. – Tem certeza de que o filho não é de Rafael?

Em meio às lágrimas, Alexia deu um pequeno sorriso, embora seus olhos continuassem deprimidos.

– Certeza absoluta. Não chegamos nesse nível de intimidade.

Ainda mais espantada, Amanda se levantou da cadeira e começou a zanzar pela sala.

– Ai, Deus, então o caso é ainda mais grave do que eu imaginava – ela pôs uma mão na testa. – Rafael está apaixonado por você sem ao menos vocês terem... – calou-se e olhou para Alexia. – Desculpe. Estou sendo indelicada. Pensando somente em Rafael enquanto você está aqui nesse estado. Aliás, você está muito abatida, Alexia. Tem comido alguma coisa? Não faz bem para o bebê você ficar desse jeito. Peraí que vou te preparar um chazinho, você precisa se acalmar – disse, e saiu andando para cozinha como se estivesse na própria casa. – Onde costuma guardar as caixinhas? Rafael me disse que comprou um monte de chás pra você.

Ainda que triste por tudo, Alexia sorriu por dentro, imaginando como seria fabuloso se tivesse entrado para aquela família e tido uma pessoa carinhosa e prestativa como Amanda por perto. Sempre sonhara em ter uma irmã.

– Ficam na segunda gaveta ao lado da pia. Mas não precisa fazer isso, Amanda. Eu já estou bem.

– Nada disso – gritou Amanda lá de dentro –, além do que, eu também estou precisando de um desses, para reorganizar os pensamentos. Camomila será perfeito para nós duas. Sabe que eu vim aqui para arrancar a sua cabeça, não é? Seria muito mais simples. Mas aí você me atira essa bomba e agora eu fiquei desorientada.

Quando Amanda retornou para a sala, remexia o chá de Alexia com tanta força que espirrou meio líquido para fora da xícara. O aroma provocou uma pontada de tristeza no coração de Alexia, pois a lembrava dos cuidados de Rafael. Toda aquela atenção... todo aquele carinho...

– Seu pai já sabe da sua situação? – Amanda indagou com cautela, enquanto Alexia sorvia seu chá. Fazia tempos que não colocava nada para dentro do estômago. Para seu constrangimento, seu estômago roncou.

– Não – respondeu Alexia, sentindo-se anestesiada e exposta. Sabia que seu pai a assaria viva se soubesse de tudo.

– E quando pretende contar para ele? – Amanda indagou outra vez. Um silêncio interpôs-se entre as duas por um instante.

– Não pretendo – enrijecendo-se, Alexia colocou sua xícara vazia de lado. – Decidi que não vou ter esse bebê.

Outra pausa, porém mais curta que a anterior.

– Como? – subitamente exaltada, Amanda levou a mão ao próprio ventre, com se quisesse tapar os ouvidos do próprio bebê. – Por acaso você está pensando em...

– Já decidi, Amanda. Não posso ter um filho nesse momento. E Caio já deixou bem claro para mim que não quer saber do filho. Moro sozinha, não tenho família nem amigos por perto, trabalho feito uma louca, como poderia cuidar de uma criança sozinha? Isso seria impossível! Além disso, tenho certeza de que meu pai iria me renegar, e eu literalmente não poderia contar com ninguém. Nem sei se poderia continuar debaixo deste teto.

Com uma expressão impenetrável, Amanda ficou olhando para ela. Não acreditava no que Alexia estava disposta a fazer. Para ela, nada era mais miraculoso e satisfatório do que ter uma criança se desenvolvendo dentro de si. Ainda que não fosse o momento certo, era uma nova vida. Uma nova vida que teria o *seu sangue*. Só de imaginar em perder seu bebê, sua garganta já se fechava em desespero.

– Alexia – Amanda apoiou os cotovelos nos joelhos e uniu aos mãos tomando forças para falar –, esqueça completamente essa ideia maluca. Se fizer isso que está pretendendo, vai se corroer em remorsos pelo resto da vida. Um filho é o presente mais lindo que Deus pode nos dar. Não importa a situação. E você é uma mulher forte, batalhadora, com certeza vai tirar isso tudo de letra. Não estou dizendo que será sempre fácil, mas você pode contratar uma babá. Quando colocar o seu filhinho nos braços você vai ver...

– Não, Amanda. Não sou tão forte quanto você imagina. Se você soubesse o quê...

– Nada disso – Amanda balançou a mão, gesticulando para ela parar de falar. – Uma mulher que mora no Rio de Janeiro e ganha a vida sozinha desde os vinte anos não é digna da pena de ninguém. Portanto, pare de sentir pena de si mesma. E olha – ela segurou sua mão –, sei que nos conhecemos há pouco tempo, mas quero te oferecer a minha amizade.

Poderá contar comigo também. Estamos grávidas no mesmo momento e podemos compartilhar muitas coisas. Tenho certeza de que tem a mão de Deus nessa nossa aproximação. Por favor, Alexia, repense a sua decisão. Prometa que não vai fazer nenhuma besteira nos próximos dias...

O coração de Alexia se enterneceu com a preocupação genuína que via nos olhos de Amanda. E ela sabia que Amanda estava falando a verdade quando queria estabelecer uma amizade e que, aliás, seria muito bem-vinda. No entanto, não estava preparada para fazer nenhuma promessa impulsiva. Ficar sozinha com uma criança no mundo parecia uma opção absolutamente aterradora para ela. E amizade implicava em honestidade, ela disse a si mesma. Por isso, avisou:

– Prometo que vou pensar sobre isso. Mas não posso prometer que vou desistir de tirar o bebê. E quero que você saiba que compreenderei perfeitamente se não quiser mais falar comigo caso eu não fique com ele.

– Não vou fazer isso – Amanda apertou mais sua mão. – Não estou dissimulando quando disse que seremos amigas. Terá meu apoio em qualquer situação, ainda que não concorde com ela. Mas quero que saiba que estarei orando por você e por esse bebê – aliviada, Alexia deu um sorriso suave. Se já gostara de Amanda desde o início, não era nada comparado com o que sentia por ela agora. – Infelizmente preciso ir – Amanda olhou para o relógio. – Se você quiser, amanhã à noite voltarei com mais calma para conversarmos.

– Claro que quero – Alexia sorriu mais ainda, em seguida ficou séria de novo. – Só te peço que não fale nada para Rafael. Eu mesma gostaria de dar a notícia.

Satisfeita por ganhar algum tempo, Amanda assentiu com a cabeça e se levantou. Achava justo o pedido de Alexia, mas faria de tudo para impedi-la de cometer aquela burrada. A vida de uma criança estava em risco naquele momento. Mantería-se por perto, decidiu.

– Então, me prometa que não fará nada até nos vermos de novo. E vê se come alguma coisa. Se não for pelo bebê, pelo menos por você.

– Tudo bem – Alexia levantou-se e acompanhou-a até a porta.

Antes de sair, Amanda deu uma olhada furtiva para ela. *Tirar o bebê? Pelo amor de Deus! Como ela pode pensar nessa hipótese?*

Ao abrir a porta, Alexia franziu a testa e indagou:

– Como você sabia onde eu morava?

Com um ar convencido, Amanda deu um sorrisinho discreto.

– Tenho um grande conhecido no seu estúdio. Nada que Adam precise saber. Coisa do passado – Alexia também sorriu e fechou a boca com um zíper imaginário. – E olha... – Amanda continuou –, me desculpe por entrar aqui daquele jeito, prometo que serei mais educada da próxima vez.

Sentido-se à vontade para isso, Alexia tocou seu ombro com carinho.

– Seja você mesma, Amanda. Prefiro pessoas explosivas, porém sinceras como você. Às vezes, os bons amigos precisam nos dar umas bordoadas.

Sorrindo também, Amanda deu uma piscadela para ela.

– Pois então fique tranquila, querida. Pois essa é a minha especialidade.

Capítulo 23

Se havia uma coisa que deixava Adam satisfeito, era ter as suas coisas sob controle. E apesar de seu escritório ser minúsculo no segundo andar da oficina, ele mantinha tudo organizado por ali. Estava separando os documentos para a venda do estabelecimento, que já fora prontamente negociado, sobre a mesa de madeira conseguida em um brechó, que por ele mesmo fora raspada e envernizada. Sobre ela, havia paralelamente dispostos: uma foto de Amanda vestida de noiva, um porta-lápis, um calendário que ganhara da empresa que fornecia-lhe água mineral, e duas bandejas paralelas, uma de entrada e outra de saída de documentos. Além de um novíssimo aparelho de fax, que destoava dos outros objetos.

Para o desespero de Amanda, não havia computador. Adam odiava o aparelho e recusava-se vemeentemente a aprender todos aqueles softwares complicados. Ao menos, por insistência da esposa, ele comprara um para que sua secretária fizesse os lançamentos e checasse seus e-mails. Raras foram as vezes em que Adam recorria ao Google, em geral em busca de alguma peça de carro que estava em falta no mercado. Em razão disso tudo, Amanda semanalmente fazia uma visita ao estabelecimento para checar todos os lançamentos que a secretária fizera, conferindo cada microcentavo.

Os funcionários não gostavam muito da sua visita, pois Amanda passava horas reclamando de tudo. Os banheiros nunca estavam limpos o suficiente, o café estava sempre frio, de vez em quando, ela achava um extintor de incêncio com prazo fora da validade. Entretanto, Adam gostava muito da sua presença. Considerava-a uma consultora de qualidade, pois sabia que suas observações eram pertinentes e que só desejava melhorar o serviço para os clientes e segurança dos funcionários, que eram ignorantes demais para compreender a sua boa intenção. Por isso, como era sexta-feira, não o surpreendeu quando começou a ouvir a voz da esposa lá embaixo, em um tom ligeiramente elevado, reclamado com seu assistente por ter gastado uma grana preta comprando óleo em um novo fornecedor.

Minutos depois, Amanda irrompeu pela porta do escritório, deixando-a aberta, e deu um rápido beijo no marido antes de desabar na cadeira da frente com a mão na barriga.

– Ainda bem que vamos nos livrar desses *estrupícios*! – ladrou ela. – Quanto mais eu falo com eles, menos parece que entendem. Em São Lourenço, eu mesmo farei uma apurada seleção dos funcionários da nova oficina.

Divertido com aquilo, Adam olhou para ela e ergueu uma sobrancelha.

– Ótimo! – ele se recostou na cadeira e cruzou os braços. – Espero que também saiba avaliar como um bom mecânico pode desmontar um motor. Me pouparia muito tempo.

Com cara de tacho, Amanda ficou olhando para ele. Não havia pensado naquilo. Só queria alguém que entendesse bem português e tivesse bom-senso para não fazer nenhuma coisa estúpida.

Percebendo que seus neurônios estavam girando, Adam deu risada e se inclinou para frente para tocar o seu queixo.

– Estou brincado, bobinha. Só quero que saiba que não podemos ter tudo. Esses caras são bons no que fazem. Se quer saber, sinto muito que não possa levar a metade deles comigo. Eu mesmo os treinei, e agora terei de começar tudo de novo – ele sorriu, fascinado com a mudança. – Mas vai ser bom pegar no pesado de novo.

Amanda bufou.

– Bem, você que sabe. Eu já arrumei uma ótima funcionária para tomar conta da nossa loja daqui. Uma grande amiga que fez faculdade comigo. Seremos sócias. No início, combinei com ela que virei uma vez por semana. Pretendo negociar os quadros pela internet e cuidar das compras gerais. Ela cuidará da comercialização. Mas é claro que não vou abandonar meus clientes – ela riu, em seguida se inclinou para frente e ficou séria de novo. – Mas não foi por isso que vim aqui. Tenho uma bomba para te contar. Não sei mais o que fazer com essa informação.

– Amanda... – Adam se levantou e pegou uma pasta em cima do armário que ficava ao seu lado – já te disse que não quero saber de fofoca. Da última vez que você me contou que pegou no flagra a mulher do Flávio com outro aos beijos num restaurante, fiquei super sem graça de olhar para a cara dele na igreja.

– Mas agora não é sobre o Flávio, agora o assunto é com *seu irmão*. Na verdade, é sobre Alexia – Amanda conseguiu a sua atenção. Adam se sentou novamente e uniu as sobrancelhas com uma expressão prepocupada.

Fiel ao que sempre foi, Rafael ainda estava na esbórnia naquela semana. E, enquanto Alexia se desfazia em remorsos e mágoas, Rafael apagava-se lentamente, consumido pelo ódio e sofreguidão que sentia, mas com a alma ainda envenenada de desejo por ela. Saía todas as noites e só voltada de madrugada. Estava gravemente apaixonado por Alexia e não sabia como lidar com aquele sofrimento. E pelo que Adam conhecia do irmão, Rafael só pararia quando tivesse expurgado por completo aquela mulher do seu pensamento. Se é que isso aconteceria.

Amanda permanecia encarando Adam com um ar de suspense no rosto, ao que ele se impacientou:

– Fala logo, Amanda! O que aconteceu com Alexia?

– Ela está grávida! – Amanda despejou de uma vez.

– Grávida? – perplexo, Adam levantou-se e sem querer derrumbou sua cadeira. – Alexia está grávida? Meu Deus! – ele pressionou os dedos contra os olhos. – Rafael é mesmo um imbecil! Por que o idiota não usou camisinha?

Em defesa do cunhado, Amanda também se levantou.

– Cale a boca, Adam! Rafael não é o pai da criança. O pai da criança é o Caio, o cara que Rafael encontrou na casa dela.

– Ah... – subitamente aliviado e confuso, Adam deu um profundo suspiro e mirou os olhos de Amanda. – E como é que a senhora sabe disso?

– Estive na casa dela – Amanda disse e se encolheu por dentro.

– Voc... – Adam fechou a cara em reprovação e colocou as mãos na cintura. – Mas será possível que vou ter que colocar um GPS em você? Já não te disse que quero saber cada um de seus passos agora? Caso passe mal, eu sempre saberei onde está.

– É para isso que serve o celular – Amanda sentou-se de novo e girou os olhos para o marido. Sabia que Adam só queria ser protetor. Estava eufórico com aquela gravidez, mas ele estava tão tirano ultimamente... Se não compensasse cumprindo cada desejo dela, desejaria umas férias.

– E por que diabos você foi à casa dela? – Adam ainda estava irritado.

– Fui tomar satisfações.

– Ah, que ótimo! – Adam ergueu as mãos para o céu e levantou sua cadeira do chão para se sentar novamente. – Você foi lá para se meter em confusão. Por que não me surpreende? – o tom dele era sarcástico. – Que parte de "os três primeiros meses são os mais arriscados" você não entendeu? Por acaso pretendia se estapear com Alexia?

– Não – Amanda mentiu com serenidade. – Só precisava dizer umas boas verdades para a mulher que partiu o coração de Rafael. Você sabe que agora eu o vejo como um irmão. E estava injuriada com o que Alexia havia feito com ele. Só que quando eu soube de toda a verdade... – Amanda ergueu uma mão, em sinal de rendição – não tive como não ficar com pena dela, Adam. Ela está arrasada. E está claro: ela ama Rafael. Não sabia que estava grávida até poucos dias atrás.

– E como sabe que o filho não é dele?

– Por que nunca transamos – avisou Rafael, com os olhos vitrificados parado na porta.

Com um salto de coração, Amanda se virou para trás e sentiu sua face esquentar. Tinha jurado para Alexia que não falaria nada para ele.

E agora, meu Deus do céu, o que vou fazer? Não podia desmentir o que tinha dito...

No entanto, matutou em silêncio, tomada pela beleza do plano que se formava em sua cabeça, poderia aproveitar a oportunidade para influenciar Rafael em favor da amiga. Sabia que ambos se amavam, e a chegada daquele bebê não seria o suficiente para afastá-los se aquele amor fosse mesmo verdadeiro. Além do que, por mais que Amanda tivesse convencido Alexia a orarem juntas por aquela situação, a cada visita que fazia, Amanda sentia que Alexia estava cada vez mais propensa a retirar a criança. E isso ela não podia permitir. Precisava de reforços.

– Rafael, senta aqui – ela se levantou e puxou o cunhado para a cadeira, ainda catatônico, pois ele tinha consciência de que o bebê não fora sobrenaturalmente concebido, e imaginava quem era o pai. – Quer que eu peça um pouco de água com açúcar para você?

A oficina à sua volta parecia desmoronar.

– Não! – Rafael foi efusivo ao segurar o seu braço. – Quero que se sente aqui e me conte exatamente tudo que sabe.

Amanda olhou para Adam, que estava igualmente sem reação por ter ficado tão entretido na conversa com a esposa que não vira Rafael subir as escadas. Sem saída, Amanda encostou-se na mesa, de frente para Rafael, e colocou-o a par de tudo que sabia, enfatizando vemeentemente o sofrimento de Alexia por tê-lo perdido. Contou-lhe sobre o seu desespero, sobre a reação que imaginava que teria do pai, sobre a rejeição que sofrera de Caio, e sobre a possibilidade de retirar o bebê... Essa última notícia revirou o estômago dele.

Quando acabou de falar, ela e Adam ficaram olhando para Rafael, que tinha ido ali somente para colocar o óleo da moto e, agora, vira sua vida virar de cabeça para baixo. *O que faço com essa informação?*, perguntou-se.

Desconsolado e sem nada dizer, ele se levantou e desceu as escadas sem se despedir de ninguém. Só queria ir para casa. Precisava ficar sozinho com seus pensamentos tumultuados. Tinha muita coisa para levar em consideração. Agora compreendia aquela expressão derrotada de Alexia, aqueles enjoos frequentes... E pelo que conhecia dela, imaginava como ela devia estar se culpando por aquele envolvimento amoroso com ele, devia estar se autopunindo, achando-se leviana... E, droga, nem ele nem Caio fizeram nada para que Alexia pensasse o contrário. E, de repente, Rafael sentiu-se culpado, pois não sabia se teria forças para conduzi-la a pensar diferente.

Capítulo 24

A NOITE CAIU COM VELOCIDADE DEPOIS QUE RAFAEL SAIU DA oficina. Ele ainda meditava nas palavras que entorpeceram a sua alma: Alexia estava grávida. Grávida! Afundado em desalento com aquela notícia, voltou para casa desejando com todas as suas forças que a situação de Alexia pudesse ser diferente. Precisava isolar-se um pouco ou explodiria. Por isso, foi direto para casa, para colocar os pensamentos no lugar. Sabia que não conseguiria enxergar a situação sob uma luz apropriada naquele momento. Era impressionante como há poucos dias a trajetória dele e de Alexia parecia estar seguindo indubitavelmente para o mesmo destino, mas, agora, a jornada de ambos parecia insuportavelmente distante.

Rafael entrou em seu prédio calado, subiu o elevador com um ar soturno e abriu a porta de casa. Desanimado, percebeu que sua nova faxineira tinha ido naquele dia, haja vista que estava tudo em perfeita ordem. Tudo limpo e absolutamente organizado, como Rafael sempre desejara encontrar. Ele entrou no apartamento e trancou a porta. Ao se virar novamente, observou sua adega recém-comprada, o aço inox reluzindo como um espelho. Por dentro, sabia que estava recheada pelos melhores vinhos indicados pelo Robert Parker. Por que desejara tanto aquilo? Meditou ele com apatia. Por que nada naquele apartamento parecia mais animá-lo? Será que ficaria para sempre com aquela sensação de abandono?

Sentindo-se ligeiramente enjoado, Rafael tirou os sapatos. Enquanto caminhava para cozinha, refletia sobre alguns fatos inquestionáveis: (a) ele tinha plena consciência de que ainda amava Alexia, (b) Tinha convicção de que ela também o amava, (c) Não tinha a menor ideia de como isso os ajudaria agora.

Alexia tinha trazido para sua vida uma nova gama de possibilidades que Rafael nunca imaginara almejar. Queria estar com ela o tempo todo. Já não se importava com as outras mulheres. E – Deus era testemunha – ele tentara de todas as maneiras sentir-se atraído por outra pessoa nos últimos dias.

Mas estava com defeito.

Algo dentro dele não estava mais funcionando. E, pela primeira vez em sua vida, sentia-se totalmente derrotado. É claro que sabia que podia levar outra mulher para cama, mas simplesmente não estava motivado para isso. Logo ele que nunca deixara nada que usasse saia escapar! Ademais, nunca fora muito exigente. Mas bastava pensar em Alexia para que sua garganta travasse de lágrimas. Como gostaria de confortá-la naquele momento... No entanto, não podia ser leviano. Não podia simplesmente aparecer e dizer que ficaria tudo bem. Afinal, Rafael ainda estava magoado. Sabia que aquilo era irracional, mas sentia-se traído. Como Alexia pudera ser tão imprudente? Agora, remoía ele consigo mesmo, aquele seu deslize mudaria para sempre tudo entre os dois. Porque, por mais que Rafael odiasse a situação, no fundo, estava torcendo para que Alexia desistisse da ideia de tirar o bebê. E não só porque a achava absurda e cruel, mas porque a conhecia no íntimo. Sabia como Alexia sofreria depois que fizesse isso. Afinal, ela já tinha grandes tendências a se considerar um erro no mundo.

Pensando nisso, Rafael abriu a geladeira e pegou uma garrafa de vinho que estava aberta há dois dias. Não se importaria se estivesse amargo, pois assim combinaria com seu estado de espírito. Entretanto, assim que pegou a garrafa lembrou-se de Caio e da sua reação covarde para com o problema de Alexia. E, num impulso incontido, espatifou a garrafa dentro da pia. Como desejava dar àquele patife uma boa lição! Se ao menos soubesse que Alexia ficaria bem, que estaria amparada, metade daquela dor em seu peito seria dissipada com mais facilidade. Mas o fato é que Alexia não estava. Estava sozinha naquilo, prestes a ser crucificada pelo pai, e Rafael não sabia o que fazer. Não sabia como aplacar aquele vazio corrosivo e persistente dentro de si. As pontadas em seu peito continuavam a vir com uma frequência alarmante enquanto se preocupava com ela.

Entretanto, a despeito de todo o amor que sentia, Rafael não conseguia imaginar-se assumindo o filho de outro, assim como não conseguia imaginar duas luas no céu. Com o peito apertado, ele se lançou de costas na parede e fechou os olhos por um momento, lembrando-se dos dedos cálidos de Alexia acariciando seu rosto, das têmporas ao queixo. Dos mimos que ela sempre fazia para agradá-lo. Dos seus grandes olhos negros a fitá-lo com aquela insuportável ternura... Então, as lágrimas ameaçaram sair. Relutante, Rafael abriu os olhos e piscou, para eliminar a umidade indesejada. Não podia ficar ali chorando como um garoto. Isso não resolveria o problema. E, a bem da verdade, naquela semana já chorara mais do que nos últimos dez anos.

Ignorando os cacos de vidro na pia, pegou um copo e foi para a sala servir-se um pouco de uísque. Assim que o fez, dirigiu-se à varanda para pensar no que iria fazer. Sabia que precisava tomar uma atitude. Ele e Alexia, em breve, se encontrariam no estúdio, e ele pretendia que antes disso tudo já estivesse definido entre eles. Mas assim que cruzou a porta de vidro que dava para a varanda, tomou um susto. O copo em sua mão também estilhaçou-se no chão após a visão. Rafael viu Olívia no apartamento da frente, deitada de bruços na varanda, com marcas de sangue em torno da cabeça e um celular tocando na mão. Estava desacordada.

A cena fez a bile subir na garganta de Rafael. Alarmado, após recuperar-se do choque e ter certeza de que não estava tendo uma alucinação, ele correu para dentro de casa e chamou imediatamente a polícia. Uma telefonista com uma voz áspera atendeu e, depois de ouvir seu relato, pegou os dados do apartamento, avisando que mandaria uma patrulha e uma ambulância para o endereço. Em seguida, Rafael ligou para Adam e contou tudo que tinha visto. O irmão disse que iria para lá. Inquieto, pois não podia mais esperar, Rafael saiu porta afora e correu para o apartamento da mãe. O porteiro do prédio dela imediatamente abriu o portão quando Rafael lhe contou o ocorrido e subiu junto com ele para arrombarem a porta. Mas não foi necessário, pois não estava trancada.

A cena era chocante. Aterradora. Havia respingos de sangue no chão em direção à varanda. Alguns móveis estavam jogados no chão e havia um vaso de cerâmica quebrado perto do corpo de Olívia, que provavelmente fora arremessado contra sua cabeça.

O espanto de Rafael foi inexprimível quando olhou para aquela cena. Ainda perplexo, correu para o corpo da mãe e tentou acordá-la, mas Olívia não respondia às suas sacudidas. Ele abaixou-se para ouvir o seu coração. Felizmente, ainda estava batendo. Desesperado, correu para pegar um pano para poder estancar o sangue que ainda saía da cabeça da mãe. Ela tinha marcas roxas por todo o corpo e sangue nas unhas. Devia ter lutado para se defender. Porém, era mais frágil do que seu agressor. Rafael sentiu um súbito e inesperado compadecimento por ela, e seus olhos arderam em lágrimas que, mais uma vez, ele evitou que caíssem.

Minutos transcorreram em total imobilidade. Rafael olhava para a rua, ansioso, mas parecia que ambulância não chegava nunca. Ele não sabia o que fazer. Para a sua surpresa, estava com mais medo do que jamais sentira na vida. Ouvira muitas vezes informações de que não se devia mexer em um corpo acidentado, pois poderia ter fraturado uma coluna ou algo do tipo. Ele olhou novamente para a mãe e se perguntou, penalizado, por quanto tempo deveria estar ali jogado no chão. Inerte e desvanecendo. Abandonado. E pela primeira vez em muitos anos, Rafael desejou orar. Desejou que outra pessoa tomasse parte naquilo tudo. Desejou se apegar a alguma dependência divina. Sentia-se vulnerável, pois não queria estar sozinho com aquela responsabilidade nas mãos, ainda mais porque não sabia o que fazer. *Por que logo ele fora ver aquela cena?* Perguntou para si, estremecendo de angústia. E logo naquele dia...

Do jeito que sua mãe sangrava naquele momento, ele temeu que não restasse muito tempo para ela. Precisava de uma intervenção o mais rápido possível.

Rafael não desacreditava totalmente em milagres. Certa vez, quando era pequeno, foi à igreja com o pai e contemplou a cura de um homem bem diante dos seus olhos. O nome dele era João. Ele era um morador da cidade fazia muito tempo, e todos sabiam que ele tinha um grande tumor incurável na boca. Carregava aquela deformidade durante anos. Rafael tinha onze anos quando um pastor convidado foi ministrar na congregação de São Lourenço. A igreja estava lotada de enfermos, pois espalhava-se a notícia de que o pastor tinha o dom de curar. De fato, muitos saíram de lá se sentindo melhor de suas mazelas, e Rafael poderia até duvidar, pois não conhecia bem as outras pessoas que se diziam curadas. Mas João, sim. Comprava pipas toda semana com ele e sempre ficava sem graça de olhar diretamente para a protuberância que causava inchaço em seu lábio superior. Por isso, quando o pastor convidado orou por ele, com a mão estendida, sem tocar em nenhuma parte do seu corpo, o tumor estourou, expelindo toda secreção venenosa que possuía lá dentro, aquilo impressionou Rafael. Desde aquele dia, João nunca teve mais nada. Sua ferida cicatrizou e só lhe restou uma pequena marca para testemunhar aquele incrível milagre que aconteceu na cidade.

Mas agora a coisa era diferente. Agora era com Rafael.

E o problema era que sempre que ele pensava em Deus, geralmente pensava em alguém onipotente, porém cruel e indiferente aos seus interesses. Poderia até ajudar as outras pessoas, mas nunca a ele. Rafael não O via como um pai, um salvador ou como um ser divinamente bondoso. No entanto, a vida de uma pessoa estava em jogo naquele momento. A vida de sua mãe. E ele não podia ignorar esse fato. Só lhe restava tentar. Por isso, fechou os olhos e fez uma breve oração, seca, rápida, gaguejada, clamando por uma ajuda urgentemente. Não sentiu grandes emoções ao fazer aquilo, mas ainda estava orando quando a voz de Adam insurgiu atrás de si.

– Meu Deus! – ele se abaixou ao seu lado. – Isso parece uma daquelas cenas de filme. Sai da frente, Rafael! Vamos levá-la para o hospital. – Com todo cuidado, Adam amarrou o pano que Rafael arranjara na cabeça da mãe e pegou-a no colo. Rafael pensou em reprimi-lo por aquela atitude, mas já estava farto de ficar esperando a ambulância também.

Sendo assim, pegou a bolsa da mãe jogada sobre uma mesa e seguiu o irmão para fora do apartamento.

O carro de Adam estava estacionado na frente do prédio e, minutos depois, eles já estavam estacionando na calçada de um hospital de emergência. Ele ficava ao lado do prédio de Alexia.

Aos gritos, Rafael entrou no hospital com Olívia no colo clamando por socorro. Rapidamente, vários enfermeiros providenciaram uma maca e a levaram para um centro cirúrgico. Rafael ficou agoniado quando o avisaram que dali eles não poderiam passar. Com a camisa suja de sangue, ele sentou-se na cadeira mais próxima e apoiou a cabeça nas mãos. Um turbilhão de sentimentos o invadiam: pena, culpa, raiva e vontade de fugir se digladiavam em sua mente por espaço. Quando ergueu os olhos por um momento, ainda anestesiado, com as mãos unidas contra a boca, viu uma mulher sentada um pouco mais ao longe abrindo uma lata de refrigerante para um garotinho. Uma cena cotidiana. Mas aquilo o irritou. Como a vida alheia podia se seguir tão tranquilamente quando a dele estava naquele caos?

Como já era quase meia-noite, Adam estava ao telefone informando Amanda tudo o que aconteceu. Assim que desligou, veio para o lado do irmão e um silêncio cavernoso se instaurou entre eles. Ambos não imaginavam que ficariam tão abalados com a possibilidade da morte de Olívia.

A madrugada se passou lenta e soturna, e Adam e Rafael trocaram poucas palavras. Exaustos emocionalmente, somente se levantaram para atender os policiais que os procuraram quando souberam que Olívia dera entrada naquele hospital. Quando já eram quase duas horas da manhã, a médica responsável pela cirurgia de Olívia se aproximou e, baixando o tapa-rosto, informou-os de que o corte fora superficial e que, segundo o raio X, não houveram lesões piores no cérebro da paciente, que só poderia receber visitas pela manhã. Também não seria necessária nenhuma transfusão de sangue como Rafael imaginava.

Sem muito o que discutir, eles decidiram passar a noite no hospital. De algum modo, a participação no incidente da mãe os fizera se sentir responsáveis por ela naquele momento. E ao que souberam, o marido dela era, obviamente, o principal suspeito daquela agressão e estava desaparecido.

O próprio porteiro deu testemunho de que por diversas vezes ouvira os gritos de Olívia, mas por medo de perder o emprego, jamais delatou o morador. Mas iria ficar atento caso Júlio aparecesse.

Parecia que minutos haviam se passado quando a manhã rompeu. Por volta de sete horas da manhã, Rafael sentiu a mão do irmão sacudir levemente o seu ombro enquanto estava cochilando na cadeira. Olívia já estava acordada e queria lhe ver. A ele e a Adam. Engolindo em seco, pois não estava preparado para uma cena melodramática, Rafael o seguiu.

Ao abrir a porta do quarto, viram Olívia com a cabeça enfaixada. Ainda estava visivelmente pálida. Havia raspado uma parte dos cabelos e levara quarenta pontos perto da nuca. Parecia pequena e frágil deitada ali sozinha, com uma expressão mortificada. Estava sob os lençóis e com uma agulha enfiada no braço. Ao ver os gêmeos entrando, esforçou-se para dar um pequeno sorriso.

– Bom dia – disse Adam, pigarreando, entrando primeiro. – Como se sente?

– Bem – murmurou Olívia e apontou a própria cabeça –, dentro do possível.

Rafael não disse nada, apenas se sentou no sofá do quarto, apoiou os cotovelos no joelho e olhou para o chão. Estava totalmente constrangido com aquilo tudo. Além disso, a consciência da proximidade do apartamento de Alexia, e a tentação de correr para lá, estava fazendo todo o seu corpo doer por anseio. No fundo, ele queria ser a rocha de que Alexia precisava naquele momento, mas não sabia se teria forças para isso. Estava assustado e confuso. E se perguntava como sua vida se desdobrara daquela maneira: sentindo-se impedido de estar com a mulher que amava e passar a noite zelando pela mulher que mais odiara na vida. Rafael fechou os olhos, desejando que tudo aquilo fosse embora, mas sabia que a realidade não iria desaparecer.

– Queria agradecê-los por tudo que fizeram – Olívia começou a lacrimejar. – Vocês salvaram minha vida. Não sei onde estaria agora se não fossem vocês. Eu... – parou de falar, incapaz de esconder a sua angústia, as lágrimas caindo. – Eu sei que eu não merecia isso tudo depois do que fiz.

Rafael não a contradisse.

– Claro que merecia – Adam se adiantou e tocou a mão dela, comovido por seu estado. – Nada justifica o que Júlio lhe fez. Você não deveria se permitir viver desse jeito. Deveria denunciá-lo.

– Não posso – Olívia secou os olhos –, não tenho para onde ir, Adam. Fiz uma escolha e agora preciso conviver com ela todos os dias, não importa o preço a ser pago.

Com um suspiro, Adam aproximou-se um pouco mais e sentou-se na cadeira perto da cama. Rafael olhou para ele com reprovação.

– Olívia, você não pode ficar se autopunindo pelo que fez no passado. E está na cara que está fazendo isso. Permintindo que esse canalha te maltrate porque se sente culpada por ter fugido com ele. Mas você pode mudar o seu destino de novo, como mudou uma vez. Pode largá-lo. Recomeçar uma nova vida...

– Não é tão simples assim – ela o interrompeu, ainda que grata pelo conforto das suas palavras. – Ainda que eu fosse para a casa da minha irmã, em Minas Gerais, Júlio me perseguiria até o fim da vida. Ele está doente, Adam. Sempre foi assim. Depois que larguei seu pai e nos mudamos para cá, Júlio se mostrou muito possessivo. No início eu achava que era somente cuidado, mas, com o tempo, fui percebendo que aquilo não era normal. E quando ameacei desobedecê-lo a primeira vez, ele me deu uma surra. Fiquei tão assustada com aquilo. Seu pai raras vezes gritava comigo, quanto mais me bater... foi quando percebi a burrada que eu tinha feito. Mas não tinha mais como voltar. E eu sabia que Paulo nunca mais me receberia de volta.

– E quanto a gente? – Rafael ergueu os olhos acusadores para ela, os músculos contraidos de raiva, o estômago tenso. – Não pensou nos seus filhos quando fugiu com aquele patife? Por sequer um segundo, não pensou que nós também precisaríamos de você?

– Na verdade – Olívia respirou fundo, preparada para revelar a grande verdade. Ambos a mereciam depois de tudo que fizeram imerecidamente por ela –, vocês foram o maior motivo pelo qual eu deixei o seu pai.

Aquilo foi como uma espada atravessando o peito de Rafael. Tudo que ele mais temia na vida acabara de ser confirmado.

– Como pode dizer isso? – Adam vociferou, rápida e efusivamente, recuando de perto da cama – Nós dois ainda éramos duas crianças quando tudo aconteceu.

– Eu sei... – a voz de Olívia foi fraca. – Mas vocês não sabem de toda a verdade. Não sabem tudo que aconteceu.

Com ira nos olhos, Rafael levantou-se e aproximou-se da cama.

– Então, nos conte – havia fúria e amargura na voz dele. – Nos conte exatamente como eu e Adam te jogamos nos braços daquele canalha. Que, por acaso, é o responsável de você estar nesta cama neste exato momento.

Olívia fungou e olhou fundo nos olhos dos dois, sabendo que faria a coisa certa ao revelar aquele segredo. Estava cansada de carregar aquela culpa sozinha.

– Eu não sou a mãe de vocês – revelou finalmente.

Tudo ficou escuro para Rafael, assim como para Adam, que ficou olhando para ela em silêncio, sem acreditar nas palavras que tinha acabado de ouvir. Ficaram ambos ali parados, como se estivessem esperando o final de uma piada que não teve nenhuma graça. Até o ar parecia ter parado de circular ao redor dos dois. E então, de uma vez só, Rafael explodiu:

– O que você está dizendo, sua maluca? Está dizendo que fomos adotados?

– Sim – revelou –, mas só por mim. Paulo é mesmo seu pai.

– Então, vai nos dizer que ele te traiu? – ele avançou nela, e Olívia arregalou os olhos de medo. – Cuidado com o que diz antes de começar a cagar a imagem e reputação do meu pai, sua vadia.

– Rafael! – Adam interferiu e puxou-o pelo braço, apesar de estar igualmente revoltado por dentro com aquela insinuação. – Deixa ela terminar. Quero saber dessa história direitinho.

Olívia soltou o ar que estava preso nos pulmões. Por um segundo, acreditou realmente que tomaria outra surra de Rafael, que estava visivelmente fora de si. Mesmo assim, acalmando-se, ela continuou:

– Vocês nunca souberam disso, mas logo que nos casamos, eu e Paulo nos separamos algumas vezes por poucas semanas. Brigávamos muito por causa de ciúmes. Geralmente, por minha causa, eu confesso. E em uma dessas vezes, seu pai dormiu com outra mulher. Ela era de outra cidade, e ele disse que foi só uma vez, que estava com raiva de mim. Eu sabia que aquela menina vinha se insinuando para ele havia muito tempo, seu pai sempre chamou atenção. E ela devia ter em torno de dezoito anos. Era linda. Alta, morena e chamativa como vocês. Logo depois disso, nós reatamos. Mas oito meses depois, o pai dela apareceu na nossa porta com vocês dois recém-nascidos nos braços. Disse que a filha havia morrido no parto e que ele não tinha condição de criá-los, e afirmou que vocês dois eram filhos de Paulo. Nosso choque foi enorme. Minha fúria maior ainda. Mas eu amava seu pai. Não conseguiria abandoná-lo naquele momento. Paulo se apaixonou por vocês imediatamente e me convenceu a registrá-los como meus filhos. Pensei que conseguiria passar por cima de tudo aquilo e seguir em frente, mas com o tempo, vocês foram crescendo e ficando cada vez mais parecidos com ela. Essa fendinha que vocês têm aqui... – ela tocou o próprio queixo. – Ela tinha uma igualzinha. Eu não conseguia olhá-los sem me lembrar do que Paulo havia feito com a nossa vida. Ainda mais porque eu nunca pude ter filhos. Nunca consegui engravidar. Por mais que estivéssemos separados quando tudo aconteceu entre eles, eu considerava uma traição, pois nunca me deitei com outro homem nessas ocasiões. E olhar para vocês era tão... doloroso para mim. Talvez por isso, infelizmente, não consegui amá-los como deveria. É claro que me afeiçoei um pouco, e que me rasgou o coração deixá-los para trás daquela maneira. Mas eu precisava fazer aquilo por mim. Estava cansada de ser amargurada. Queria recomeçar minha vida do zero, em outro lugar, por isso não foi difícil Júlio me convencer. Ele já era apaixonado por mim fazia muito tempo. E acho que uma parte minha desejava se vingar do seu pai. Sei que soa horrível, terrivelmente egoísta, mas foi exatamente o que aconteceu. Perdoem-me por não ter lhes contado tudo antes.

Rafael não conseguia ouvir mais nada e virou-se de costas. Uma raiva súbita tomou conta de sua garganta, enquanto um turbilhão de perguntas avolumaram-se em sua mente. Se aquilo era mesmo verdade, por que seu pai nunca lhe contou? Ele não sabia como ele havia sofrido pelo abandono da mãe? Sem saber, Rafael havia passado anos se achando o estopim daquela separação, assumindo culpas que não lhe correspondiam. Responsabilizando-se pelo sofrimento de todos. E nutrindo um ódio imenso por Olívia, que se alimentava dessa culpa. Como pôde ter carregado aquele fardo inutilmente por tanto tempo?

Rafael sentou-se novamente no pequeno sofá do quarto. Em questão de segundos, ele passou do choque para a negação, da negação para a raiva, da raiva para a tristeza e de volta à primeira reação. Mas por fim, como não podia ser diferente, prevaleceu o amor pelo pai. Não existia dúvida de que Paulo também havia sofrido com tudo aquilo. Rafael lembrava-se perfeitamente de seu estado arrasado quando Olívia se foi. Afinal, Paulo estava sozinho no mundo e com duas crianças para criar. Será que poderia julgá-lo por tudo que fez? *Na verdade, não*, pensou Rafael. Paulo era tudo que ele tinha até Janine aparecer. Tudo que ele e Adam tinham e que *sempre* tiveram. Paulo fora a sua segurança por toda a vida. O único que, a despeito de tudo que Rafael aprontava, nunca o abandonou. Como poderia exigir que ele fosse perfeito? Meditou, com o coração apertado. Como exigir que o pai não tivesse erros dos quais pudesse se arrepender? Paulo era o melhor homem que Rafael conhecia. E ele orgulhava-se disso. O pai fora tudo que Rafael precisava. Tudo que Rafael conhecia como porto seguro. E isso bastava. De alguma forma, aquilo aumentou ainda mais o amor e admiração que sentia por ele.

Adam, pensando da mesma forma, levou um dedo ao canto do olho para deter uma lágrima que caía quando falou:

– Obrigada por nos contar isso tudo. Embora não faça diferença sobre o que sentimos por nosso pai, fará muita diferença no que sentimos por você.

Olívia enxugou as lágrimas grossas.

– Sei que fui egoísta – ela disse –, mas não consegui amar vocês o suficiente para ficar. Só peço que um dia me perdoem.

Para Rafael, ouvir aquilo foi como se uma luz vaporosa furasse as trevas que tumultuavam seus pensamentos. Olívia não havia amado e perdoado Paulo o suficiente para que pudesse amar os seus filhos ilegítimos. Rafael poderia realmente julgá-la por isso?

Ele olhou novamente para Olívia, meditando sobre a sua própria fraqueza. E, de repente, deu-se conta, satisfeito, de que ele podia.

– Talvez... – disse Rafael, chocando Adam ao tocá-la levemente na mão enquanto falava – haja realmente um propósito nisso tudo. Alguma vez já se arrependeu de tudo que fez? De ter deixado meu pai e a gente?

– Todos os dias – murmurou ela, e seu rosto era uma máscara de arrependimento. – Se houvesse alguma coisa que eu pudesse fazer para remendar o que fiz...

Com lágrimas nos olhos agora, Rafael ficou olhando para ela por alguns instantes antes de dizer:

– Pois você acabou de fazer. Muito obrigado por isso.

Quando saíram do quarto, a mente de Adam e Rafael estava vagando por tudo que ouviram. E qual não foi a sua satisfação, ao chegar na recepção, e se deparar com Paulo, Amanda, Janine e Ivy os esperando aflitos.

O rosto do pai acabou com Rafael, e seus olhos arderam. Enquanto Paulo lutava para conter as lágrimas de arrependimento, Rafael, por vontade própria, estendeu os braços para ele e foi em sua direção, como um gesto de perdão. Dado e recebido ao mesmo tempo. O pai deu um passo para frente, e ambos se uniram num abraço apertado. O modo como cheiro familiar de Paulo assaltou os seus sentidos fez o coração de Rafael derreter. E ele, enfim, começou a chorar abertamente, enquanto Paulo, aliviado, alisava a sua cabeça. Os dois se abraçaram por muito tempo enquanto choravam. Havia alívio e tristeza no choro dos dois. As pessoas que passavam e viam a cena imaginavam que eles haviam acabado de perder um ente querido. Mas eles precisavam desabafar, por isso não se importaram. Quando Rafael estava exausto demais para continuar, foi a vez de Adam. Lágrimas, bem menos abundantes que as do irmão, desciam-lhe pela sua face quando abraçou o pai e beijou a sua cabeça com muito carinho. A única coisa que murmurou em seu ouvido foi "obrigado por tudo".

Paulo nunca se sentiu tão abençoado quanto naquele momento. Todo amor, dedicação e sacrifícios que fizera pelos filhos foram mais do que recompensados com a reação que lhe dedicaram. O amor fora mais importante para eles, e isso era tudo que Paulo poderia esperar.

– Como chegaram aqui? – perguntou Rafael, enxugando o rosto na blusa.

– Amanda nos contou tudo que estava acontecendo. Estava preocupada com vocês. Daí viemos correndo para cá – avisou Ivy, animada, completamente indiferente ao drama familiar.

Com uma leve advertência nos olhos, Adam olhou para a mulher. Mas, em seguida, deu um sorriso torto e puxou-a para perto de si. Amanda não tinha mesmo jeito. Ela era indomável. Adorava se meter na vida dos outros, mas pelo menos era sempre para ajudar.

– Estou adorando matar aula aqui no Rio – continuou Ivy, estourando um chiclete. – Eu tinha prova de matemática hoje e não havia estudado nadinha.

– Ivy! – Janine a repreendeu. – Por que não me avisou isso antes?

– E estragar o passeio? – alegou a pequena. – Nem morta!

Rafael sorriu num soluço. O estado de constante euforia e tagarelice de Ivy sempre evitava que as coisas ficassem mais tensas.

– Perdoem-me por ter escondido isso tudo de vocês – disse Paulo, ainda constrangido, mirando os sapatos. – Mas nunca imaginei que Olívia fosse nos abandonar. E, depois, vocês já estavam sofrendo tanto que acabei arrastando esse segredo comigo.

– Você não precisa pedir desculpas por nada, pai. Nós entendemos... – sussurrou Adam, colocando uma mão em seu ombro para tranquilizá-lo. – Assim como também entendemos que só tivemos mesmo uma mãe nesta vida – e olhou com ternura para Janine.

Igualmente emocionada, Janine também adiantou-se abraçou os dois filhos. Há tempos estava ansiosa para fazer isso. Afinal, quem poderia dizer que não eram dela? Daria a vida pelos dois. E ficou extremamente feliz que eles finalmente soubessem de tudo. Agora, todos poderiam expurgar o passado.

– Agora preciso ir – avisou Rafael, sorrindo corajosamente. – Preciso urgentemente resolver uma coisa – e olhou para Amanda, que enxugou suas lágrimas e deu um pulinho empolgado.

– Vai fazer o que estou pensando? – ela perguntou, subitamente eufórica.

Rafael sorriu mais ainda.

– Acho que suas orações deram certo, maninha.

Ao ouvir aquilo, Paulo sorriu com aprovação. Era a primeira vez que via o filho dar algum crédito a Deus. E, por intermédio de Adam, sabia do drama que Rafael estava vivendo por causa de Alexia. Por isso, pegou sua mão e a apertou, o coração inchado de gratidão e amor pelo seu voluntário perdão, e disse:

– Sempre dão, Rafael. Sempre dão. Agora corre e vai cuidar do seu futuro.

Capítulo 25

Rafael não poderia descrever adequadamente a intensidade do que estava sentindo naquele momento. Precisava urgentemente conversar com Alexia. Tomada a decisão, não estava mais aturdido. Estava apaixonado por ela. Tão apaixonado que nada daquilo que estava acontecendo importava mais. Tudo o que queria era fazer o que seu coração estava mandando naquele momento, e que parecia ser a coisa certa a se fazer. Sentia-se tranquilo. Como se pela primeira vez na vida Deus tivesse conversado diretamente com ele. E finalmente Rafael lhe daria ouvidos.

Ao olhar para o prédio de Alexia quando saiu do hospital, seu coração já aflito deu uma disparadinha dolorosa. Será que Alexia estava em casa? Será que já tinha feito alguma besteira? Agoniado, Rafael correu para lá. Tocou o interfone diversas vezes, porém ninguém atendeu. Sem se contentar, pulou o muro do edifício com extrema facilidade e subiu as escadas correndo. Ao parar em frente à porta dela, começou a tocar a campainha e bater na porta freneticamente. Mas Alexia não atendeu. Rafael sentiu uma pontada gelada de medo no estômago. Será que tinha acontecido alguma coisa com ela?

Já disposto a arrombar a porta, foi surpreendido pelo celular. Era Amanda, avisando que ligara para Alexia para avisar que Rafael estava indo encontrá-la. Mas, infelizmente, já era tarde demais. Alexia avisou que estava na clínica onde seria feito o aborto na companhia de Hélio, que a acompanhou para trazê-la de volta para casa. O coração de Rafael ameaçou parar de bater e os pelos de sua nuca se eriçaram. Ele perguntou onde era a clínica, mas Amanda não sabia, e não confiava que a amiga fosse lhe dizer. Alexia sabia que Amanda era contra aquilo e que, se soubesse onde ela estava, iria até lá para impedi-la. Desesperado, Rafael desligou o telefone e ligou imediatamente para Alexia, mas o celular agora dava desligado. Ele sentiu um calafrio meditando no que ela iria fazer.

Pensando rápido, Rafael raciocinou que se ligasse para Hélio, a pedido de Alexia, ele também não iria dizer onde eles estavam. Por isso, ligou para sua secretária: Ana Luiza, uma das maiores fãs de Rafael, e pediu pelo amor de Deus que ela descobrisse onde Hélio estava naquele exato momento. Não foi difícil para Ana encontrar o carro do chefe, visto que ele tinha GPS para caso de sequestro. Estava em uma rua em Copacabana.

Quando saiu do edifício, Adam e Amanda já estavam no portão do prédio de Alexia e entregaram a chave do carro para Rafael, que entrou no veículo e disparou para o endereço que Ana Luiza indicara. Ao chegar lá, sentiu o desânimo mortal abatê-lo novamente. O carro de Hélio ainda estava lá, mas aparentemente não havia nenhuma clínica naquela rua. *Óbvio*, meditou ele, matutando um pouco depois, *uma clínica de aborto não é algo explicitamente anunciado como um comércio*. Poderia ser em qualquer um daqueles apartamentos.

Atormentado, Rafael pousou os braços no teto do carro e mais uma vez tentou encontrar as palavras para orar, porém tudo que conseguia era perguntar o *porquê*. Por que tudo aquilo estava acontecendo com ele? Por que tudo aquilo estava acontecendo com Alexia? Como não ouviu nenhuma resposta, Rafael encostou a cabeça no braço e fechou os olhos tentando pensar em alguma coisa. Nesse momento, inexplicavelmente, parte de um versículo do livro de Coríntios, muito repetido por seu pai e proclamado no dia do casamento de Adam, levantou-se como uma densa neblina no seu cérebro.

"O amor é paciente, é bondoso. Não inveja, não se vangloria, não se orgulha. Não maltrata, não busca os próprios interesses, não sente ira

facilmente e não guarda rancor... Tudo sofre, tudo crê, tudo espera, e tudo suporta."

A mensagem foi transmitida para o seu cérebro com um borrão irreal: aquela era a mais perfeita descrição do que Rafael estava sentindo por Alexia.

Estava disposto a mudar a sua vida por causa dela, a protegê-la, consolá-la, estar com ela para o que desse e viesse. O que aconteceu entre eles não era irreparável. Poderia haver melhores sintomas para o amor? Confiante que não, Rafael separou os lábios e murmurou:

Por favor, Deus, me ajude a encontrar Alexia, por favor...

– Rafael! O que está fazendo aqui?

Rafael se virou e olhou para Hélio e, assustando-o, agarrou-o pelos braços.

– Onde ela está?

– Calma aí, rapaz – Hélio tocou nos seus ombros. – Alexia está bem.

– ONDE ELA ESTÁ? – Rafael berrou novamente, sem se importar se falava com o chefe. Estava irado com ele por ter acompanhado Alexia para fazer algo tão sujo, ao invés de impedi-la.

Fechando a cara e puxando um cigarro do bolso, Hélio afastou-se um pouco dele.

– Foi andando para a praia. Ela queria ficar sozinha. Mas eu não acho... – Hélio já falava para o vento, pois Rafael saiu correndo para a orla.

Não foi difícil encontrá-la dessa vez. E assim que a viu, as pernas de Rafael amoleceram, entorpecidas. Todo o seu ser se acendeu. O sol despejava gloriosos raios no horizonte, tingindo o mar de prata e dourado, enquanto Alexia observava tudo quietinha e sentada num banco de pedra. A brisa fresca da manhã abraçava os poucos transeuntes que passeavam pela orla. Alguns passavam correndo, outros passeando com o cachorro. Tudo era calmo e plácido. Era uma visão dolorosa para Rafael, vê-la ali, tão indiferente a tudo, provavelmente com o coração já se remoendo em remorsos.

Naquele momento, independente do que Alexia tivesse feito, tudo se mostrou absolutamente claro para Rafael, tão óbvio e tão natural para ele que levou poucos segundos para perceber que não tinha outra opção: precisava ficar com ela. Amá-la e ampará-la pelo resto da vida.

Rafael ainda estava do outro lado da rua quando, de repente, como se sentindo a sua presença, Alexia se virou para trás. O rosto dela estava mais magro, seus olhos estavam inchados e sua pele tinha perdido um pouco do viço. Mesmo assim, para Rafael, continuava tão linda como sempre, embora visivelmente mais frágil.

O coração de Alexia deu um pulo lento e doloroso ao contemplar Rafael. O mundo pareceu contrair-se no rosto dele, naquele magnetismo dos seus olhos dourados tão característicos quanto a sua pele morena. O tempo também pareceu parar. Ou talvez ela simplesmente estivesse prendendo a respiração. *O que ele está fazendo ali?* Será que finalmente tinha vindo atrás dela? O que esperava conseguir dela agora, afinal?

Seus ossos pareciam estar derretendo quando Alexia colocou a mão trêmula sobre o estômago que se retorcia, e se levantou. A aparência de Rafael era de quem não dormia há uma semana. E, ainda assim, ele era bonito. Seu coração se estilhaçou. Ela ficou olhando para ele e estremeceu ao se dar conta do que ameaçara perder. Ele era tão... magnificamente irresistível! Mas ela não podia permitir-se admirá-lo. Ainda não sabia o que ele estava fazendo ali e não queria alimentar nenhuma esperança.

Rafael deu um passo cauteloso para frente para atravessar a rua, e o corpo de Alexia a traiu, repetindo seu movimento. Em seguida, ela parou, esperando que ele a atravessasse. Quando Rafael chegou perto dela, Alexia cruzou os braços, tentando controlar as velhas reações que sempre a deixavam vulnerável na sua presença. Por um instante ambos ficam em suspense, o coração pulsando forte, se olhando em silêncio. Mas subitamente, por puro nervosismo, Rafael chegou ainda mais perto e seu sorriso deslumbrante a pegou desprevenida. Alexia sentiu uma nova pontada no coração. Ela não esperava que ele fosse ser bondoso nem simpático com ela. Rafael não a tocou. Alexia baixou os olhos.

– Então é esse o plano? – Rafael apontou para o seu corpo debilitado. – Vai morrer por inanição?

Com uma ternura intraduzível no olhar, Alexia ergueu os olhos para ele. Seu coração esmagava no peito de tanta culpa.

– Rafael, me perdoe. Não sei nem o que te dizer depois de tudo que fiz. Não sei como você soube que eu estava aqui, mas creio que Amanda te disse o que eu vinha fazer. Desculpe não ter contado tudo antes.

Rafael fechou o sorriso e acariciou o seu rosto de leve. Tarde demais, ele percebeu.

– Sim, ela contou – ele avisou com tristeza. – E eu fiquei muito triste por você. Sei como vai sofrer daqui para frente por isso. E lamento muitíssimo não ter te procurado antes. Se eu tivesse feito isso, tudo seria diferente...

Alexia mordeu os lábios por um momento.

– Diferente como? – ela olhou fundo em seus olhos, a contraluz escondia seu olhar. – O que poderia mudar? O que está feito está feito, Rafael. Não podemos voltar atrás.

Rafael fez uma cara angustiada. Sabia que não podiam voltar atrás, e lamentava pela criança. Lamentava por Alexia e até por ele mesmo por não ter podido ajudar.

– Mas eu devia ter impedido você de fazer o que fez. Estávamos juntos. Devia ter te dito que eu ficaria ao seu lado assim que eu soube de tudo. Que não a abandonaria num momento como esse. Jamais me perdoarei pelo que te deixei fazer.

Perplexa, Alexia não podia acreditar no que estava ouvindo. Rafael queria ficar com ela, mesmo que estivesse grávida de outro? Ela não devia ter entendido direito. Aquilo parecia impossível! E parecia um egoísmo desmedido pedir isso para ele. Mas agora ela precisava saber a resposta. Rafael viu seu sorriso se iluminar enquanto uma lágrima lenta, cheia de emoção, caia-lhe pela bochecha.

– Estava disposto a ficar comigo mesmo que eu tivesse o bebê?

Também com os olhos enevoados, Rafael passou o polegar ao longo do seu maxilar. Havia uma ternura insuportável nos seus olhos.

– É claro que sim. Eu te amo, Alexia. Você foi a melhor coisa que já me aconteceu.

Aquelas palavras provocaram uma onda de fraqueza no corpo de Alexia. Então, ela fechou os olhos, abraçou o próprio ventre e começou a chorar.

– Eu sou uma pessoa horrível, Rafael, como você pode me amar? Não sabe o que eu ia fazer?

– Ia? – Com alguma esperança, Rafael segurou nos seus braços.

– Não tive coragem – ela abriu os olhos de novo e observou o rosto dele se iluminar. – Eu já estava na mesa de intervenção quando resolvi sair correndo de lá. – Revirava o estômago de Alexia a lembrança daquela cena. A mesa branca, a agulha, a frieza daquela enfermeira... – Vou ter esse filho, Rafael. Com ou sem a ajuda de alguém. Ele é meu. Tem o meu sangue. Tem o sangue da minha mãe.

Com um grito engasgado, Rafael apertou os lábios e moldurou o seu rosto nas mãos.

– Alexia, você... Não sabe como tenho orgulho de você – disse ele, verdadeiramente aliviado.

– E ainda assim quer ficar comigo? – ela ainda precisava daquela confirmação.

Rafael sorriu, derrotado, e estendeu os dois braços para frente.

– Coloque as algemas, gatinha, eu sou seu prisioneiro.

Com os olhos grandes e apavorados, Alexia também sorriu, porém ainda receosa.

– Tem certeza? Minha vida vai mudar muito daqui para frente, Rafael. Vou começar a ficar gorda, ter enjoos, alterações de humor... Além do que, depois que o bebê nascer, minhas responsabilidades vão aumentar absurdamente. Isso tudo não te assusta?

– Não – respondeu ele imediatemente –, agora não mais. Eu amo você. Não consigo mais pensar nas coisas ruins. Não consigo sentir medo, porque amo você. Não há espaço para as duas coisas na minha cabeça.

Claro que aquela resposta a fez sorrir de prazer, mas Alexia permaneceu calada, com um ar de dúvida. Com um suspiro, Rafael ficou mais sério e segurou suas mãos. Precisava que ela compreendesse seus sentimentos de forma clara.

– Alexia, eu sempre fui arrogante e presunçoso. Sempre quis bancar o solteirão despreocupado, mas na verdade eu tinha medo de me envolver – suas palavras agora fluíam rapidamente. – Mas estou cansado de representar. Dei uma boa olhada na minha vida e não gostei do que vi. Pensei em mim daqui a dez anos sozinho e me achei um zero à esquerda. Quero construir uma família, como meu pai construiu. Quero ser feliz como Adam. Quando vejo o casamento dele e de Amanda eu sei que isso é possível. Eu nunca amei ninguém antes porque o conceito de amor estava além da minha compreensão. Mas, agora, eu quero você. Tenho de ficar com você. Não posso permitir que nunca mais ninguém te maltrate. Você é bonita, é prestativa, e acima de tudo... – ele engasgou e fez uma pausa – você é uma boa amiga... – As lágrimas dela ficaram mais abundantes. – E agora eu entendo que, no final das contas, isso é o mais importante. Você é tudo que eu gostaria de ser. E se de brinde eu ainda ganhar esta criança... – ele tocou no ventre dela delicadamente, enquanto os dois olharam para aquele ponto – tenho certeza de que posso ser um bom pai, Alexia. Posso amar qualquer pedaço de você – sua voz tinha o selo da promessa –, por favor, me dê essa chance... dê essa chance a nós três...

Diante daquela declaração, as palavras do pai de Alexia vieram imediatamente em sua cabeça: *quando for amor, você saberá*. Não havia prova mais palpável do que aquela. Rafael a amava, ou não estaria disposto a fazer aquilo por ela e seu filho. *Como seu pai podia tê-lo chamado de covarde?*, pensou ela em silêncio, meditando em todas as responsabilidades que Rafael estava se prontificando a assumir. Conrado teria de engolir aquelas palavras.

Emocionada, Alexia concordou com a cabeça. Compreendeu naquele instante que Deus não havia a abandonado, Ele estava lhe dando uma nova família. Ela não podia falar ou se acabaria em lágrimas mais do que já estava. Pareceu uma eternidade até que o rosto de Rafael aproximou-se do dela e ele enlaçou-a pela cintura. Em seguida, ele tocou o seu o lábio inferior com o dele, olhando em seus olhos, e, seguido de um pequeno ajuste de ângulo, uniu sua boca à dela por completo. Uma sensação maravilhosa os envolveu. Como uma volta para casa. Não foi um beijo muito longo. Também não foi do tipo arrebatador que Rafael sempre lhe dava, mas foi puro. Profundo. Cheio de amor. E foi maravilhoso à sua própria maneira.

Quando se desligaram, Rafael enfiou o rosto no seu pescoço, absorvendo seu cheiro, e confessou num murmúrio:

– Eu tentei esquecer você de todo jeito, sabia?

Sorrindo em meio às lágrimas, Alexia passou os braços pelo seu ombro.

– E pelo visto, não conseguiu – comentou ela, com uma pontada de convencimento na voz.

Alexia sentiu o tremor da respiração de Rafael em seu pescoço quando ele riu. Então ele recuou a cabeça, com um sorriso surpreendentemente travesso.

– Talvez porque ficamos com muitas pendências... – ele deixou a sugestão pairando no ar.

Por dentro, Alexia estremeceu ao pensamento, sucumbindo à vertigem que Rafael sempre causava nela. Adorava aquele sorrisinho lascivo dele. E seu estômago se revirou de antecipação e desejo.

– E como poderemos resolver esse assunto? – perguntou ela, com certa malícia.

– Simples – diante dos seus olhos incrédulos, Rafael se ajoelhou no meio da rua. Algumas pessoas que passavam diminuíram o passo diante da cena para observar –, case-se comigo, Alexia. Prometo que no casamento eu vou ter uma aliança. E com vários *diamantes.* Mesmo que eu tenha que fazer trinta e seis meses de prestação para isso.

– Rafael! – Alexia apertou sua mão, morrendo de vergonha, espiando os lados. – Não precisa fazer isso. Eu sei que você vai estar ao meu lado daqui em diante.

– Está me dizendo não? – A expressão dele murchou um pouquinho.

– Estou dizendo que não precisa se precipitar.

Fechando a cara, Rafael permaneceu ajoelhado, mas colocou as duas mãos na cintura.

– E estou dizendo que vamos fazer do meu jeito. Quero que esse moleque leve o meu sobrenome. E você também.

Cruzando os braços, Alexia esboçou um sorriso chocado. Não era da sua natureza ficar recendo ordens de homem mandão.

– Só por isso que você quer se casar? Para me marcar com seu nome? Como se eu fosse um cavalo?

Já irritado, Rafael se levantou e começou a limpar os joelhos.

– Não. Também quero casar para poder dormir com você sem ter que sair correndo da sua casa toda vez que seu pai aparece – ao olhar para Alexia, Rafael reparou que não fora um bom argumento. – E também porque quero criar esse menino de perto. Isso não é um bom motivo para você? Ou vou ter que continuar a fazer uma lista?

– Não – Alexia segurou a risada, pois percebeu que tinha arruinado o momento mais romântico da sua vida. E de Rafael também. Por que ela sempre fazia isso? – E está disposto a pedir minha mão ao meu pai?

Com um arrepio contido, Rafael se lembrou do homem beligerante.

– Pode ser por e-mail?

– Nada disso, espertinho. Teremos de ir até Goiânia falar com ele. Olho no olho.

– E Skype? – ele tentou apelar.

Alexia apertou os olhos para ele.

– Tudo bem – Rafael respirou fundo. – Só espero que ele não me receba fumando um cigarro de palha e com uma espingarda na mão.

Alexia sorriu diante da imagem construída por Rafael.

– Também não é para tanto – ela disse. Em seguida, pegou a mão dele e apertou de leve em seu rosto. – O que será eu fiz para Deus me dar um presente maravilhoso como você? – perguntou ela, fascinada, olhando em seus olhos.

Rafael achou interessante a pergunta. Uma coincidência, aliás.

– Não sei – disse ele, com um pequeno sorriso e a pegando no colo. – Estou perguntando a Ele exatamente o mesmo sobre você. Mas ainda que eu não te mereça – ele beijou seu nariz –, agora já estou te levando para casa.

Capítulo 26

Sete meses e vinte dois dias depois...

O HOSPITAL ESTAVA UM ALVOROÇO SÓ. PAULO ESTAVA radiante com os acontecimentos da família. Quarenta e oito horas atrás, Amanda dera entrada na sala de parto e dera à luz um lindo menino, nomeado Otávio, em homenagem ao pai de Janine. O parto fora normal. E por causa da cena escandalosa que Alexia viu quando as contrações da cunhada começaram, optou urgentemente por uma cesariana e agora estava na mesa de cirurgia.

Apavorada com a lembrança, Alexia rememorava vividamente como Amanda sempre dizia que queria que tudo fosse natural, como Deus havia mandando, e quase chegou a optar por ter o nenê em casa mesmo, com uma parteira. No entanto, assim que as contrações se intensificaram, Amanda correu para a clínica. Ao chegar lá, agarrava na blusa de Adam e gritava a todo vapor "POR QUE VOCÊ FEZ ISSO COMIGO?". Em seguida, xingava as enfermeiras e a equipe médica, mandando que a rasgassem e tirassem logo aquele troço dali. Mas quando colocou os olhos pela primeira vez no menino, sentiu como se seu coração se expandisse mil vezes para abrigar todo amor que sentiu. Apaixonou-se imediatamente por ele. Assim como Adam, que, quando apareceu na sala de espera para mostrar o bebê à família, com os olhos vermelhos e as mãos doloridas de tanto Amanda apertar, parecia estar tão orgulhoso que qualquer elogio o faria chorar outra vez. A primeira coisa que fez foi mostrar os "documentos" do menino para o irmão e o pai.

– O moleque vai ser um touro! – comentou ele, sorrindo todo garboso para a genitália do seu rebento.

Paulo sorriu, cheio de admiração. Para sacanear o irmão, Rafael perguntou se Adam queria uma rodada de aplausos. Adam sorriu com aspereza e deu um tapa na sua nuca com toda a força.

Entretanto, agora, parado em pé ao lado de Alexia deitada na mesa, Rafael estava tremendo dos pés à cabeça com medo da cirurgia. Preferia mil vezes estar em seu recém-inaugurado restaurante cozinhando para um batalhão de duzentas pessoas sozinho. Com certeza, estaria menos tenso. Continuava apresentando o programa *Shop and Cook* pela manhã. Entretanto, em decisão conjunta com o marido, Alexia saíra do canal e dedicara os meses de gravidez para descansar e escrever seu roteiro, que já estava pronto e sendo analisado por várias emissoras de tevê. Ainda não havia nenhuma resposta concreta, mas Alexia estava otimista, pois Hélio analisara o roteiro e lhe dissera que era muito promissor. Fora isso, ele estava mexendo os pauzinhos para que caísse na mão dos diretores mais influentes. Nada como ter um amigo no alto escalão.

Pena que não havia nenhum amigo também ali naquele momento para segurar Rafael caso o futuro papai desabasse no chão. No fundo, ele queria passar segurança à esposa, mas não conseguia parar de roer o dedo mindinho de nervosismo. *Vão rasga-lá, meu Deus do céu! Como isso pode dar certo?*

Rafael sabia que cesariana era um procedimento comum, mas não conseguia evitar de ficar apavorado com aquilo. Estava quase sufocando de tanto terror. Quando começaram a abrir a barriga de Alexia, Rafael adotou o sorriso mais angelical que podia e fitou a mulher, para lhe passar confiança, sem ser bem-sucedido. Seu lábio inferior tremia visivelmente e no fundo ele achava que iria desmaiar. Percebendo seu estado, Alexia, que estava infinitamente mais calma, olhou para ele e fez mímica labial:

– Está tudo bem – disse ela tranquilamente.

Imediatamente ele riu. Sentiu-se infantil e culpado por ouvir aquilo. O plano inicial ao acompanhá-la no parto era lhe dar força naquele momento, e não o contrário.

Rafael lembrou-se do dia do seu casamento. Surpreendendo a todos, ele mesmo escrevera seus votos. E prometera, de todo o seu coração, que estaria para sempre ao lado de Alexia. Queria que ela tivesse certeza de que nunca mais estaria sozinha. Casaram-se em Goiânia, na igreja do pai de Alexia, que depois de saber o que Rafael ia fazer pela filha, arrependeu-se de seu julgamento inicial em relação a ele e tornou-se um pai para Rafael. Inclusive, com seu próprio incentivo, Rafael e Alexia passaram a frequentar a igreja de Estela no Rio de Janeiro. Conrado já havia pregado lá e conhecia o pastor. Rafael ainda não se considerava um exemplo para ninguém, mas sentia-se feliz, mais próximo de Deus. Inclusive, já lia a *Bíblia* com razoável frequência e estava cada dia mais fascinado pela figura redentora de Jesus. Também participava de algumas ações sociais da igreja, tais como cozinhar um sopão para os pobres uma vez por semana e conseguir mensalmente doações de alimentos que sobravam do canal para distribuir para as famílias menos favorecidas da comunidade. Aprendera há muito tempo, com o próprio pai, que o que definia um cristão era o que ele fazia quando o culto acabava, e não durante o sermão. Com tudo isso, Rafael sentia-se mais humano e muito mais fortalecido na fé. E exatamente por essa razão, diante de todo o receio que sentia pela vida da esposa, ele fez uma breve oração ao observar a equipe médica trabalhando.

O procedimento foi rápido, e em poucos minutos o bebê foi retirado do ventre de Alexia. Rafael ficou assustado ao ver os médicos manuseando aquele pequeno ser. Parecia tão pequeno, tão frágil, tão indefeso... lágrimas quentes escorreram pelos seus olhos quando trouxeram aquele pequeno embrulhinho e o colocaram em seu colo. Rafael sentiu todo o peso da responsabilidade naquele momento. Mas assim que ele o segurou, o bebê parou de chorar. Era uma linda menina. Tão alva e encantadora quanto a mãe. Olhava para ele com aqueles pequenos olhos e o rosto ainda meio coberto de sangue, como se o conhecesse. E Rafael desejou que ela compreendesse as palavras quando beijou sua testa e lhe fez a mesma promessa: *jamais deixarei você sozinha, pode contar comigo para sempre.*

Gritos de felicidade ecoaram pelo corredor quando veio a notícia de que a nenê já tinha nascido. Andando com desenvoltura, Rafael veio trazendo sua pequena menina no colo, todo orgulhoso, enquanto o resto da família debulhava-se em lágrimas na sala de espera. Ao pegá-la no colo por um instante, Paulo proferiu as palavras que fizeram Adam e Rafael entreolhar-se:

– Essa menininha dobrou a minha alegria.

Amanda era a única que não estava presente, pois estava de resguardo e sabia que não faria bem para o bebê ficar circulando pelo hospital. Estava em casa, no apartamento de Botafogo. Antes de irem definitivamente para São Lourenço, ela e Adam haviam decidido passar o tempo da gravidez no Rio de Janeiro, não só pela cidade ter mais recursos hospitalares como para que Amanda pudesse curtir esse momento junto de Alexia, já que ambas viviam as mesmas fases. Tornaram-se muito amigas. Entretanto, por mais que Amanda desejasse estar perto da concunhada neste momento, nos últimos dias, não conseguia pensar em mais nada exceto dormir. Por essa razão, Adam foi sozinho ao hospital para ver a sobrinha nascer, deixando Amanda a sós com o filho pela primeira vez. Quando Amanda fechou a porta de casa após o marido sair, deu um longo e cansado suspiro, só pensando em se deitar na sua cama.

É claro, foi quando o bebê acordou.

– Que fofa! – gritou Ivy de alegria, ao beijar a sobrinha já no quarto com Alexia. – É a coisinha mais linda que já vi!

Rafael sorriu para ela. A família estava toda com eles no quarto, derretendo-se em elogios para a menina. Especialmente Janine, que viera passar trinta dias no Rio para se revezar e ajudar as novas mamães. Já tinha até contratado uma ajudante para tomar conta da floricultura recém-inaugurada. Seus netinhos eram mais importantes.

Alexia adoraria falar, mas por causa da cirurgia, teria de ficar por vinte e quatro horas sem dizer nenhuma palavra. Pensava no pai e em como adoraria ver o rosto dele quando visse a netinha, mas devido a alguns compromissos, Conrado só poderia vir no dia seguinte. Mas ficaria no Rio por uma semana paparicando a neta e a filha. Alexia sentia-se abençoada naquele momento.

– Poderiam buscar uma água para mim? – Rafael olhou para a família, embalando a pequena menina adormecida em seu colo.

– Todos nós? – perguntou Ivy inocente.

– Caiam fora! – Adam traduziu.

Entendendo que o filho queria um pouco de privacidade, Paulo arrastou a família para fora dali. Rafael voltou os olhos para a esposa, calado por um momento.

– Você podia imaginar que seria assim? – ele olhou para a bebê, maravilhado, com as lágrimas já enchendo seus olhos de novo. Rafael nunca pensou que se afeiçoaria tão imediatamente a uma pessoa. Seus receios iniciais de que poderia ter alguma repulsa pelo bebê porque era de Caio caíram por terra assim que a colocaram em seus braços. Igualmente comovida, Alexia negou com a cabeça. Rafael continuou: – Sabe, assim que coloquei os olhos nela, entendi que *ela* era como uma espécie de missão para mim. Que eu devia protegê-la. Amá-la, cuidar dela. Essa bebezinha já era para ser minha, amor. Antes mesmo de você a conceber.

Alexia sorriu de todo o seu coração, mas sabia que não era bem assim. Aquele amor do marido pela filha fora uma simples questão de escolha por parte dele. E era isso que tornava tudo especial. Um amor assim não poderia ser rompido. Rafael escolheu amá-la. Pensando nisso, piscou os olhos, permitindo que uma lágrima de felicidade deslizasse pela face.

– Espero que esteja preparada – ele disse, sorrindo largamente para Alexia. – Assim que passar esse tal de resguardo voltaremos aos trabalhos. Com certeza eu quero passar por isso tudo de novo. Vamos ter pelo menos uns quatro.

Subitamente espantada, Alexia arregalou os olhos de puro pavor. Não haviam conversado sobre isso.

– Vamos torcer para que venham logo gêmeos! – disse ele, animado, segurando a bebê um pouco mais longe para olhá-la melhor. – Não seria engraçado?

Mas Alexia não estava achando graça nenhuma.

– E como chamaremos essa gracinha? – ele virou o bebê de frente para ele e fez um ar pensativo. – Eu jurava que seria um menino e já havia escolhido um monte de nomes, mas para menina... – ele fez uma leve careta. – Deu nisso você não querer saber o sexo da criança. Que coisa mais atrasada...

Após alguns segundos de silêncio, Alexia resolveu desobedecer às recomendações médicas para que ficasse calada.

– Felicitas – ela disse, em alto e bom tom. – Significa felicidade em latim. Ela não podia ter um nome mais apropriado.

Rafael olhou para a filha novamente e sorriu. *Felicitas*. Como poderia discordar?

Algumas horas depois, logo após decolar, o avião em que Caio estava indo rumo à realização do seu grande sonho sofreu uma pane causada por imperícia na manutenção e explodiu enquanto tentava fazer um pouso forçado.

Nota da autora

Eu acredito em mudanças. Até porque, tenho grandes exemplos de pessoas que sofreram boas transformações perto de mim. Acho que tudo depende muito da força de vontade e predisposição para mudar. Porém, não acredito que seja só isso. Em minha vida, só experimentei a verdadeira transfomação que precisava quando entreguei minha vida ao meu Criador. É Ele quem nos capacita, pela fé em Jesus, a transfomar toda maldição em bênção nas nossas vidas. Não importa a situação em que você esteja hoje, nada é imutável para Deus. Ninguém é irreconciliável. E não há futuro que esteja perdido. Por isso, quero compartilhar com você um versículo que se cumpriu em minha vida, a despeito das armadilhas do destino:

"*Porque eu é que sei que pensamentos tenho a vosso respeito, diz o Senhor, pensamentos de paz, e não de mal, para te dar o fim que você deseja*"

Jeremias 29:11

Somente creia, pois Deus deseja fazer em sua vida uma coisa nova e muito mais excelente.

Com amor,

Lycia Barros

ESTUDO DE CONSOLIDAÇÃO ESPIRITUAL

Armadilhas do destino

1) Quando conhecemos um pouco mais sobre o passado de Rafael, percebemos claramente o por que da relutância em depositar sua confiança em uma única mulher. Qual a atitude que a palavra de Deus nos orienta a ter em relação aos nossos traumas passados? (Fl 3:13)

2) Alexia, embora tenha sido criada num lar cristão, afastou-se de Deus por decepções que sofreu com algumas situações observadas na igreja. Infelizmente, isso é muito comum. Por que você acha que isso acontece? O amor pelo Seu Criador não deveria estar acima de tudo isso? (Rm 8:35-39)

3) Como muitas mulheres desta geração, Alexia era uma mulher independente, mas usava essa independência como uma forma de proteção em suas relações, não aprofundando-as. Porém, tamanha autossuficiência levou-a a ter uma vida um tanto solitária. Jesus nunca nos incentivou a ter expectativas elevadas sobre os seres humanos, mas ainda

assim, incentivava a comunhão entre todos como algo primordial para a nossa saúde mental e espiritual. Você concorda com essa linha de pensamento? (Ec 4:10)

4) Para realizar o seu grande sonho de se tornar um chef de cozinha, Rafael precisou sair de sua terra natal, da casa de seus pais, rumo ao Rio de Janeiro. Mudanças dolorosas muitas vezes são necessárias para rompermos em algumas áreas de nossas vidas. Algo se ganha e algo se perde. Um vencedor deve estar preparado para sacrifícios. Você se considera preparado para isso? (Gn 12:1)

5) Embora Paulo fosse um excelente pai para os seus filhos, manteve por muitos anos um segredo que, quando revelado, os magoou. Porém, o perdão de Adam e Rafael foi imediato para com o pai. Por que você acha que isso aconteceu?(1Cor 13;7)

6) Mesmo quando soube do estado de Alexia, Rafael resolveu passar por cima de seus receios e casou-se com ela, o que foi uma grande mudança para ele. Você acha que tal mudança ainda é possível para sujeitos como ele nos dias de hoje? (1Jo 4:18)

7) Olívia, devido a um ressentimento por uma atitude passada de seu marido, acabou por traí-lo. Porém, o fruto do seu pecado foi conviver com um homem que tornou o seu futuro ainda mais doloroso. O que a palavra de Deus tem a nos dizer sobre isso? (Tg 1:15)

8) Quando Rafael vê Olívia desmaiada no prédio da frente, esquece-se momentaneamente de seus problemas mal resolvidos com ela e corre imediatamente para socorrê-la. Você concorda com essa atitude? Ajudar com desprendimento quem o fez sofrer tremendamente? (Tg 4:17)

9) Tão logo Alexia finalmente reaproximou-se de Deus, recebeu uma notícia que a afetou como uma bomba. É comum vermos pessoas que, quando dão um passo em direção ao crescimento espiritual, logo são abatidas por tribulações. O próprio Senhor Jesus, assim que foi batizado, foi tentado no deserto. Há uma razão para isso? (Rm 5: 3–5)

10) Rafael apaixonou-se pelo bebê de Alexia assim que colocou-o nos braços. Acha que esse amor foi involuntário ou foi uma decisão? (1Cor 13:4–7)

Não perca o próximo volume

UMA HERANÇA DE AMOR

O plano perfeito

INFORMAÇÕES SOBRE NOSSAS PUBLICAÇÕES
E ÚLTIMOS LANÇAMENTOS

Cadastre-se no site:

www.editoraagape.com.br

e receba mensalmente nosso boletim eletrônico.